俺ではない炎上

浅倉秋成

双葉文庫

住吉《すみよし》 初羽馬《しょうま》

これは、本物だ。

確信に至るまで、たっぷり三十分は要した。十文字に切れ込みを入れて丁寧に焼き上げた朝食のトーストも、ペーパードリップで淹《い》れたコーヒーも、すでにすっかり冷めている。二限の授業に出席するためにはまもなく家を出る必要があることも、いつの間にか意識から抜け落ちている。

初羽馬はタップとスクロールを繰り返し、徐々に予感が確信へと熟成されていくのを感じていた。

インターネットの使い方、フェイクニュースに騙されない方法、ネタと事実の見分け方。誰に教わった経験もないが、それらはPCやスマートフォンに触れる機会が増えていくにつれて自然に身についていった技能であった。文字がひたすら流れ続けるだけのYouTubeの動画、たった○日で○キロ痩《や》せる魔法の商材、拡散に手を貸すだけでお金が貰える夢のようなキャンペーン。どうして怪しいとわかるのかと訊かれたところで、初羽馬もうまく言語化はできない。何となく怪しいから、怪しいとわかる。消臭剤を撒《ま》いて、更に芳香剤を撒いても隠しきれない、糞便のそれにも似た気味の悪い怪しさの悪臭が、うっすらと鼻腔を衝く。

だが、これは——初羽馬はスマートフォンの画面に釘付けになる。サークルの友人がTwitterにて［これ、ガチっぽくね？］というコメントをつけて引用したそれは、まだ二十六回しかリツイートされていない呟《つぶや》きであった。現状ではお世辞にも話題になっているとも、あるいはもっと俗っぽい言い方をするならば、バズっているとも言えない。ただ当該アカウントのフォロワー数がたったの十一人であることを鑑みると、異様な伸び方を見せているとは表現できそうだった。

［血の海地獄。さすがに魚とかとは違う。臭いがだいぶキツい。食欲減退。しばらくご飯は食べれないなこれは］

十二月十五日、午後十時八分——昨日の夜に投稿された問題の呟きには、一枚の写真が添付されていた。

夜の公園だろうか。全体的に暗くて状況が把握しにくい写真ではあったが、奥のほうに微《かす》かに街灯と公衆トイレらしきものが映り込んでいることから、初羽馬はそう推測した。写真の下部には、地面に横たわっている女性の姿が写りこんでいる。顔は見切れていたが、スカートが短いこと、それからチェスターコートがいかにも若者らしい淡い水色であることから、十代か二十代の女性であると判断できた。はだけたコートの内側からは白のニットが覗き、そしてその腹部には大きな染みが確認できる。

黒々とした墨汁のようにも見えるが、画面の明るさを目一杯に上げると、それが赤色であることがわかる――血だ。溢れ出した血液は、血だまりとなって地面をも濡らしている。凶器は刺さっていない。恐る恐る腹部を拡大してみるも、まもなく解像度の限界が訪れる。しかしモザイクアートめいた曖昧《あいまい》な赤と黒のアウトラインを眺めているうちに、うっすらと、生々しい刺し傷の像が、脳裏に浮かび上がってくる。

うっ、と何かが初羽馬の喉元までせり上がる。目を逸らした先では、赤々とした苺《いちご》ジャムが冷めたトーストの上で艶《つや》やかに光る。映像がリンクしてしまいそうになり再び目を逸らす。初羽馬には嗜虐《しぎゃく》趣味もなければ、グロテスクな映像、画像に対する耐性もなかった。スプラッター映画はもちろん、少年漫画レベルの残虐描写ですら可能なら目を背けていたかった。画像そのものに対する興味はまるでない。どころか、できることなら見ていたくもない。

それでも初羽馬は再び画面に吸い寄せられている。ひょっとすると、大変な事件の一端を垣間見ているのかもしれない。それも、まだたったの二十六リツイートの広がりしか見せていない、最初の最初の、いわば種火を見つけたのかもしれない。道端で見知らぬ誰かが殴り合いの喧嘩を始めたときのような、猛スピードで走ってきた救急車が目の前で停車したときのような、不謹慎な高揚感と臨場感が、みるみる血の巡りを加速させる。

くだんの投稿に続く呟きは、以下のようなものだった。

「石けんで手を洗ったんだが、全然まだ臭い。人間ってすごい」

更に最新である次の呟きには、生気のまったく感じられない青白い指先の写真が添付されている。

「文字どうりのゴミ掃除完了。一人目のときもちゃんと写真撮っとけばよかった。『からにえなくさ』に持ってくかどうかはまだ考え中」

一部、意味不明な文言はあったが、初羽馬はついに一連の呟きから嘘――いわゆる「釣り」――の気配を感じることができなかった。

アカウント名は「たいすけ@taisuke0701」で、アイコンは芝生の上に置かれたゴルフボールの写真であった。プロフィール欄には「ゴルフ仲間が欲しい今日この頃」というシンプルな自己紹介が綴《つづ》られているだけで、何が何でもネット上で目立ってやろうという下品な自己顕示欲はまったく感じられない。仮にアカウントが開設されたばかりということならば、刺激的な投稿を仕掛けるだけ仕掛けてすぐにすべてを削除する予定の、一種のテロアカウントだと判断できるのだが「たいすけ@taisuke0701」の開設は十年も前だった。一過性の盛り上がりを楽しみたいだけの捨てアカウントではない。

過去の呟きも頻度こそ少ないものの、実に生活感があった。開設後まもない頃は——つまり十年前は——趣味のゴルフグッズについての紹介だったり、一緒にラウンドする仲間が欲しいといった内容だったりが散発的に呟かれている。そこから一、二年を経て個人としての呟きはなりを潜め、時折思い出したように「リツイートされた方に抽選でプレゼント」というような企業のＰＲ投稿だけがリツイートされるようになる。

このあたりも、最初こそ頑張って呟いてはみたものの、ＳＮＳが肌に合わず徐々に実益のある作業だけに終始するようになったという、極めて自然で人間臭いストーリーを読み取ることができた。重い腰を上げて久しぶりに呟いたのが三カ月前。投稿された内容はシンプル極まりないものであった。

［最近、イライラする。イライラしすぎる］

短文であるからこそ、妙なリアリティがある。

私生活における我慢が限界に達し、不満を吐き出さずにはいられなくなった。その結果、久方ぶりにＳＮＳでの発信をするに至った。そんな物語が、クリアにイメージできる。

もちろん昨今の写真加工技術の発達が凄まじいことは初羽馬も承知していた。写真がどれだけリアルであろうとも、それが加工の産物である可能性は捨てきれない。ただ、苦労してグロテスクな画像を作り上げて披露するにしては、このアカウントはあまりにも規模が小さかった。フォロワーはたったの十一人。拡散能力が低すぎて、話題にすらしてもらえない可能性が高い。また、添付されている写真の構図が不細工であることも気になった。シンプルに写真としての出来が悪い。世間を大いに騙してやろうという気負いも、少しでも写真を刺激的で衝撃的なものにしてやろうという工夫も感じられない。残酷で危険な写真であることに違いはないのだが、あまりにも欲がなさすぎる。

あらゆる可能性を考慮してみるが、やはり初羽馬が導き出せる結論は一つだった。

苛立ちの募った人間が何らかの理由で本当に人を殺し、本当に死体を撮影し、それをSNSにアップロードしてしまった。

フォロワー数が少ないことによる慢心があったのか、あるいはいっそ炎上しても構わないという覚悟があったのかはわからない。いずれにしてもこれは本物だ。サークルの友人も同様の見解に辿り着いたからこそ拡散に踏み切ったのだろう。

［これ、ガチっぽくね？］という言葉は実に軽いが、友人は軽率に確度の低い情報を拡散するような思慮の浅い人間ではなかった。ネット上での些細な振る舞いが自らの人生に多大な影響を与えることを、十分に理解している。真偽不明の情報に踊らされ

て誹謗中傷に手を貸せば、痛い目を見るのは自分自身なのだ。

じりじりと、初羽馬の指はリツイートボタンに引き寄せられていく。

事件の存在を白日の下に晒さなければ――そういった美しい正義感というよりは、ひょっとすると世紀の瞬間に立ち会えるのではないかという期待と、それを誰の目にもわかるよう証拠として残しておきたいという虚栄心だった。まだリツイート数は二十六のまま。これが仮にすでに一万リツイートされていたなら、何てことなく無視を決め込むことができていたはずだった。情報の賞味期限がとっくに切れている。乗り遅れたバンドワゴンの後ろに未練がましく飛びつくほど、決まりの悪いことはないのだ。ただ、今は違う。今なら二十七番目に自分の名前を刻むことができるのだ。これから千、二千、あるいは一万、二万と拡散していくであろう情報の二十七リツイート目には、新元素の発見にだって劣らない価値がある。

初羽馬のフォロワーは千人ほどで、同年代の女性もいれば、界隈《かいわい》では有名な気鋭のIT系ブロガーもいた。せっかくフォローしてくれている人に常識のない人間だとは思われたくない。刺激的な写真をそのままリツイートするのは得策でないと考え、友人同様にコメントを添えることにする。

【閲覧注意】これはちょっと冗談では済まされない空気を感じる。警察に通報したほうがいいかもしれない」

投稿後、素早く四度ほど読み直し、なかなか悪くない引用の仕方ができたのではないかと自身に太鼓判を押した。瞬《また》く間に一つ、二つ、砂が一杯に詰まった土嚢《どのう》に穴を開けたように、次々にいいねとリツイートが溢れだしてくる。自分が開いた店に大行列ができたような自己肯定感が胸を震わせる。やはり、リツイートの判断は間違っていなかったのだ。

ひと仕事終えた満足感に画面から顔を上げたところで、時計の針が想定もしていなかった時刻を示していることに気づく。冷え切ったトーストとコーヒーを慌てて胃袋に詰め込み鞄を摑んだところで、しかし髪のセットが済んでいないことを思い出す。マッシュの頭髪に動きをつけるようにワックスをなじませ、駐車場に止めてある黄緑色のフィットハイブリッドのもとへと走る。基本的には電車で通学をすることにしていたが、田舎であるがゆえに一本逃してしまうとなかなか次が来ない。あっちのほうで一人暮らしするなら、車が必要だろ。じいちゃんが買ってやるよ。中古ながら程度のいい車をプレゼントしてくれた祖父に感謝をしながらエンジンをかける。授業開始から二十分遅れで講堂に潜り込み、出席票を出すことに成功する。キャンパス内のコンビニで昼食を買ってサークルの部室の扉を開けるまで、例のツイートのことはすっかり頭のどこかに追いやられていた。

「初羽馬、あれヤバいな。めっちゃ近くじゃん」

「何だよ、あれって」

「山縣泰介《やまがたたいすけ》だよ」

「え、あれっきり追っかけてないの？　初羽馬がリツイートしてた人殺しのやつだよ」

「……誰？」

友人に言われてTwitterを開くと、一時停止を解除したように興奮が蘇る。ものの数時間で、事態は信じられないほどの伸展を見せていた。初羽馬のもとにも、いいねとリツイートを知らせる大量の通知が押し寄せている。あまりの急展開に情報を処理しきることができず、たまらず経緯を紹介するまとめサイトへと飛んだ。

例の【血の海地獄】のツイートは、結局十一万五千リツイートを記録していた。驚異的と言っていい伸び方だった。もはや誰も疑いを挟む余地はない。紛《まご》うことなき「炎上」状態だ。それはすなわち、それだけ多くの人がかの呟きを本物であると見なしたということでもあった。これは冗談や売名目的のドッキリではない。本物の殺人事件の可能性がある。

騒動がここまで大きくなれば、当然ながら特定班が動き出す。果たしてこのアカウントの持ち主は、こんな非道な行いをした畜生は、どこの誰なのだ。万が一すべてが巧妙なドッキリであったのだとしても趣味が悪い。ネットに劇薬を散布した愚か者は誰だ。微かな情報を頼りに世界中のあらゆる人間が「たいすけ@taisuke0701」の正体を暴きにかかる。

最初に判明したのは、写真が撮影された場所であった。

決して鮮明とは言えない写真だったが、おそらく公園で撮影されたのであろうということは初羽馬にも判断できた。しかし写っている人工物は街灯と公衆トイレくらいで、女性が横たえられている地面にもこれという特徴はない。さすがに特定は不可能であるように——少なくとも初羽馬には——思われた。

[この公園ぽいな。角度が違うけど、トイレの外壁と街灯の位置関係は完全一致]

全国の公園を北から南、虱《しらみ》潰しに調査して場所を特定したと考えるのはあまりに非現実的だった。どこかの誰かがたまたま見知った公園との共通点を発見できたのだろう。いずれにしても、ほんの些細な情報から公園の場所が見事に特定された。投稿者はGoogleのストリートビューのキャプチャを添付し、二つの写真が同じ場所を示していることを証明してみせる。確かに初羽馬の目から見ても、投稿者の提示する公園が撮影場所であると断言できそうであった。しかし場所が明らかになると、また別の種類の驚きが初羽馬を包み込んだ。

「万葉町《まんようちょう》……って、すぐそこじゃん」

「だから言ってんだよ。めっちゃ近くだって」

徒歩圏内であるとは言いがたい。しかし初羽馬のいるキャンパスから四、五十分も歩けば到達できる公園であった。地方都市なので高級住宅街と呼べるかは怪しいところであったが、万葉町が県内有数の住宅街であることは間違いなかった。立派な門に、広い庭、高級車がずらりと並んでいる光景が初羽馬にも容易にイメージできる。

ネットの向こう側、言うなれば遠い世界で発見された殺人事件が急に馴染み深い輪郭線を獲得したことに、初羽馬は震えた。唇を嚙《か》むと凍ったように冷えている。一度スマートフォンの画面から距離をとり、部室の暖房が正常に稼働しているかを確認する。

続いて特定班は「たいすけ@taisuke0701」の勤務先を明らかにしてみせた。

証拠となったのは［自慢のゴルフバッグ］というコメントとともに投稿された、十年前の写真であった。ゴルフバッグについているキーホルダーに「大帝《だいてい》ハウス：五十周年記念コンペ」という文言が小さく確認できることを、誰かが目ざとく発見した。五十周年記念コンペのキーホルダーを持っているということは、外部の人間とは考えにくい。アカウントの持ち主は大帝ハウスの社員なのではないだろうか。そうでなくとも、大帝ハウスと取引のある企業に勤務している可能性は極めて高い。

こうなると半ば自動的に、現場である万葉町の公園から最も近い場所に位置する大帝ハウスの拠点に調査の手が伸びる。するとまもなく公園からほんの数キロの地点に大帝ハウス大善《だいぜん》支社が存在することがわかり、ホームページに記載されていた情報から大善支社営業部長の下の名前が「たいすけ」であるという事実が瞬く間に判明する。

営業部長、山縣泰介。

ホームページにはフルネームと顔写真、そして簡単な挨拶の文言が記されていた。

我々は地域住民の皆様に密着した家づくりを目指しています。衣食住という言葉がありますが、この中でもとりわけ住が大切であります。皆様の夢を叶えるのが大帝ハウスの使命ですので、何でもご相談を──月並みだが温かみのある言葉を並べた山縣泰介は、挨拶を以下のような言葉で締めくくっていた。

私自身も大善市万葉町に住んでおります。趣味のゴルフにも行きやすく、心の底から大好きな町です。理想の家、一緒に造りましょう。

今回の一連の騒動をいったん置いてフラットな目で見れば、山縣泰介は実にハンサムな男性であった。誰もが知っている大手ハウスメーカーの営業マンらしく、短く整えられた頭髪は清々しい。顔の造形も端正だった。理想形とも思える面長で、瞳には往年の名優を思わせる力がある。着用しているスーツも体に綺麗にフィットしており、ネクタイの柄も品がいい。記載されている入社年から概算すると五十代半ばであることが窺えたが、写真を見る限り実に若々しく体形に崩れもない。浮かべている笑みも誠実そうでありながら、しかし伝えるべきことはしっかりと伝えてくれそうな芯の強さを感じさせ、仮に自分が家を建てようと思ったのなら、なるほど、彼に任せてみてもいいのではないかと思える雰囲気を持っていた。

大帝ハウス、大善市万葉町、ゴルフ、そして名前が「たいすけ」。

かなり濃厚には思われたが、まだ確定とは言えないのではないか。そんな慎重派も、「たいすけ@taisuke0701」が過去に［庭に花が咲きました］というコメントとともに投稿した写真の庭と、ストリートビューで見つかった「山縣」の表札がかかった万葉町の庭が一致していることを知ると、確信せざるを得なかった。

例のアカウント、「たいすけ@taisuke0701」の持ち主は、山縣泰介だ。

こんにちは山縣泰介さん、逮捕確定ですね！　山縣泰介さん人生終了、記念リプ失礼します。どうして人殺し自慢をしてバレないと思ったんですか？　きっちり死刑になってくださいね。

大量のリプライが寄せられた「たいすけ@taisuke0701」はしかし、いかなる応答をすることもなく、そのまま逃げるようにアカウントを削除した。Twitter社の規制によって強制的に削除されたのではなく、自らの意思でアカウントを消したのではないかというのが大勢の見解で、個人情報が晒されたことによって焦って逃亡を図ったあたりがまた事件の信憑性を一段階上へと押し上げた。もちろんアカウントを削除したところで情報が幻のように消えてしまうことはない。周到な誰かがキャプチャをとっており、アカウントの情報は細大漏らさず複写されていた。もう誰も、「たいすけ@taisuke0701」のことは、忘れてくれない。確実に、永遠に。

では、万葉町の公園はどうなっているのか。肝心の死体は今どこにあるのか。あるいは死体はフェイクなのか。

それを調査するべく現地に向かうことを決めた、よくも悪くも暇で行動力のあるYouTuberが数組報告されており、すでに何人かの一般人がアカウントのことを警察に通報したという報告も上がっている。また呟きの中にあった『からにえなくさ』という謎の言葉の真意を探る考察が繰り広げられている――というのが、現在の炎上騒動の経過であった。

数時間分の遅れを取り戻した初羽馬は、買ってきたパスタサラダの封を切るのも忘れてしばし呆然とした。自己顕示欲と好奇心からリツイートした［血の海地獄］のツイートであったが、ここにきてようやく手のひらに収まっていた一連の事件が刺激的なトピックではなく、現実に起こった悲劇であることに思いあたる。おそらくあれは合成写真ではない。となれば当然のことではあるが、事実としてどこかに殺されてしまった女性がいるのだ。不謹慎な興奮は、やがて山縣泰介という人間に対する不快感へと形を変えていく。

「まだ、逮捕はされてないんだろうな」初羽馬は独り言のように呟いた。

「すぐ逮捕されるでしょ。これだけ証拠があがってるんだから」と友人が返す。

「……ちょっと酷すぎるよな」

「酷いよ」

部室の扉が開かれ、［血の海地獄］の呟きを初羽馬の直前である二十六番目にリツイートした友人が入室してくる。簡単に挨拶を交わしてすぐ、そういえばお前はどうやってあの呟きを発見したんだと尋ねると、友人はかじかんだ手をエアコンの暖気で温めながら答えた。

「フォローしてた雑学botがリツイートしたんだよ。フォロワーは全然少ないんだけど、フォロバ百パーのアカウントだったから、たまたまヤバい呟きが目に入って手動でリツイートしたんじゃないかな、よくわかんないけど」

なるほどと納得したとき、すでに部室には六人のメンバーが全員揃っていることに気づく。彼らがランチセッションと呼んでいる昼の会議をスタートすることができたが、予定していた議題である「若者を軽視する選挙制度の問題点」については、別の機会に譲るべきではないかという考えが初羽馬の頭を過《よぎ》る。どうだろう、せっかくだから今日は別のテーマについて語り合わないか。リーダーである初羽馬の呼びかけに反論するメンバーは、一人もいなかった。

高齢化するネットを活用した犯罪行為、残虐行為について。

ホワイトボードに議題を記しながら、地面に横たえられた女性の姿を思い出す。彼女が生前どんな人間だったのか、どんな顔をしていたのか、現状では調べる術はなく、朧気《おぼろげ》に想像することすら難しい。それでもあの写真が山縣泰介による創作ではない本物であるとするならば、一人の若い女性の命が強引に絶たれたことは紛《まぎ》れもない事実であった。縁もゆかりもないまったくの他人であるが、そこには確かな、重さのある喪失感があった。女性の青白い指先がフラッシュバックする。指は何かを摑み損ねたように、中途半端な形で固まっていた。彼女が土に汚れた指先で摑もうとしていたものは何だったのだろう。未来の可能性か、希望か、怒りか、命か。考えているうちに、初羽馬の胸の中にある怒りのコンロにぼっと炎がともる。

せめて、ちゃんと罰を受けて欲しい。
きちんと罪を償って欲しい。

時計を見ると昼の十二時二十二分。今日は金曜日なので、多くの勤め人は仕事の真っ最中であるはずだった。山縣泰介は、いまどんな顔で働いているのだろう。新居を求める人々に笑顔で接客をしているのだろうか。自身の呟きが想像以上の広がりを見せてしまったことに対してさすがに動揺しているのだろうか。あるいはすでに警察に連行されているのだろうか。

初羽馬はもう一度、スマートフォンで山縣泰介の顔を確認する。

誠実そうな仮面の向こう側に潜む、凶暴さ、異常さ、残虐さが、ゆっくりと透けて見えてくる気がした。

リアルタイム検索：キーワード「山縣泰介」
12月16日12時23分　過去6時間で7112件のツイート

・【拡散希望】殺人をほのめかしているアカウントがあります。すでに身元も判明しているのですぐに捕まると思いますが近隣の人は注意してください。リンク先で顔も確認できるので、見かけたら通報推奨です。
引用：【速報】死体写真投稿者の詳細判明！　本名山縣泰介、大帝ハウス勤務、大善市在住
みゆきママ☆育児奮闘中@miyumiyu_mom0615

・バレないとでも思ったんだろうか……。ネットの世界を舐めすぎてててビビる。Twitterはバカな若者発見器だと思ってたけど、逆にある程度年食ってる人のほうがバカやらかす時代になったのか。
引用：【速報】死体写真投稿者の詳細判明！　本名山縣泰介、大帝ハウス勤務、大善市在住
じっちゃー三世@jch_333

・今回はちょっとガチ臭いけど、賢いやつは静観。一応まとめだけ引用しておくけど、こういう問題には深く関わらないのが吉。
引用：【速報】死体写真投稿者の詳細判明！　本名山縣泰介、大帝ハウス勤務、大善市在住

でじ@dejiiin96

・ネット民「殺人事件です！　現場は万葉町第二公園です！　犯人は山縣泰介です！
大帝ハウスの社員です！　捕まえてください！」
警察「……えーとね、ちょっと今から調べますねー」↑無能

つわみちゃんガチ恋丸@alalala_tsuwami

山縣　泰介

「せっかく海辺のショールームなんで、一応、リゾートがコンセプトになってます」

確かに、夏場であったのならリゾート気分になれたかもしれない。しかし十二月の海風の前では、あらゆる演出が寒さに飲み込まれていった。丘陵状になっている海岸線の麓《ふもと》という立地も風の強さに拍車をかけているように思われた。風が吹く度に、泰介の耳や鼻頭は痛みを訴える。オープンは翌一月の予定なのだからもう少し夏の装いを抑えればいいものを、植えられた植物の雰囲気から、ウッドデッキ風の通路に至るまで、施された装飾はどこまでも南国の趣《おもむき》であった。コートを車内に置いてきてしまったことを後悔しながら、泰介はようやく株式会社シーケンＬＩＶＥ《リヴ》が満を持し

て投入するコンテナハウスの一つに足を踏み入れる。

「大帝ハウスの皆さんはこちらに」と言われ、本社から来た研究開発担当者と泰介、それから泰介の部下である野井《のい》の三人は並んでソファに腰かけた。壁が薄いので断熱性に不安があったのだが、幸いにして室内はしっかりと暖められていた。音を立てないよう小さく洟《はな》を啜《すす》る。

「こちらが資料になります」

シーケンの営業担当である青江《あおえ》が、いつもながらの無表情で三人の前にパンフレットを並べた。

「前回ご送付したものからはきちんと改善されてると思いますんで、ご確認いただければと思います。ロゴもすべて御社のものになっています」

別荘やセカンドハウス需要に対して、フレキシブルに対応できる商材は何かないものだろうか。そんな上層部の意見を受けて研究開発部が見つけてきたのが、このコンテナハウスだった。木造の家屋に比べて頑丈であるだけでなく、工期は短く、費用も安く抑えられる。定住する住居としてはやや心許ないところもあるが、別荘としてならあばたもえくぼ。多少の不便さは一周回って非日常感を演出する魅力となる。

もともと輸送用の海上コンテナを製造していた株式会社シーケンから派生した子会社、シーケンＬＩＶＥと手を組み、この度、大帝ハウスが代理店となってコンテナハウスの販売に着手することになった。全国展開の前に、まずは地方都市として需要のありそうな大善市の支社から販売を始めたい。そんな本社の思惑から、泰介はシーケンの青江との打ち合わせに何度か同席していたが、ショールームを見るのは初めてのことだった。

踵《かかと》で少し強めに床を叩いてみる。耐久性に問題はなさそうだったが、想像以上に重たい音が室内全体を包んだ。部下の野井が驚いたように天井を仰ぎ、本社の研究開発担当者もやや不安げに顔を顰《しか》める。実際に販売することになった際には客に音の問題を説明する必要があるなと考えていると、シーケンの青江が批難の色を帯びた一瞥をよこした。あまり乱暴なことはしてくれるな。そんな言外のメッセージを感じた泰介は、すみませんねと言って笑顔を作った。

「ちょっと足音を確かめたかったんです。やっぱり少し響きますね」

「コンテナですから。仕方ないんです」

不器用で口下手なだけなのかもしれないが、コミュニケーションに一切の柔らかさを持たないシーケンの青江のことが、泰介はあまり好きになれなかった。視線を合わせるときにやたらと目を細めるのも何かしら不快感を表明しているように見えてあまり気分がよくない。代理店販売を買って出た大帝ハウス側のほうが立場は強いはずなのに、それを理解しているようにも思えない。

キッチンで温かいコーヒーを淹れてくれるが、紙コップを差し出す手つきにもてなしの心は感じられなかった。ミルクも砂糖も差し出されないのでブラックのまま口に含み、間を持たせるように室内を見回す。

身も蓋もない言い方をしてしまえば旧来のコンテナの一部分をくり抜いて扉と窓をつけましたというだけの代物だったが、想像していたよりも貧乏くささはなかった。フロ音の響きは多少気になるが、別荘としてならそこまで神経質になる必要もない。フローリングと壁さえ整えてしまえば立派な部屋だ。こうして男四人が入っても窮屈さは感じない。夏場はガラス戸を大きく開けて外気を目一杯に取り込めば、涼しげで開放感のある海辺の秘密基地、あるいはプライベートな海の家といった雰囲気が漂う。悪くない。悪くはないのだが、しかしこの値段では。

改めて価格表を見ると、ため息が零《こぼ》れそうになる。確かに通常の施工に比べればいくらか安くはあがるが、この程度の金額差で顧客が喜ぶ姿はイメージできない。

「コンテナハウスで日常の生活がきちんと送れるということをアピールするために、ここのショールームはキッチン、トイレ、すべて実際に使用できる設計になっています。耐震性も高いので、三階程度なら少々歪《いびつ》な形に組み上げることも可能です。その辺りも営業の際にはご相談いただければ。ここはリゾートコンセプトですが、パンフレットには無骨なガレージ風だったり、子供用のプレイルーム、プライベートオフィスのモデルも載せてますんで、よければ」

促されるままパンフレットを捲《めく》る。

写真は悪くなかったが、三ページ目の記述に目が点になる。

「あの青江さん――」嫌味なニュアンスだけは出すまいと努めて笑顔を作ったが、腹の底から湧き上がってくる強烈な呆れの思いが目元を強《こわ》ばらせてしまう。「ここの記述、直ってないです。『今まで別荘は敷居が高いと思っていたあなたに』のところ」

青江は目を細めて泰介の示す箇所を睨みつける。

「『敷居が高い』は、何となく高級そうでハードルが高く感じるという意味でないことは、以前、お伝えしましたよね？　本番では直しましょうって話にもなった。ここの『あなただけの世界観を表現する』の『世界観』の部分も厳密には意味が違うんですけど、まだ目はつぶれます。でも『敷居が高い』はちょっと」

青江は謝罪も弁解もせずしばらくパンフレットを無表情で見つめ、長すぎる沈黙の後に一言「はい」とだけ口にした。

やりづらい。

このくらいのミスならこのままでいいんじゃないですかと助け船を出す研究開発担当者を制し、泰介は小さな記述を疎《おろそ》かにするべきではないことを改めて説いた。うるさいことを言ってるなと思われるかもしれないが、大帝ハウスの名前でパンフレットを出すからには手抜きはできない。一生に一度の買い物をしようというお客は家に帰ってから何度もパンフレットを読み返す。気にならない人もたくさんいるだろうが、泰介自身のように日本語の誤用にうるさい人間は小さなミスがずっと気になってしまう。それは会社、担当者、ひいては商材そのものに対する不信感にも繋がっていく。

ここの日本語おかしいですよと、お客さんに突っ込まれるのは営業社員なのだ。パンフレットの刷り直しにはコストも手間もかかるのはわかるが、今ここで直さないと後々もっと面倒くさいことになる。

「先日、妻と娘にシーケンさんのコンテナハウスのことを話したら、ものすごく素敵だと目を輝かせてました。御社のコンテナハウスは間違いなくいい商材なんです」泰介は青江の目をまっすぐに見つめ、自信を滲ませた笑みを見せる。「お客さんに一棟でも多く気持ちよく買っていただくために、パンフレットの再修正、頼みますよ、青江さん」

青江はまたしばらく目を細めて黙り込み、了解の意を示すためというよりは、興味のない話に相槌《あいづち》を打つようなトーンで「はい」と、零した。

「シーケンの青江さんは、あれ、いくつだと思う」

「歳ですか？」

泰介が頷くと、部下の野井は考えるように腕を組んだ。

「三十はいってますよね。私よりは一回りは若いと思いますんで、三十二、三ってところじゃないですか？」

泰介も大体同じような見解だった。もう少し若い可能性もあるが、いずれにしてもあまり好感の持てない人物だ。食後のコーヒーにミルクを垂らしながら、不快な思いが溶けてくれるのを待つ。

打ち合わせ後、すぐ本社に戻ると言っていた研究開発担当者を東内《とうない》駅で落とし、泰介と野井の二人は近くのファミリーレストランで昼食をとることにした。時刻は十二時五十一分。空腹だったはずなのだが、いささか控えめな量のスパゲティを食べただけで満たされてしまった。先のコンテナハウスの件が食欲をいくらか減退させている。

「あれは、厳しい闘いになりそうだな」

「コンテナハウスですか？」

「言うほど安くあがらない。それに——」コーヒーをかき混ぜたスプーンをソーサーに戻す。「支社で年間二十四棟が目標だそうだ」

「に、二十四？」

「本社の肝煎りだからな」

野井は目を閉じると、ぎゅっと顔を歪めた。大善支社の営業部門を統括しているのは部長である泰介であったが、実際的にコンテナハウスの営業を行うのは戸建て住宅部門であり、そこの長であるのが課長の野井であった。頭が痛くなるのも無理はない。

「うちの研開も研開ですけど、もうちょっと、青江さんが……ね」

それ以上は言わずもがなといった雰囲気で、野井は苦笑いを浮かべる。

苦笑いは泰介にも伝播《でんぱ》した。「何だろうな、あれは」

「何なんでしょうね」

「世代なのかね」

こういったことは可能ですかね、もう少し譲歩していただけませんかね、この部分をもう少し変えていただけるだけでだいぶ売りやすくなるのですが——大帝ハウス側のあらゆる要望に対して、シーケンの青江は考える素振りもなく無理ですを繰り返し続けた。

「こういうことを言うこと自体がタブーになりつつあるのが問題なんだが、どうして最近の若い子ってのは『頑張る』ってことをしないのかね」

「わかります。三十五以下くらいからですかね。いやあ、顕著ですよ」

「教育が原因なのかはわからないが、平気で無理です、駄目です、できません。ちょっと難しい注文をするとすぐに、どうやればいいんですか——効率よくスマートに生きたいって気持ちはわかるし、それがうまくいっている部分もあるのは認める。ときに、こいつらなかなかやるな、結構すごいもんだなと感心させられることもある。でもまあ、何だ。ネットで何でも検索してほいほい答えがわかる時代で育ったせいなのか、基礎的な『馬力』がないよな。やっぱり社会で生きていくにあたっては寝ないで頑張らないといけない日もあるし、お客さんのところに百ぺん通わないと見えてこないこともある。でもそういう地道な作業は全部すっ飛ばして、どこかに小器用に、賢く——」

どん、という大きな物音に遮《さえぎ》られ、店内が一瞬の静寂に包まれる。

何事かと音のしたほうを見ると、やや離れた位置に座る四人組の若者の姿が確認できた。男女それぞれ二人ずつ。大学生だろうか。何やら慌てている様子で、会話を盗み聞きされないようひそひそと語り合っているのが却って目を引く。どうやらスマートフォンをテーブルの上に落としてしまったのが物音の原因だったらしく、四人のうちの一人が焦って拾い上げていた。どうという光景でもなかったのですぐに興味をなくし、さて話を再開しようかと思ったところで、違和感に袖を引かれる。

気のせいかと思ったが、どうやらそうではない。

彼らが見ているのは、泰介であった。

何を自意識過剰なと自嘲しつつ、しかし四人それぞれと相次いで目が合うと、さすがに確信せざるを得なかった。間違いない。彼らが見ているのは泰介だ。ネクタイが曲がっていただろうか、あるいはジャケットに枯れ葉でもついているのか。泰介は胸元を確認してみるが、一見してわかる異常は何もない。

「どうかされました？」

「……俺、何も変なところないよな？」

「と、思いますけど、何か？」

「いや、向こうの席の連中が――」

若者の姿を確認するため軽く体を開いたとき、またも先ほどと同様の、どん、という音が響いた。無論、スマートフォンをテーブルに落とした音であると今度はすぐにわかったが、同時に落とした理由が判明し、言葉を失う。

泰介の顔を、撮影しようとしていたのだ。

彼らの席からではうまく泰介の顔を画角に収められなかったのだろう。それが動画なのか静止画なのかはわからないが、どうにかして泰介の顔を撮影しようとした結果、伸ばした手からスマートフォンが滑り落ちてテーブルを叩いた。

さすがに一部始終を目撃してしまっては、黙っているわけにはいかなかった。それが意味のない余興だったのか、彼らの間で流行しているイタズラなのかはわからなかったが、無礼な行為に対しては相応の抗議をする必要がある。立ち上がって急ぎ足で若者たちのほうへと詰め寄ろうとした瞬間、しかし四人組は即座に立ち上がってレジへと向かってしまう。おい、と声をかけても立ち止まろうとしない。泰介とは決して目を合わせようとはせず、急に退店する必要に迫られたといった様子でそそくさとその場を後にしようとする。

会計作業に手間取っていたので追いかければ簡単に声をかけることはできたが、結局は見送ることに決めた。不快な出来事であったのは事実だが、勤務中のトラブルは極力避けたかった。逃げようというのなら追いかけるほどのことでもないかと自らをなだめ、ゆっくりとソファへ腰を戻す。

「……部長のこと見てましたね」

野井の証言に「だよな?」と返して再び出口へと視線を走らせたときには、四人組の背中はすでに店外へと消えている。不快感を追い払うように大きく息を吐き出したが、胸に渦巻いた気味の悪さは簡単には拭えなかった。

「部長が男前だから魅入っちゃってたんですよ」

野井の世辞に笑ってどうにか気を取り直す。

野井が用を足している間に二人分の会計を済ませ駐車場へと向かう。運転に不安のある野井に代わってハンドルを握り、大きな国道に出たところで泰介の電話が鳴った。滅多なことでは電話をしてこない支社長の名前が画面に表示されると、運転中であることを理由に無視するわけにはいかなくなる。スマートフォンを助手席の野井に渡し、代わりに用件を聞いてもらうよう依頼する。

野井は手際よく現在の状況を説明していたのだが、やがて黙り込む時間が増え始める。はい、という相槌から次の、はい、に至るまでのインターバルが、奇妙なほどに延びていく。支社長は何を話しているのだ。疑問に思って野井の顔を横目で確認するが、彼もまた困惑しているようで難しい表情を崩さない。

ようやく、わかりました、失礼しますと言って電話を切った野井だったが、まだなお要領を得ないといった様子で首を傾《かし》げる。

「何だったんだ」

「……いや、軽くパニックになってらっしゃるみたいで、ちょっとわかりにくくて」

「トラブルか？」

記憶を探るようにもう一度首を捻る。「とにかくすぐに戻ってこいっていうのと、戻るときは必ず裏口から入れっておっしゃってて」

「裏口？」

初めて受ける指示だった。エントランスの自動ドアが故障でもしたのだろうか。意図がわからなかったので野井にもう少し丁寧に説明するように求めたのだが、どうやら本当に支社長の話をほとんど理解できなかったらしい。興奮してらっしゃって聞き取りにくかったんですけど、聞き返せる雰囲気でもなくてと言い訳が始まったので、もういいと言って話を遮り、支社長に直接会って話を聞くしかないと諦める。もともと口下手な上に頭に血が上ると理論立てて説明することができなくなるのが支社長で、過度に人の顔色を気にしすぎて、言うべきこと、尋ねるべきことを口にできずに終わってしまうのが野井だった。いずれにしても急ぐべきだと感じた泰介はわずかにアクセルを強く踏み込む。

「何か……」野井が躊躇《ためら》いがちに口を開いた。「部長に怒ってらっしゃるみたいで」

「俺に？」

「はい……何だか、部長のTwitterがどうとか」

「Twitter？」

「やってるんですか？」

「まさか」

Twitterが何かわかりますかと尋ねられれば、呟きを投稿できるSNSであると答えられる程度の知識はあった。しかし実際に触れたことや、覗いてみたことはなかった。「呟き」というものが実際にはどのような行為を指しているのかも、いま一つピンときていない。大帝ハウスの公式アカウントもあるんですよという話は社内で何度か聞いたことがあった――あったが、やっぱりそれがどのようなものなのか正確には理解できていない。面白そうならやってみたいと思ったことも、勉強がてら軽く利用してみようかと思ったこともない。

泰介にとってネットは社内システムへの入力、それから飛行機や新幹線の予約のために使用するものであって、積極的に関わっていきたいと思えるような代物ではなかった。それで不便を感じたこともない。むしろネット経由のシステムを活用するときのほうが手続きの煩雑さに不便を感じることが多い。

何かTwitter絡みでミスを犯してしまったのだろうか。考えてみるが、当然ながら泰介に心当たりはなかった。

東内駅近くのファミリーレストランから大善支社まで三十分程度で戻り、駐車場に車を止めたところで裏口から入るよう指示されていたことを思い出す。社員証をリーダーにかざしてロックを外し、鉄製の重たい扉を開ける。社屋は五階建てで、ビル自体が大帝ハウスの所有物であった。自席のある二階を目指して階段を上ろうとしたとき、清掃業者の女性とすれ違う。名前はわからなかったが、泰介のフロアにもよく顔を出す女性だった。どんな役割の人であっても、絶対に挨拶は欠かすまい。泰介は自らに課していた習慣に則《のっと》り小さく頭を下げた。

「お疲れ様です」

いつも挨拶をしっかりとは返してくれない女性であったが、それでも会釈程度のレスポンスはあった。それなのにこのときは、まるで泰介のことを認識できなかったかのように完全なる無視を決め込まれた。心持ち早歩きで通路の奥へと消えてしまう。米粒程度の不快感はあったが、平生からあのような態度だったはずだと思い直し二階の扉を開ける。

「戻りました」

誰であろうとも、オフィスに戻ってきた同僚にはきっちりお帰りなさいと挨拶をしよう。泰介が大善支社の営業部長に就任したその日から徹底していたルールであった。ショールームや取引先、あるいは一階の応接スペースに出ているのか、離席している社員も何名かはいた。それでもざっと見渡す限り二階には二十人以上の社員がいたのだが、この場にいるほぼ全員が、泰介の挨拶を無視した。あるいはお辞儀のつもりなのか、既成事実を作るように曖昧《あいまい》な頷きのようなものを見せた社員も数名いることにはいたが、お帰りなさいと口にした者は一人もいなかった。

さすがにおかしい。

そうは感じたが、よもや自分に対しての敵愾心《てきがいしん》、嫌悪感からとは思えない。見れば電話対応をしている社員も多い。本当にトラブルが——それこそ支社長が軽くパニックになるほどのものが——発生しているのだと解釈する。ただ事ではない。どことなくオフィス全体に淀んだ空気が垂れ込めている。明らかに今朝とは別の空間であった。

「野井、ちょっと例の鈴下《すずした》方面の施工予定図を用意してくれ。支社長が進捗《しんちょく》を気にしてたから、話を聞きに行くついでに報告してくる」

「あ、わかりました」

野井は鈴下方面を担当している部下に資料を用意するよう指示を出す。何やら泰介に対して思うところのある様子であったが、上司に指示されれば断ることはできない。野井の部下は整理されていない自席をがさがさとまさぐり始める。しかし資料が一向に出てこない。多少だらしのないところがあるという噂は聞いていた社員だったが、よもや大事な資料を紛失するはずがない。当人と、そして彼の上司である野井を信じて待っていたが、野井の部下はやがて青い顔を上げた。

「すみません……ちょっと」

「なくしたのか?」と野井は愕然とする。

「いや、ちゃんと机の上のここに、箱に入れて保管してたん……ですけど」

泰介は舌打ちこそ我慢できたが、ため息は我慢できなかった。野井がもう一度ちゃんと捜せと言うと、またがさがさと紙の山を漁り始めるのだが、手つきの自信のなさからして資料が出土される期待は薄かった。さすがにこの失態は看過できない。

紛失してしまった資料はどう補塡するべきか、そしてどんな言葉をかければ反省を促すことができるのだろうかと内心頭を抱えていると、開いた扉から大声が響いた。

「山縣」

血相を変えて飛び込んできたのは支社長であった。

あ、支社長。先ほど戻ってきたので、今から伺おうと思ってたんです。ちょっと鈴下の件についてのご報告があったんですけど、資料を紛失してしまったようでして――瞬間的に頭に描いた一連の台詞《せりふ》は、結局一言たりとも口にすることができなかった。

「早く来い」

有無を言わさず、五階にある支社長室へと連れられる。見たこともないほど顔を真っ赤に染めあげた支社長は、もうすでに五十件以上問い合わせが来てるとだけ言い、ソファにどっかりと座ってテーブルの上のタブレット端末を叩いた。

「……これはお前、どういうことだ」

それは、泰介の台詞だった。泰介にはいったい何の問い合わせが五十件以上来ているのかすらわからない。画面を見る前からどういうことだと尋ねられても答えられるわけがない。

本当に直情的な人だなと呆れながらも、これ以上支社長の機嫌を損ねればただただ面倒ごとが増えるだけであった。不承不承タブレット端末を摑み上げる。商談に用いるので営業部員は基本的な操作を理解しているはずなのだが、客と対面する機会の乏しい部長職はなかなかタブレットに触ることがない。どう操作したものだろうと画面を覗き込むと、何もタップしないうちから大見出しに息が止まった。

【速報】死体写真投稿者の詳細判明！　本名山縣泰介、大帝ハウス勤務、大善市在住

空気が凍る。

何だ、これは。

表示されていたのは「たび男《お》速報」という通俗的なまとめサイトであったのだが、疎《うと》い泰介にはそれがどのような機関が運営している、どれほど影響力のあるサイトなのかがわからない。一種のニュースサイトであるのだろうと予測はついたが、それ以上のことはわからない。

恐る恐る画面をスライドさせると、目の前に現れたのは泰介自身の顔——会社のホームページに掲載されている写真だった。支社の営業部長の挨拶を掲載するのが慣例だったのでスタジオで撮影した写真であったのだが、なぜその写真がここで出てくるのかは、やはり理解できない。意味がわからないまま更に画面をスライドさせると、腹部から血を流して倒れている女性の写真が続く。ショッキングな写真には違いなかったが、混乱が先行してグロテスクさが頭に入ってこない。何だこれは、が頭の中で

繰り返される。文脈も読み取れないまま万葉町第二公園という文字が目に入り、確かに写っているのが泰介もよく利用している近所の公園であるとわかる。しかしだから何だというのだ。何なんだ、これは。

たいすけ、ゴルフ仲間が欲しい今日この頃、イライラする、現在はアカウント削除済み。

あらゆる情報が泰介を驚かせるが、驚かせるだけで意味のある像を描いてくれない。ああ、そういうことなのかなと、どこかで腑に落ちることを期待するのだが、一向に全容が把握できない。

「お前は……何を考えてるんだ」

支社長の問いかけに、何も答えることができない。

「お前のTwitterなんだろ」

奇妙な日本語だったが、そこでようやくこのサイトで取り上げられている「たいすけ@taisuke0701」という存在が、Twitterのアカウントというものなのだなと合点がいく。なるほど、先ほど車内にて野井から聞いたTwitterの話はここに紐づいてくるのか。「たいすけ@taisuke0701」が問題のある発信――どうやら人殺しをほのめかしているようだ――を行ってしまい、それが同名である泰介のものであると誤認されている。それがネットでちょっとした騒動に発展しているのだ。

朧気ながら問題の骨格が摑めてくれれば、反論の糸口も見えてきた。

「もちろん、私じゃないですよ」

なんだ、そうだったのか。そうだよな。信じてたよ。

直情径行な人だが、話のわからない人間ではないはずだった。赤ら顔に浮いた汗をハンカチで拭って、そうだと思ってたんだ、カッとなってすまん。そんな言葉が聞けると思っていたのだが、支社長の充血した瞳は変わらず泰介のことを憎々しげに捉え続けていた。

「そんな言い訳……通用するわけないだろ」

「……言い訳？」

「どうすんだ……この大馬鹿が」

なぜ支社長がここまで頑《かたく》なにTwitterアカウントの持ち主が泰介であると妄信しているのか、泰介には理解できなかった。確かにゴルフは好きだった。今や泰介のライフワークと言ってもいい。中学では短距離走、高校ではラグビー、大学時代はトライアスロン――学生時代から様々なスポーツに挑戦してきたが、会社員になってからはもっぱらゴルフだった。少なくとも月に三度はラウンドする。問題となっている万葉町第二公園の近くに居を構えているのは確かだし、アカウントの末尾についている数字と泰介の誕生日である七月一日が一致しているのも、事実と言えば事実だった。

ただ、だからといってどうして殺人犯と勘違いされなければならない。

「とりあえず、今日はもう帰れ」

「……はい？」

「自宅待機だ」支社長はそれ以上のコミュニケーションを拒否するように、むっくりとソファから立ち上がって背を向ける。「野次馬が何組か、表のエントランスに来ては帰ってを繰り返してる。山縣は体調不良で帰ったと説明するから、とにかくすぐに帰ってくれ。ここにも、本社にも、お前の件で大量の電話がかかってきてるんだ」

「……何で私が帰らなくちゃいけないんですか」さすがに苛立ちを隠せなくなってくるが、感情的にならぬようどうにか自分を律し、冷静に言葉を積み上げていく。「無実なんですから、無実だと説明すればいいだけの話です。誤魔化すような真似をするほうが却って世間に与える心証は悪くなる。ここはしっかりと――」

そこまで口にしたところで、支社長室の電話が鳴った。

しかし部屋の主である支社長は電話のほうを振り返ろうともしない。電話に近いのはお前なのだから、お前がとれという意味だろうか。泰介は小さな咳払いで喉を整え左手を伸ばす。電話はとらなくていいという支社長の声が響いたのは、泰介が受話器を耳に当てた後だった。

「はい、大帝ハウス大善支社です」

三秒ほどの静寂。ちりちりというノイズは聞こえているので電話は繋がっているはずなのだが、何も発声がない。もしもしと泰介が口にしたところで一言、男の声が響く。

「人殺し」

反論しようと思ったときには、すでに電話は切れていた。

イタズラ電話だ。

言いようのない怒りが脳内でぱちぱちと弾けた。当て逃げか、あるいは通りすがりに意味もなく生卵をぶつけられたような心地であった。見えない通話相手の顔が浮かんでくるような気がして、しばらく受話器を睨みつける。何の生産性もない電話だ。まだしも、山縣泰介を出せ、説明をしろ、会社から公式発表を出せというような要求があるのならわかる。同時にこちらにも反論の余地が生まれる。しかしこの幼稚な嫌がらせはなんだ。

「自宅待機だ」

支社長は繰り返した。

「詳細は調査中。当人は体調不良で本日は帰宅しました――これで乗り切る。今日は帰れ」

とんでもない面倒ごとを持ち込みやがって。

納得などできるはずがなく、捨て台詞に嚙みつきたい気持ちもあった。いったいこちらが何をしたというのか。どんな面倒ごとを持ち込んだというのか。しかし支社長が考えを改めるとは思えず、本社の上役に抗議をしたとしても結果が変わるとは思えなかった。

諦めた泰介が二階に戻ると、フロア全体に緊張の糸が張り詰める。自分たちの上司が嫌疑をかけられており悔しいというよりは、身近に殺人鬼がいたことが判明して戦《せん》慄《りつ》しているといった表情だった。戸建て住宅部門、集合住宅部門、店舗部門、エネルギーインフラ部門。フロアの端から端まで視線を移動させてみるが、全員が呪いにかかるのを恐れるように俯《うつむ》き、口を開こうとしない。

なぜ一緒に仕事をしてきた人間のあり方よりも、根拠不明の流言を信用するのか。泰介は誤った情報にいとも簡単に毒されてしまった部下たちの不明に愕然としながらも、言うべきことは言う必要があると判断して大きな声を出した。

「何か、おかしなことを書いてるネット記事があるらしい」

全員の動きがわずかに鈍化するが、泰介と目を合わせようとする者はいない。

「もちろんわかってくれているとは思うが、すべて事実無根で、デタラメな情報だ。今日は一時帰宅するが、土曜日――明日も通常どおり出社する。イタズラ電話の対応で迷惑をかけるが、基本的にはいつもどおりの業務を頼む。携帯は持っておくから、確認をとるべきことがあったら遠慮なく連絡をくれ」

幸いにして野井はまだ状況を把握しかねている様子だった。何があったんですかと尋ねる野井に、泰介のスマホでもTwitterの検索はできるのかを尋ねてみる。泰介よりはいくらかデジタル方面に明るい野井は、アカウントがないと公式アプリの閲覧は面倒なので、すでにインストールされている別のアプリでリアルタイム検索をしてみたらどうかと勧めてくる。検索ボックスに調べたい言葉を入力して、リアルタイムのボタンを押せばTwitterでの呟きが手軽に確認できますよ、と。

言われるがまま自身の名前を打ち込み、リアルタイムのボタンを押した瞬間に血の気が引く。

リアルタイム検索：キーワード「山縣泰介」

12月16日13時44分　過去6時間で12652件のツイート

五十件以上の問い合わせが来ているという支社長の言葉から、漠然と百から二百人程度の人間が騒いでいるのだろうと予想していた。ツイートという言葉の持つ意味合いがもう一つ正確にはわからなかったが、それでも何やらとても多いことだけは直感できる。一万二千件以上のツイートという表示に、気管がきゅっと狭《せば》まる。

画面を覗き見していた野井が思わず、え、と零す。

「すごいことになってるのか？」

野井は泰介の質問には答えなかった。「……何が、あったんですか？」

課員のためにも、そして自分自身のためにも、今はこれ以上オフィスに留まるべきではない。悟った泰介は一時帰宅の準備を始めた。幸いにしてこの日、シーケン以外にアポはなかった。自宅で作業するために月末の会議資料をクリアファイルに挟み、

ACアダプタのコンセントを抜いてノートPCを鞄に入れる。泰介宛に届いていたいくつかの郵便物もひとまず鞄に詰め込むのだが、そこに見慣れぬ封書が交じっている。長3サイズの茶封筒——差出人の名前がない。

おそらくどこぞの無益な広告だろうとは思いながらも、家で確認してから捨てればいい話だと割り切って詰め込む。現状、唯一まともにコミュニケーションがとれる社員である野井に対し、進行中の案件について他の課の分も含めて思いつく限りの方針を言づける。どんな状況に陥ろうとも、泰介にとって自らの職務を中途半端な形で放置することは許されぬ所業であった。ひとまず大丈夫だろうと判断してからも手帳のタスク一覧を確認し、机の上を完璧な状態に整頓してからオフィスを出る。

正面のエントランスを避けて裏口から外に出たところで、どっと吹きすさんだ冬の風に体が縮む。こんなにも冷え込んでいただろうか。コートの前をきつく閉じ、いつも使っているバス停へと歩き出す。

地方都市ながら大善駅前はそれなりに栄えていたが、やや離れた位置にある支社の周辺は静かな住宅街であった（だからこそ、ハウスメーカーである大帝ハウスの支社が建っていた）。昼下がりということもあって誰にすれ違うこともなくバス停まで辿り着いたとき、ようやく泰介の中でファミリーレストランでの一件と、先ほど知らされたネット上での騒動が繋がった。

若者たちはやたらと泰介の様子を窺い、あまつさえ写真まで撮ろうとしていた。あれは、そういうことだったのだ。理解が追いつくと、しかし気味の悪さも加速していく。つまるところ、たまたまファミリーレストランに居合わせた若者が知り得るレベルで、自身に纏《まつ》わる誤報は広がっているということになる。

ちょうどバスがやってくる。大善駅方面から走ってきたバスの中には、想像していたよりたっぷりと人が詰まっていた。どうという感慨もなくステップの一段目に右足を乗せたのだが、目の前の席で若者がスマートフォンをいじっている光景が目に飛び込んでくると動きが止まってしまう。悪い予感が脳内を満たし、左足を持ち上げることに躊躇いが生じる。どうぞぉ、という間延びした運転手の声がスピーカー越しに響くと、訝《いぶか》しく思ったのか若者がスマートフォンから顔を上げて泰介のほうを見る。

「すみません、忘れ物を……思い出しました」

乗車を辞退し、ため息をつきながら通りを曲がるバスを見送る。

怯えていたわけではなかったが、万に一つでも車内で騒がれるような事態は避けたかった。自宅まではバスなら五分、歩いても三十分程度の道のりだった。敢えてリスクを背負い込む必要はない。白い息を吐きながら歩き、三人ほどとすれ違うもいずれの人物からもこれというリアクションはなかった。しかし大通りを曲がっていよいよ我が家だと思ったところで、思わず息が止まる。泰介は慌てて足を止め、塀の陰に身を隠した。

家の前に、野次馬がいる。

十代後半から二十代前半といったところだろうか。五人ほどの若者が泰介の家を指差し、話題の観光スポットを見つけたといった様子ではしゃいでいた。なかにはカメラを回している若者もおり、テレビのレポーター気取りで何かをカメラに向かって語りかけている。勤務先と顔がネット上で晒されてしまっていることはわかっていたが、自宅まで割り出されていたのは予想外であった。

当たり前だが大帝ハウス大善支社営業部長の家は、大帝ハウスが施工を担当していた。来年でちょうど築二十年になる。決して新しいとは言えないが、プロが長年の知識、経験、その粋を集めて建てた家が、貧相であるはずがなかった。広々とした庭にはゴルフ練習用のネットが設《しつら》えられてあり、駐車スペースには納車されて間もないベンツのGLEが鎮座する。そしてそのすべてが、どうやら野次馬たちを無意味に興奮させているようだった。

インターホンを乱暴に連打し、挙げ句、郵便受けにイタズラをしようとしているのが確認できた。何が面白いのか泰介にはまったく理解できなかったのだが、彼らのうちの一人は一本の長ネギを取り出すと、それを強引に郵便受けに突っ込んでみせた。そして人生で一番面白い光景を目撃したとばかりに大声で笑い出す。

事態は最悪であったが、妻も娘も家にいない時間帯だったことは不幸中の幸いであった。妻はパートに、娘は学校に行っている——そうだ、家族にも連絡を入れないと。果たして、貰い事故としか言いようのないこの奇怪な状況をどのように説明すればいいものか。頭を痛めながらも、目下対処すべきは迷惑な野次馬たちであった。どうしようかと考え始めてから、警察を呼んでしまおうというシンプルな解決策に辿り着くまで、さほど時間はかからなかった。

泰介はスマートフォンを取り出し、一一〇を入力する。しかし発信ボタンを押す直前で、わずかな迷いが生まれた。もしも、ネット上の愚かな人間たちと同様に、警察も泰介のことを何かしらの事件の犯人だと思い込んでいたとしたらどうする。弱気に曇り空を仰ぎかけるが、泰介はすぐに邪念を払った。日本の警察がそこまで間抜けであるはずがない。

二人組の警官はおよそ五分後に現れると、本棚の埃を払うよりも簡単に野次馬たちを退散させてみせた――というより、制服姿の警官を見た瞬間に野次馬たちが自発的に逃げ出した。

警官は塀の陰にいた泰介の姿を確認すると、早足で歩み寄りながら口を開いた。

「山縣泰介さんだね」

どう甘く見積もっても三十は越えていないだろうという若い警官がやや高圧的な態度で声をかけてきたことが引っかかり、用意していた感謝の言葉が声にする直前で消えてしまう。ひとまず、はいとだけ答えたところで、若い警官は畳みかけた。

「ネットのあれ、わかるよね。山縣さんのアカウント」

「……はい？」

「ちょっと家の中を見せてもらいたいから、念のため開けてもらえる？　山縣さんのアカウントの件で、たくさんの通報が来てるのよ」

悪夢を見ているかのようだった。強烈な失望の念が、泰介の意識とは無関係に力ない笑みへと変換されていく。

若い警官が暴走しているだけなのかと思いきや、後ろで控えているいくらか年かさの警官も同様に泰介に対して疑念の眼差しを向けていた。警察組織として、俺のことを疑っているのだ。デマを鵜呑《うの》みにする姿勢に憤りの気持ちはあったが、熱くなってしまえば状況は悪くなるばかりであった。泰介は意識的に気持ちを落ち着けてから、努めて人当たりのよい笑みを浮かべてみせた。

「勘弁してください。あれは私のアカウントじゃありません。すべて濡れ衣で、私は被害者です」

二人の警官は相談するように一瞬だけ視線を交わす。「じゃあ、なんだ。お家は、開けてもらえないんだ？」

一切の敬意が感じられない物言いにさすがに血圧が上昇し始める。

「開けるわけ、ないでしょ。それよりもネットで噂になってる記事を削除して、デマを正してくださいよ。家にあんなイタズラまでされて困ってるんです。被害者を守るのが、そちらさんの使命ではないんですか？」

「山縣さん。記事の削除とかはね——」それまで黙っていた年かさの警官が、まるでマッサージ店で性行為を強要した人間を諭すような口調で告げる。「うちじゃやってないの」

話にならなかった。ふつふつと煮え始めた怒りをどうにか抑え込み、泰介は静かに首を横に振った。異星人と会話しているような気分に嫌気が差し、元来た道を戻ることにする。

「山縣さん、どこ行くの」

「……仕事するんですよ。駅前の喫茶店で」

「お家帰らないの？」

「……おかしな連中がまた来るかもしれないのに、近づけるわけがないじゃないですか。できればおかしなのが寄りつかないよう、見張っておいてもらえないですかね」

返事を待たずに背を向けると、近隣の住民が二、三組ほど泰介と警官の問答を観察していたことに気づく。さすがに笑顔で事情を一から説明する余裕はなく、怒りと屈辱を胸に下を向いたまま歩き出す。ある程度歩いたところで振り返ってみると、腕を組んだ二人の警官は未だ泰介の行く先を注視していた。すぐにでも取って返し、いくら何でも非礼が過ぎるのではないかと言ってやりたい思いを堪《こら》え、早歩きで大帝ハウスへと戻る道を進む。

咄嗟《とっさ》に駅前の喫茶店に行くと口にはしてみたが、実際に足を運ぶつもりはなかった。ここからでは距離がある。また可能であるならば、衆目に晒されるような場所は避けたかった。どうしようかと頭を捻ったとき、駅からやや離れた場所にビジネスホテルがあったことを思い出す。地元住民であるがゆえに利用したことはなかったが、ここからならさほど遠くもない。ひとまずそこに避難しよう。目的地を見つけると足取りは軽くなる。

402号室の扉を開けたとき、泰介はようやく文化と人権を取り戻せたような心地になった。コートをハンガーにかけ、敢えて姿を晒すようにカーテンを思い切りよく開け放つ。初めての角度で見る街の姿であったが、紛うことなき泰介のホームグラウンドであった。道幅のある広い道路がどこまでも、豊かな緑の中にまで続いている。お世辞にも都会とは呼べなかった。それでもいずれの建造物もよく手入れがされており、どこか品がある。車が、人が、いつもの速度でいつもの道を流れていく。

ほら、日常だ。

大善市は泰介ではなく、妻である芙由子《ふゆこ》の故郷であった。二人の出会いは大帝ハウス町田《まちだ》支店で、事務員をやっていた芙由子とは社内恋愛の末に結ばれた。仕事を辞めて家に入った芙由子は、すぐでなくとも構わないが、いつかは東京を出て愛着のある大善市で暮らしたいと望んだ。一人娘であるがゆえに両親のことが気がかりでもあったのだろう。

大善支社への異動願いを提出することに抵抗はなかった。その気になれば東京まで一、二時間での移動が可能という立地のよさもあったが、何より大善支社に配属されることが社内的には誉れ高いことでもあったからだ。大善支社では、市内にとどまらず実質的に県内すべての案件を統括管理している。都内の端のほうの支店で小さくまとまるよりも、開発のポテンシャルのある大善支社で活躍したほうがよほど大きな出世が見込めた。そして事実として、泰介は順調としか言いようのないペースで部長職にまで上り詰めることができていた。

そんな俺が、どうして。

泰介は洗面所に向かい、時間をかけて丁寧に顔を洗った。そして顔についた水滴をやはり丁寧に拭き取ると、ベッド脇に置かれた椅子に深く腰かけ長いため息をつく。すぐにPCを取り出して仕事をする気にはなれず、備えつけられていたテレビをつけることにする。午後のワイドショーが放送されていた。煽《あお》り運転で逮捕された男がふてぶてしくも居直っているという気分の悪いニュースがピックアップされていたが、しばらく視聴してみたところで、泰介はもちろん、大善市や万葉町といったワードは一切飛び出す気配がなかった。何局かザッピングしてみても結果は同じ。やはり自身についてのデマは所詮ネットの世界でのみ流布されている噂にすぎないのだ。

そう判断できると、泰介はささやかな安心感に包まれる。

思えば二人組の警官も通報が来ているから家の中を見せろとは言ったが、泰介のことを逮捕しようとはしなかった。またそこに強制力もないようで、たまたま通報があったからついでに家の中を確認したいといった程度の様子であった。噂がただの噂であることの何よりの証左だ。事件は存在していない。死体などどこにもないのだから、逮捕などできるはずがない。泰介は事実を一つ一つ噛みしめることによって気持ちを落ち着けていく。

どれだけ時間がかかるのかはわからないが、事実無根のデマが永続的に残り続けるとは思えなかった。数時間後か、あるいは数日後か。どこかの時点で汚染物質が浄化されていくように、正しい情報がデマを取り除いてくれるに違いない。

何の気なしに合わせたチャンネルでは、警察が夜の歓楽街を警戒する密着ドキュメントが放送されていた。警官がネオン街で目を光らせる。そしてこれという若者に声をかけると、まるで仕込みでもしてあったかのように鞄から違法薬物が見つかる。どうして彼が怪しいと踏んだのですかと撮影スタッフに尋ねられれば、警官は当たり前のような表情で「挙動が不審でしたので、すぐにわかりました」と答える。

よくあるテレビ番組に違いなかったが、今の泰介にとっては一種の至言であった。なるほど、世に蔓延《はびこ》る悪が摘発される端緒は、実際のところなんとなく怪しいからという、いわば個人の印象の域を出ないものなのだ。びくびくと周囲を警戒しているからこそ警察を引き寄せてしまい、心にやましいところのない善良な人間は堂々としているからこそ怪しいとも思われない。泰介は椅子に座ったまま背筋を伸ばした。そうだ、そうではないか。無実なのだから、堂々としていればいい。胸を張って過ごしていれば、誤解が解ける速度もいくらかあがるに違いない。

ホテルの部屋という安全な空間に守られていることもあり、徐々に泰介の思考はポジティブなものへと傾いていった。誤解はきっとすぐに解ける。いや、ひょっとするとすでに解けているのではないだろうか。まだ完全にとはいかなくとも、炎上の炎が鎮火のフェーズへと移っている可能性は大いに考えられる。泰介はスマートフォンを取り出し、野井に教わったやり方でもう一度、自身の名前を検索してみた。

リアルタイム検索：キーワード「山縣泰介」
12月16日14時56分　過去6時間で20120件のツイート

小さな楽観は見事に打ち砕かれ、ずんと心臓が重くなる。一時間ほど前に見た数値を正確には思い出せなかったが、増えているのは間違いなかった。

『死刑執行はよ』『目の顔つきからして凶悪犯顔』『バカすぎて震え止まらん』どうやらネット上にはまともな日本語が使える人間は一人もいないらしい。直接関係のないことにまで苛立ちを覚えながら画面をスクロールすると、多くのアカウントが引用している『死体画像投稿犯、山縣泰介まとめ』というリンクが目にとまる。タップしてみれば、先ほど支社長に見せつけられたのと同じようなまとめサイトへと遷移する。

ちょっとした偶然の一致が、いくつか重なってしまっただけに違いない。

たったこれだけの情報で犯人扱いしていたのか。こじつけもいいところだと鼻で笑えるものだと思っていたのだが、精読していくうちに泰介の肌は粟立った。支社長室で見たまとめサイトと取り扱っている内容はほぼ同じであったのだが、あのときは混乱状態の中、情報の一部を断片的に拾い集めて事態の全容を漠然とイメージしていたにすぎなかった。しかしページの頭から順に経緯を追えば、ネット上に広がっている「たいすけ@taisuke0701」＝「山縣泰介」の図式がいかに妥当なものであるのか、泰介自身であっても認めざるを得なかった。「たいすけ@taisuke0701」の呟きを写し取ったスクリーンショットの数々に目を通す度に、泰介の心は大きなスプーンで掻き出されるように、ゆっくりと、力強く、抉《えぐ》りとられていく。

「自慢のゴルフバッグ」――数年前に買い換えてしまったが、間違いなく泰介が一時期使用していたゴルフバッグであった。大帝ハウス五十周年記念コンペのキーホルダーのことも覚えている。ゴルフバッグは基本的に車のラゲッジスペースに入れっぱなしにしているのだが、写真の背景はどうやら泰介の家の外壁のようだった。荷物の積み下ろしをする際、数時間ほどゴルフバッグを庭に置いておくことがあるのだが、まさしくその数時間を押さえた写真だ。

「庭に花が咲きました」――どこからどう見ても泰介の家の庭であった。

「ドライバーを買いました。今から使うのが楽しみです」――かつての泰介が慎重に検討を重ねて購入した、思い出深いキャロウェイのドライバーだ。これも庭に置いておいたゴルフバッグの中から飛び出た一本を撮影した写真だ。

「ゴルフは孤独なスポーツですが、だからこそやり甲斐があると信じています」——他でもないそれは、泰介の口癖だ。

どこからどう見ても、山縣泰介が運営しているアカウントだ。

泰介のことをよく知らないから騙されてしまうのではない。泰介のことをよく知っている人間であればあるほど、泰介のものであると信じてしまうアカウントであった。泰介自身でさえ錯覚しそうになる。これは本当に自身のアカウントなのではないだろうか。あまりにも巧妙で、自然で、だからこそ歪で異様なアカウントであった。

これは偶然の一致や、不幸な貰い事故などではない。

何者かが十年もの間、ネット上で泰介を演じ続けていたのだ。

お前は、いったい誰なんだ。心の中で問いかけた瞬間にスマートフォンが震えだしたので、思わず滑り落としそうになる。妻の芙由子が電話をかけてきたのだ。家族への連絡を失念していたことを思い出しながら慌てて通話ボタンをタップすると、かなり取り乱した様子の芙由子の声が響いた。しゃくり泣きの間に挟み込むようにして言葉を紡ぐが、なかなか意味のある文章にならない。

「パートの、高橋《たかはし》さんに、高橋さんから、聞いて……ネットの、さっき」

わかってる。大丈夫だ。把握してる。

泰介は芙由子を落ち着かせるために強い言葉をかけ続けた。芙由子は化粧品通販のコールセンターでパートをしていた。おそらく高橋という名の同僚に騒動を教えられ職場から電話をかけてきたのだろう。

「言うまでもないが、全部、デタラメだからな。信じる必要なんて一つもないし、誤解はきっとすぐに解けるから、安心しろ」

ほとんど願望でしかない言葉に、芙由子はわかったともそうだよねとも言わず、ひたすらに嗚咽《おえつ》を響かせるだけであった。危険な野次馬がいるかもしれないから絶対に家には近づかないように、そして娘の夏実《なつみ》ともども今日は実家に泊めてもらえるよう手配して欲しい。泰介は念を押した。芙由子の実家も万葉町にあった。十年以上前のことになるが、泰介たちの家から歩いて十分程度の場所に、大帝ハウスの施工で一戸建てを建てている。問題なく泊めてもらえるはずだ。

「夏実に連絡はできそうか？」

微かに、うん、という返事が聞こえたのを確認する。

「こっちは無実なんだ。たぶん何も問題はないと思うが、学校でも堂々としていなさいと伝えておいてほしい。早退なんて間違ってもさせる必要はないからな。ネット上のあれは全部完全なデタラメなんだ」

それが洟を啜る音なのか、了解を意味するうんなのかが判別できないことが多く、泰介は何度も芙由子にわかったな、頼むな、大丈夫だなを繰り返した。ようやく明瞭な、わかった、が聞こえたところで、泰介はよろしく頼むと言って電話を切った。迷惑をかけて申し訳ないという言葉は、意識的に口にしなかった。どう考えてもこちらに非はないのだ。会社にも、社会にも、もちろん妻にだって謝る必要はこれっぽっちだってない。

立ち上がったままだったブラウザアプリを呼び出しもう一度まとめサイトに目を通すと、最下部にコメントを書き込めるスペースがあることに気づく。これがどこの誰の目にとまるのか、どれほどの効力を発揮するものなのかもわからないまま、それでも何かしら意思を、自分だけが知っている真実を、どこかに刻み込んでおく必要が、泰介にはあった。

［山縣泰介は犯人じゃない。何も悪くない。これ以上は騒がないほうがいい］

投稿するのボタンをタップし、そのままブラウザアプリをスワイプして閉じる。

泰介は激しく動揺していたが、心の内側の内側——核となっている芯の部分では、いつかハッピーエンドが訪れるであろうことを疑っていなかった。泰介を装ったアカウントが問題のある投稿をしていたのは事実だが、実際のところ死体は発見されていない。泰介を陥れようとした何者かの存在は認める必要がある。ただ殺人犯に仕立て上げようとしたところで、肝心の事件が存在していないのなら、これ以上事態は悪くなりようがない。

どれくらいの時間がかかるかは想像もつかないが、誤解は間違いなく解けるのだ。それにしても、犯人はいったい何者なのだ。

まともな仕事ができる精神状態にはなかったが、手を動かしていたほうが余計な思考にとらわれずに済みそうだった。ネガティブを払い落とすようにPCを鞄から取り出そうとしたところで、オフィスから持ってきた郵便物――封書の存在に気づく。どうせ新人教育のためのセミナーか教材の広告なのだ。内容を一瞥したらすぐに処分するつもりで封を切り、折りたたまれたA４用紙を取り出す。読み始めて間もなく時が止まり、指一本、ぴくりとも動かせなくなる。

山縣泰介さま
事態はあなたが想像している以上に逼迫しています。
誰も信用してはいけない。誰もあなたの味方ではない。
唯一助かる可能性があるとすれば、選ぶべき道は一つだけ。
逃げる、逃げ続ける。それだけです。
私はあなたに逃げ切って欲しい。
どうしても辛くなったら「36.361947, 140.4651187」

セザキ　ハルヤ

読み終わって紙面から顔を上げたとき、つけたままにしていたテレビの音が耳に届いた。すでに警察の密着ドキュメント番組は終わり、報道フロアで女性アナウンサーがニュースを読み上げている。まもなく映し出されたのは、見慣れた万葉町第二公園の公衆トイレだった。

女性の死体が、発見された。

リアルタイム検索：キーワード「死体／発見」
12月16日16時02分　過去6時間で１５２１件のツイート

・死体が発見されたらもう言い逃れのしようはないな。大帝ハウスの電凸配信見たけど、会社は体調不良で帰ったの一点張り。体調不良になることがそもそも犯人だってことの証明だし、警察に突き出さないで帰宅させる会社も謎。普通の会社じゃない。俺の会社なら即アウト。
引用：【真報新聞ウェブ】大善市万葉町で女性の遺体発見
マキタコゴロウ@イデアスジーン代表@kogorou_makita

・大善市の例の件。死体を最初に発見したのが警察じゃなくYouTuberなのが頭痛い。

犯人はもちろん極刑でいいけど、警察も真面目に働け。ネット上では散々話題になってたのに完全なる職務怠慢。真面目に税金納めてる人間を馬鹿にするな。

えるご@ergo_nakamura

・大帝ハウス平均年収：922・5万円
人殺して、死体遺棄して、バカッターしても問題なし。いつもの上級国民無罪。
引用：【日電新報オンライン】大善市でYouTuberが遺体発見「ネットの騒動を見て」

パンタロン@求職中@BiPUSbMj556TOS

・警察がいかに役に立たないか、皆さんよくわかったと思います。私がストーカー被害に遭ったときも同じでした。どれだけ切実に訴えても全然動いてくれません。今回も被害者の女性はSOSを送ってた可能性があると思います。殺されてからでは、死体になってからでは本当に遅いんです。許せない。
引用：【真報新聞ウェブ】大善市万葉町で女性の遺体発見

りじゅ@Love_Rose_Life

山縣夏実《なつみ》

父の騒動について教えられた夏実は、金縛りに遭ったように職員室のパイプ椅子から動けなくなった。

「伝えるべきかどうか、迷ったんだけどね」

三時間目の社会の授業が終わってすぐ、夏実は呼び出された。職員室で待っていたのは学年主任と担任の二人で、彼らは刺激的な話題を飲み込みやすいよう、なるべく平易な表現を用いて夏実に伝えた。

「……お父さんが、本当にそんなことを」

目を震わせながら尋ねた夏実に対して、学年主任は苦しそうに頷く。

「教頭先生がお休みなのは、それとは関係ないんだけどね。でも、うん……」

私の知らないところで、そんなことに。

父がそんな真似をするはずがないという祈りにも似た思いと同時に、しかしどうしてそう言い切れるのだろうと迷いも生じる。いずれにしても、騒動を知ったところで小学五年生の夏実には何をどうすることもできなかった。事実がどうであったのか、情報がどのような広まり方をしているのか、確かめる方法も、噂を食い止める術《すべ》もない。ただひたすらに混乱し、頭を駆け巡る様々な思いに翻弄されるだけであった。

「……とりあえず戻ろう、山縣さん」

どこか事務的で心がこもってないと保護者からの批判を浴びがちな担任は、夏実のことをどう取り扱うべきか迷っている様子だった。根拠もなく大丈夫だよと励ますのもためらわれ、割れ物のように過保護に取り扱うのも適切ではないように思われる。そして何より、この子は本当に守るに値する人間なのだろうかという、値踏みした気持ちが、瞳を濁らせている。

そんな大人の迷いは、幼い夏実にも悲しいほど伝わった。自分が教室の扉を開けたとき、果たしてどのような態度をとるのが正解なのだろう。お父さんは、お母さんは、夏実は、これからどうするべきで、どうなっていってしまうのだろう。夏実は呼吸が浅くなるのを感じていた。

まさか、そんなはずは、ないよね——必死に楽天的になろうと努力してみたが、残酷なことに気のせいではなかった。察し始めたのは四時間目の途中で、確信したのは給食の時間だった。

教室の空気が、間違いなく、変わりつつある。

夏実が教室に戻ってきてから——いや、気づいていないだけで、ひょっとするともう少し前から変わっていたのかもしれない。誰がどこでどのようにして父の噂を入手したのかはわからない。職員室でのやりとりを盗み聞きされていたのだろうか。あるいは何かしら、夏実には想像もつかないルートで情報が漏れたのだろうか。予想はできても答えはわからず、またその答えを友人に尋ねてみたいとも思えない。友人の口から、そうだよ、夏実ちゃんのお父さんのこと聞いたんだよ――そんな台詞を聞きたいわけがない。しかし明らかに、疑いようもなく、夏実を取り巻く世界は、じりじりとチューニングをずらすようにして、変容していた。

もちろん唐突に殴られたり、蹴られたり、罵《のの》られたりというようなわかりやすいいじめが始まったわけではない。ちょうど、あらゆる常識やコミュニケーションが一切通用しない、異文化圏からの転校生になったような気分だった。夏実と目が合うと、誰もが決まって見てはいけないものを見てしまったような顔で目を逸らす。一人、また一人、夏実の観測できない裏側で、教室中に噂が広まっていくのがわかった。夏実との接し方を忘れる人間が、徐々に増えていく。人間関係の親密度が、音もなく数キロメートルずつ後退していく。

いや、気のせいかもしれない。

懸命に自分に言い聞かせてみるが、前の席から回ってきたプリントを後ろの席の友人に渡そうとした際に、確信せざるを得なくなった。目を合わせないように机の上に視線を落としているのだが、目元にはしっかりと力が入っているのが確認できた。隙を見せないよう、身構えている。

夏実の父と、夏実自身に、怯えている。

気づいてしまうと、夏実の心は崖の縁へと追い詰められていく。

ねえ、山縣さんのこと、聞いた？
聞いた聞いた。あれもし本当だったらさ、ちょっとヤバいよね。
誰かがひそひそと、きっとどこかで囁《ささや》き合っているに違いない。そう予感すると、些細な物音がする度に、誰かが控えめな声を出す度に、反射的にぴくりと体が動いてしまう。言い訳をしたい。したいのだが、しかし適切な言葉が見つけられない。どんな形の噂が広まっているのか、その詳細が夏実にはわからない。

強烈な悔しさと恥ずかしさに目頭が熱を帯び始める。あれ、泣いちゃうかもしれない。自覚するとまた一段と涙がせり上がってくる。我慢したい。我慢しなくちゃ。懸命に堪え続けながら、五時間目の英語の授業を迎える。

外部指導の英語講師は日本人の女性であるのだが、陽気な欧米人を演じる使命感にかられているようで、身振り手振りが無駄に大きく絶対に笑顔を絶やさない。夏実の周辺で発生している諸々の事案に対する知識もなく、不穏な空気が漂う教室にあっていつも以上に彼女の存在は浮いていた。

英語でごめんなさいを言おう。

彼女が黒板に書いた授業のテーマを見た瞬間、夏実は俯いて奥歯をかみしめた。

「みんな、色々なシーンでごめんなさいって言うよね？　ごめん、私が悪かったよ、って。今日はしっかりと英語のごめんなさいを覚えていこう」

大人から見れば小学生という存在は一括りで幼い子供なのかもしれないが、一年生と五年生の間にはれっきとした成熟度の違いがある。多くの男子児童が戦隊ヒーローに対する憧れを清算し、多くの女子児童が人形遊びよりも自分をいかに着飾るかに興味を抱き始める。子供相手にはこんな態度で授業を展開しよう――学年関係なく、幼児向け番組の司会者のようなスタンスで接する彼女が、五年生に歓迎されるはずはなかった。

夏実も彼女のことがはっきりと苦手であった。巻き舌を強要するのも、声が小さいと何度でもやり直しをさせるところも、好きになれない。そして今日は、あの人間味の感じられない底抜けの陽気さが、いつにも増して心に重たい。

「【Sorry. It's my fault.】ごめんね、これは私のミス――つまり私の責任だよ、って言葉だね。繰り返してみよう」

二回までは繰り返せた。

しかしそこからは、涙だけが零れた。

講師がいち早く夏実の異変を察知してくれたのはよかったが、まるで戦地の真ん中で赤子を見つけたように騒ぎ出されると、いっそうの惨めさが込み上げてきた。講師は夏実の背中をさすりながら、何度も何度も涙の理由を尋ねる。答えられるわけがなかった。何も知らない人間には、何も教えたくなどない。私が山縣夏実であること、父の騒動のこと、知らないなら知らないままでいてほしい。

授業を一時中断します。保健室までついて行くねと講師は言ってくれたが、本音は一人になりたかった。一人で歩けるんで大丈夫です。何度か言葉にしようと口を開いたのだが、もともと自身の思いを伝えるのが苦手な夏実は結局保健室まで講師の同行を許した。

「山縣さん、お母さんから電話だ」

ベッドで十分ほど丸まっていると、担任の教師が保健室に顔を出した。赤い目をこすり、導かれるまま職員室の電話を摑む。母親の声を聞くと、小さな安心感からまた涙がじわりと滲んだ。大丈夫？　お父さんのことで本当にごめんね。辛い目に遭ってない？　学校では嫌なことをされていない？　不安にさせまいと強がろうと思ったのだが、自分の感情を隠し通せるほど、小学五年生は器用ではなかった。

「お父さんはダメって言ってたんだけど、本当に辛かったら早退してもいいからね。お婆ちゃんの家、一人で行ける？」

まもなく五時間目が終わるところであった。あとほんの少し頑張れば、下校時刻がやってくる。私は頑張れるだろうかと職員室の壁掛け時計を見上げたとき、再び教室に戻る勇気はないことに気づく。平常時であったとしても一度抜け出した教室に戻るのはそれなりの恥じらいを伴うのだ。もう、教室には戻れない。

「……帰りたい」

口にした瞬間、横で様子を窺っていた担任の表情が微かに緩んだ。そうか、帰るか——意外そうな顔を作ってみせるが、それが安堵を悟られないためのポーズであることは、夏実にもわかった。

荷物をとってきてあげようかという担任の厚意に甘えることにし、職員室で鞄を受け取る。昇降口を抜け、母に言われたとおり祖母の家を目指す。

家が近いこともあり、祖母とは頻繁に顔を合わせる。決して嫌いではなかったが、まるで生まれたての赤ん坊に話しかけるような態度で接せられるのが少しばかり苦手だった。夏実には優しい一方で、祖父や母に対しては遠慮のない物言いで不満を表明するところも、疎外感と恐怖心に駆られる。

少しばかりの憂鬱《ゆううつ》が心に隙間風を吹かせたとき、また目元に涙が蘇ってきた。

夏実はしばらく歩いたところでしゃがみ込み、ガードレールに背を預けて涙に濡れた。

この怒りを、悲しみを、悔しさを、果たして誰にぶつけるべきなのだろう。やっぱり私が悪いのだろうか。私だけが批難されるべきなのだろうか。いや、きっとそんなことはない。

「……お父さん」

夏実は一言呟き、袖で目元をこずったが、涙は拭いきれなかった。

山縣 泰介

泰介は部屋が喫煙可能であることを確認してから、続けて二本の煙草を吸った。

意識的にゆっくりと紫煙を吐き出しながら、現状を冷静に見極めようと腐心する。万葉町第二公園の公衆トイレから女性の死体が出てきた。つまり、ネット上を騒がせている殺人事件は狂言ではなく、実際に発生していたということになる。こうなれば、当たり前だが犯人捜しが始まる。警察が犯人候補を炙り出す手順というものを泰介が詳細に知るはずもなかったが、おそらくは現場に残された遺留品や指紋、アリバイ、動機——いくつかの情報が彼らなりの秩序に則って参照されていくであろうことは容易に想像がついた。そこに個人の心証や雰囲気といった曖昧な指標が介在する余地は、おそらく、ない。

間違っても、ネット上での呟きだけを手がかりに犯人が特定されるわけではないのだ。

頭ではわかっていても、しかし脳裏にちらつくのは先ほど視聴したばかりのドキュメンタリーであった。映像の中の警察は、挙動が不審だというたったそれだけの理由で怪しい人間を特定していた。逮捕までは至らずとも、間違いなく怪しさは彼らにとって重要な判断基準になっている。

ここ数年は意識的に本数を減らしていた煙草だが、気づけば三本目に手を伸ばしている。

すぐに逮捕されることはないかもしれない。しかし警察が泰介に対してまったくのノーマークを貫くとも考えがたかった。例のアカウントの持ち主が誰なのかはまったくわからないが、擬態はほとんど完璧で、泰介自身であっても自分が運営しているアカウントかと錯覚してしまう。そのアカウントが示したとおりの場所で死体が発見されたのだから、泰介は第一の容疑者、ないし少なからずコンタクトをとっておくべき重要人物に挙がっているに違いない。

しかし、ならばどうして警察はこのホテルにやってこない。泰介は目を閉じ、腕を組んだ。チェックインする際に住所氏名年齢、基本的な個人情報はすべてフロントに報告していた。警察がその気になれば居場所の特定は容易なように思えるが、ひょっとするとすでに捜査は順調な進展を見せ真犯人が特定されつつあるということだろうか。

自分にとって都合のいい仮説を組み上げそうになると、泰介は頭を振って、自身が二人組の警察官に告げた言葉を思い出す。

「仕事するんですよ。駅前の喫茶店で」

警察は駅前の喫茶店を捜索しているがため、泰介がホテルにいる可能性を想定できていないだけなのではないか。考えれば考えるほどに心が摩耗していく。

いっそ自ら警察に通報してみてはどうだろう。スマートフォンに手が伸びる。私はここにいます、逃げも隠れもしないので、保護してください。警察が手厚く保護してくれるかどうかはわからないが、即座に殺人犯だと断定されることはないように思えた。積極的に捜査に協力する姿勢を見せれば、その分疑惑も晴れやすくなるかもしれない。事実として泰介は、人を殺してなどいないのだから。
さあ、電話を――というところで指が止まってしまうのは、先ほど確認した匿名の封書の存在だった。

山縣泰介さま
事態はあなたが想像している以上に逼迫しています。
誰も信用してはいけない。誰もあなたの味方ではない。
唯一助かる可能性があるとすれば、選ぶべき道は一つだけ。
逃げる、逃げ続ける。それだけです。
私はあなたに逃げ切って欲しい。
どうしても辛くなったら「36.361947, 140.465187」
セザキハルヤ

数字の羅列の意味はまるでわからず、差出人であるセザキハルヤという人物の名前にも心当たりがない。社内の人間はもちろん、たった一度しか会っていない取引先の人間であっても名前は正確に記憶するのが泰介の考えるマナーであり、仕事上の流儀であった。しかしセザキハルヤという名前にはまったくもって耳馴染みがない。学生時代の友人や親戚を思い起こしてみても結果は同じだった。おそらく初めて聞く名前だ。

ただ少なくとも、送付主は泰介が窮地に追い込まれることを事前に予測できていたのは確かであった。味方なのか敵なのかで測るならば、心情的には味方であると考えてみたくなる。そしてそんな送付主は告げている。

誰も信用してはいけない。誰もあなたの味方ではない。

それはつまり、警察も含めて、ということなのだろうか。

何を馬鹿なと鼻で笑いたいのだが、しかし信じられない出来事が立て続けに発生している以上、あらゆる可能性を排除しきれない。ただひたすらに葛藤が続き、空腹も忘れて午後五時、六時、七時——時間が経過するに連れて、捜査の手が自分に伸びてこないことに対する安心感と、一方で部屋のベルがいつ鳴るのだろうという恐怖心が行きつ戻りつし疲弊していく。

つけたままにしておいたテレビから続報が流れたのは、手持ちの煙草を吸い尽くした午後九時前のことだった。ニュース番組中に速報が入り、スーツ姿の警察官が並ぶ会見場が映し出される。机に並べられた無数のマイクを前に、捜査本部の代表とおぼしき一人が捜査状況を語った。

所持品から、遺体の女性は県内に住む女子大生であることが判明した。公衆トイレの個室に押し込められていた遺体に性的暴行の形跡はなく、金品にも手がつけられていなかったことから怨恨による犯行と推定される。死亡推定時刻は昨晩、十二月十五日の二十時から二十四時の間。直接の死因は腹部の傷――ではなく、窒息。つまり絞殺であることが判明している。遺体の発見に伴い県警は捜査本部を設置し、本件を『大善市女子大生殺害事件』と命名。引き続き早期の事件解決に向けて、全力で捜査を進める。

質疑応答にうつると、早速記者から泰介にとっての最大の関心事が尋ねられた。

「現在、ネット上で話題になっている、とあるアカウントとの関連性はどのようにお考えでしょうか」

想定内の質問だったのだろう。質問の途中から大儀そうにはいはいと頷いていた警察の代表はゆっくりとマイクに顔を近づけた。

「無視できない情報であるとの認識は持っておりますが、あらゆる可能性を含めて現在捜査中です」

当たり障りのない回答であった。物足りないなと思っていると次の質問が核心を突く。

「ネット上には容疑者としてすでに個人名が出回っておりますが、そのあたりについてはどうお考えでしょうか」

「はい」これも想定内だ。そう言わんばかりに警察の代表は一度紙面に視線を落としてから、「現在あらゆる可能性を考慮の上、捜査を行っておりますが、ぜひとも皆様には不確定な情報の流布には力を貸さないでいただくよう、お願いしたいと考えております。我々は事件解決のため全力で捜査に当たっております」

続いて死因が腹部の傷ではなく絞殺であると判断されたことに対しての質問が飛びだしたが、警察が回答する前に中継が打ち切られてしまう。別の局で中継していないだろうかとチャンネルを替えてみるが、どこの局でも放送はなかった。先ほどまで見ていたのは地方局。全国放送では捜査本部の発表の中継までは行ってくれないらしい。

ため息をついてからベッドの角に座り、明らかになった情報を整理してみる。朗報だったのか、凶報だったのか、判断が難しかった。泰介のことを第一の容疑者と考えているのか否か、当たり前だが警察は明言しなかった。しかしアカウントについて無視ができないと口にしたということは、やはりまったくのノーマークというわけにはいかないだろう。

死亡推定時刻が判明したのだから、ここから無実を証明できないだろうか。しかし昨日の二十時から二十四時頃何をしていただろうと考え始めて、すぐに絶望する。二十一時前後は日課のランニングをしていた時間帯で、具合の悪いことに万葉町第二公園にも立ち寄っていた。

犯人と、ニアミスしていたかもしれない。

万葉町第二公園は狭い公園ではない。野球場も併設されている広々とした公園で、公衆トイレも二箇所に設置されている。同じ公園の中でも端から端ではそれなりの距離がある。とはいえ、死亡推定時刻の範囲内に現場近くにいたというのは事実であった。また一歩、事態が悪い方向へと駒を進めたような感覚に苛《さいな》まれる。

唯一ありがたいと思えた発言は、不確定な情報の流布に手を貸すなと言い切ってくれたことだった。これにより多少はネット上での騒動も収束に向かうのではないだろうか。すぐに効果が現れるとは思えなかったが、数時間ぶりに自身の名前で検索をしてみようかという気になる。

リアルタイム検索：キーワード「山縣泰介」
12月16日21時01分 過去6時間で2４989件のツイート
トレンドワード：デイリー6位

トレンドワードという言葉は初めて聞いたが、意味は類推できた。会見がテレビ中継されたことにより、ネット上では犯人の個人名が確認できるらしいぞという認識が共有され、警察の思惑とは裏腹に炎上の速度は加速していた。

『どう見ても犯人なんだからすぐに確保して処刑しろよ』『これ以上、何を調査するのかが謎なレベルで犯人』『犯人のご尊顔』

するりとスクロールをすれば、泰介の顔がいくつも、いくつも、画面上をさらさらと流れていく。泰介の顔を加工して馬鹿にしているアカウントも散見された。

事態を楽観視していたわけではなかったが、さすがに明日の朝、通常どおりに出勤はできそうにないことを予感した。炎上の炎は弱まるどころか、未だピークを迎えた気配すらない。認めたくはないが、真犯人が逮捕されない限り騒動は収束しない。ネット上の泰介に纏わる情報も、そう簡単にはすべて削除されないだろう。

長期戦を覚悟しなければいけないのかもしれない。

仮にホテル暮らしがしばらく続くのであれば、最低限の生活必需品は揃えておきたかった。サニタリー用品はアメニティで我慢できても、着替えの類《たぐ》いはどうしたって必要になる。

閉めていたカーテンをわずかに開け、夜の万葉町を見下ろしてみる。駅から少し離れた住宅街に、夜景と呼べるほどの灯りはない。ただでさえ多くはない人通りも、時間が時間だけあってほとんどなくなっている。五分ほど眺めてみるが、通った車はわずかに一台、歩いている人の姿は、ついに一人も確認できなかった。

今なら、一時帰宅できるのではないだろうか。

チェックインしたときは快適に思えた空間も、数時間籠もっていれば閉塞感に息が詰まる。いい加減空腹も無視できない。泰介は自身のことを辛抱強い人間であると自負していたが、ほとんど無意識のうちに外の空気を吸いたいという欲求に沿うようにして理屈を組み立てていた。野次馬もそこまで夜行性ではあるまい。ひとまず家の様子を確認し、問題なく中に入れるようなら荷物をとりに入る。万が一野次馬が集まっているようであればすぐにホテルに引き返せばいいだけの話だ。

重たかったのでPCだけは部屋に残すことに決め、その他の荷物をコートのポケットと鞄に詰める。ホテルを抜け出し、泰介は冷え込む夜へと飛び出した。

腹立たしいことに長ネギはいまだ郵便受けに挿さっていたが、野次馬はいなかった。塀の陰で一つ頷き、念のため裏門から入ることに決める。滅多なことでは使わない裏手に回り、久しぶりに取っ手を回す。危惧していた錆《さび》による騒音もなかった。足音を立てないよう慎重にゴルフ練習用のネットの横を抜け、庭を通って玄関扉へ。人感センサーが働きぱっと照明が灯った瞬間には肝が冷えたが、どうにか鍵を開けて室内に潜り込む。入ってすぐにスイッチへと手を伸ばし、外の照明を手動で切る。靴を脱ぐ前に、人生で最も深いため息が漏れた。

もう、安全だ。

慣れ親しんだ自宅の匂いを嗅《か》げば心は弛緩し、ゆっくりと余裕が生まれていく。まずは着替え、スマートフォンの充電器、煙草もストックしてあるカートンごと持っていきたい。食料もいくらか必要だろうか。読みかけだった池井戸潤の小説があってもいいかもしれない。待て、その前に実家にいる妻と娘にも必要なものを届けてやりたい。

動線を頭の中でイメージしながら、夕刊を取り出すため新聞受けに手を伸ばす。すぐに読めるわけがなかったが、新聞受けに挿さったままにしておきたくはなかった。ステンレス製の蓋を開け夕刊を取り出すと、同時に奇妙な金属音が響いた。

何だろう。新聞受けの底を確認してみると、そこに小さな鍵が隠されていたことに気づく。手に取って凝視するも、即座には何の鍵なのかがわからない。既視感はあるものの、さて何の鍵だったか――しばらく考えて、それが庭に置いてある倉庫の鍵であることに気づく。数年に一度降るか降らないかという大雪に備えたスコップ、大昔に一度使ったきり封印されてしまったアウトドア用品、あとは何を入れていただろうか。いずれにしても活躍の機会は少ない倉庫であった。最後に扉を開いたのはいつだろう。考えた瞬間、泰介の中で苦い記憶が蘇った。

思えば、そうだ。

あれもネットが絡んだトラブルであった。泰介は自らの半生に思いを馳せ、ほとほと自身の人生が他人の尻拭いのようなことばかりであったことに思い至る。ミスを嫌い、綿密な準備と行動力で過ちを避け続けているにもかかわらず、周囲がどこからともなく問題を抱えてやってくる。いったい何の因果なのだろう。心中で独りごちながら、しかし同時になぜここに倉庫の鍵が入っていたのかが気になり出す。妻も娘もほとんど倉庫には触らない。扉が重たいので、彼女たちではただ開閉するだけでも骨なのだ。

泰介は仮説を探すように周囲を見回し、やがてこれは家族の誰かが新聞受けにしまっておいたのではなく、外部から投入されたのではないかという可能性に思いあたる。現在長ネギが挿さっている郵便受けとは別に、泰介の家の玄関扉には新聞受けが設置されていた。設置を希望したのは泰介だ。門までは玄関扉から十メートルもなかったが、毎朝の手間を考えると新聞は玄関で受け取れるようにしたい。配達員にも、新聞は必ず門の郵便受けではなく玄関扉に挿すよう言い含めてあった。

ここに、何者かが鍵を投げ入れた。

考え出すと、途端に泰介は不安に支配される。つまり誰かが庭の倉庫に触ったということになる。不用心だとはわかりながらも、倉庫の鍵は倉庫本体の側面、死角となっているへりの下部に隠していただけであった。鍵の場所さえ見破ってしまえば、実のところ家の中に侵入せずとも誰でも開けられるようになっている。

何か、やられたのだ。

直感すると、確認しないわけにはいかなくなってくる。

鞄をその場に置き音を立てぬようそっと玄関扉を開け、暗闇の中に人影がないことを確認する。ゆっくりと倉庫へ向かい、慎重に鍵を回す。かちゃりという解錠音で近隣住民が目覚めてしまうのではないかという緊張に襲われ、息を殺す。鍵を引き抜き、重たい引き戸を体重を掛けて押し、徐々に、徐々に、扉を開ける。

ふっと鼻を撫でる埃の臭いの向こう側に、そこはかとない腐臭を嗅ぎとった。

久しぶりに対面した庫内は泰介が漠然と脳裏に描いていたイメージとそうかけ離れてはいなかったが、一点、扉に最も近い位置に置かれていた黒い巨大なポリ袋だけは、記憶の片隅にもなかった。

生ゴミだ。

結び目を解く前から予想がついた。腐臭の正体はこれだ。わざわざ自宅からゴミを持参し、ネットで騒ぎになっている人物の家の倉庫に押し込む。その労力に見合う愉悦があったのかどうかは推し量れない。いずれにしても相当な暇人の、尋常ではなく不愉快なイタズラであった。

放置しておいても構わなかったが、臭いが庫内につくのは避けたかった。袋を摑んで外に引きずり出そうとしてすぐ、想像もしていなかった重量感に腰を持っていかれそうになる。慌てて袋から手を離す。十キロ、二十キロどころの騒ぎではない。

生ゴミでは、ないのか。

固く縛ってあった結び目を解《ほど》くと、嘔吐を誘う濃厚な腐臭がぱっと広がった。自分が今まで嗅いでいたものは漏れ出たほんの一端だったことに気づき思わず袋から手が離れる。外気が吸いたくなり一度倉庫の外に顔を出し深呼吸をし、もう一度ゴミ袋を見つめたとき、目を疑った。

袋の開け口からわずかに覗いているのは——髪の毛だ。

暗がりと動揺が見せる錯覚に違いない。庭の照明を落としてしまった今、道路に設置された街灯だけが背後から頼りなく差しているだけ。きちんと見れば自分の勘違いを一笑に付すことになるに違いない。泰介は臭いを嗅がないよう左手で鼻先を押さえながら、右手を伸ばしてそっと口を開け、袋を下へと、引っ張る。

暗闇の中、白い花のように咲いたそれは、耳だった。

女性の頭部だ。

悲鳴をあげたのは、泰介ではなかった。驚いて振り返れば、塀の向こう側からこちらを見ている人間がいる。高校生くらいの若者だ。野次馬がいたのだ。わあわあとサイレンを鳴らすように叫ぶ声にみるみる冷静さを奪われ、やめろ、違う、静かにしてくれとつい泰介も声が大きくなる。弁明しようと慌てて駆け寄るも、若者は逃げるようにして通りを五十メートルほど走っていってしまう。去り際の横顔を見るに、おそらく三軒ほど隣に住んでいる青年であった。

追って騒ぐのをやめさせるべきか、このまま逃げ出すべきか。

混乱の中で最適解を探していると、あろうことか若者が通りを引き返してこちらに向かってくるのに気づく。手にはスマートフォンを握りしめている。泰介のことを、あるいは死体を撮影しようとしているのだ。若者の中でどのような心境の変化があったのかはわからないが、何かしら反撃の一手に出るべきだというスイッチが入ったのだろう。ぐんぐんと距離を詰めてくる若者を前に、どっと体中から汗が吹き出してくる。

逃げるしかない。泰介は駐車場の車へと走る。車の鍵はコートのポケットの中に入っていた。運転席に飛び乗ってエンジンをかけ、車を発進させる。勢いよく飛び出した際に若者を轢《ひ》きそうになるが、間一髪のところで回避して道へ出る。

時速四十キロ制限の道を七十キロで走れば、あっという間に若者の姿はルームミラーから消えた。そのまま走って、走って、走る。

回らない頭でどこに向かうべきなのか考えるが妙案は浮かばず、ひたすらに開けた道をあてもなく進み続けた。ホテルはとっくに通り過ぎた。もう家には戻れない。家族の危険を考えれば妻の実家に身を寄せるわけにはいかず、会社に顔を出したところでかくまってもらえるとは思えない。別のホテルを探すのか、それともこのまま永遠に走れるだけ走り続けるのか。

二十分ほど走り、閑散とした国道の路肩で停車する。

ここはどこだろうと見回すが、所在地のわかる看板や建物はない。広がる田んぼに、背の低い民家。視線の先にはガソリンスタンドが見えるが、すでに灯りが落ちている。ナビを確認してようやく、大善市の東端である希土《まれど》町にまで来ていることを知る。

思い出したようにハザードを点《つ》け、そのままヘッドレストに頭を預ける。

事態を整理しようと頭を働かせてみるが、論理的な思考ができるはずもなかった。泰介にわかるのは、現在自身がかなり絶望的な状況に追い込まれているということと、世界のどこかに悪意を持って泰介を陥れようとしている人間がいるということだけであった。

倉庫の死体は、果たしていつからあそこにあったのだろう。腐臭は漂っていたが、死体は原形をとどめていた。事切れた人間が何日でどの程度腐敗してしまうのか詳しく知るはずもなかったが、少なくとも一月以上経過しているようには思えなかった。数日、長くて一週間といったところか。鍵の在りかさえ知っている人間であれば、いつでも誰でも、倉庫を開けることはできた。家族が寝静まった夜に忍び込まれたのだとしたら、泰介には気づきようがない。

誰が、いったい何の目的で、こんなことを。

泰介の思いつく範囲に、容疑者候補は一人もいなかった。人に恨まれるよりは好かれることのほうが圧倒的に多かった。胸を張って断言するのは気恥ずかしいものがあるが、人望はあるほうだった。飲みに行こうと誘えば部下は二つ返事で了承し、ゴルフコンペを開けばぜひ誘ってくださいと若手がこぞって集まってくる。上司にだって信頼されていた。だからこそ出世できたのだ。いつだって仕事に手抜かりはない。家族サービスも疎かにしなかった。ひもじい思いは一度だってさせておらず、欲しがるものは基本的に何でも買い与えることができた。それだけの収入があった。

時を巻き戻し、学生時代を思い返したところで同じだった。馬の合わない人間はいたが、ここまでのことをされる筋合いはない。誓って一度も万引きなどしていない。

立ち小便ですら中学生以降はしていないように思う。恨みを買うことなど、一つもしていないのだ。
悪夢にしては長すぎるし、ドッキリを仕掛けられるような有名人ではない。あらゆる誤解が瞬く間に解かれ、一連のトラブルが幻のように消え去ってはくれないだろうか。

リアルタイム検索：キーワード「山縣泰介」
12月16日22時35分　過去6時間で37129件のツイート
トレンドワード：デイリー5位

減少に転じていないのなら、ツイート数も、デイリーランキングの順位も、泰介にとってはさほど意味がなかった。収束の気配はない。どころかスクロールしてすぐに、信じられない見出しが目に飛び込んでくる。

【速報】山縣泰介、犯人&死刑確定。自宅から二人目の死体発見【ご自慢のベンツで逃走中】

リンク先に飛べば、夜の街を走るベンツを後ろから押さえた写真が掲載されている。

先ほどの若者が撮影した写真が投稿されたのだろう。手ぶれのある写真ではあったが、ボディーカラーがシルバーであることはもちろん、車体に刻まれたクラス名と数字、それからナンバープレートまできっちり判読できた。

もはや焦りや怒りよりも、失望にも似た疲労感が先行する。

『写真撮れたなら捕まえられただろ』『近くに住んでる人はマジで要注意。ぶん殴ってでも捕まえろ』『警察もさすがに動き出すと思うけど、地域の大人の男性とかは逮捕に協力して欲しい』

泰介が見ていたのはやはり個人が運営しているまとめサイトであった。アフィリエイト広告による収益を狙ったブログで、刺激的な見出しでアクセス数を稼ぐのが主たる目的のサイト――お世辞にもニュースサイトや報道機関と呼べたものではない。

それでもネットの些細な機微がわからない泰介にとって、ニュースサイトらしきものから発せられる言葉には確かな質量があった。全国紙ほどの信頼性はないのかもしれないが、スポーツ新聞くらいの正確性は持ち合わせているのではないだろうか。

冷静になればこんな短時間でここまで断定的なリリースが打てるはずがないとわかるのだが、泰介は途方もなく疲れていた。

「たいすけ@taisuke0701」はどう見ても泰介のアカウントで、写真が撮影された公園で死体が発見された。死亡推定時刻とされている時間帯に公園を訪問すらしてしまっている。思い返せば「一人目のときもちゃんと写真撮っとけばよかった」という呟きがあり、死体は一つでないことが事前に示唆されていた。二つ目の死体は泰介の家の倉庫から出てきた。どうしようもないことではあったが、死体の入っていたゴミ袋には指紋もつけてしまった。

刑法には明るくない。しかし人を二人殺せば、死刑はあり得るのではないか。

このまま逮捕されてしまうのだろうか。

一時は選択肢の一つとして存在していた警察に保護してもらうというアイデアはほとんど現実味を失いつつあった。この度は大変な目に遭われましたねと温かいココアでも出されて丁重にもてなされるイメージよりも、取調室にて拷問に近いような方法で殺害を自白させられるイメージのほうが今となってはリアルだ。

どうする。どうしたらいい。

考えていると、前方から一人の若者が歩いてくるのが見えた。左手にはコンビニのビニール袋を持ち、右手でスマートフォンを操作しながら歩道を進んでいる。泰介はなるべく自身の存在感を希薄にしようと考え、まず車のハザードを切り、咄嗟にライトもオフにしてしまう。ぱっと強烈な灯りが消えれば不自然に思うのは当たり前の話で、若者は画面から顔を上げると泰介の車を一瞥した。

ライトは切るべきではなかった。失敗に気づくがもう遅い。若者はスマートフォンを下ろして、怪訝そうに泰介の車に注目し始めた。

顔を見られるわけにはいかない。

泰介は顔を隠すよう運転席で俯いてみせるが、すでに自動車の情報がネットに出回っていることを思い出す。シルバーのベンツGLEで、ナンバープレートの数字まで明らかになっている。目の前の若者が先ほどまで手に持っていたスマートフォンで泰介の情報を参照していたとしたら――一度、頭を擡《もた》げてしまえば、それが確率的にはそこまで高くない可能性だと理解していても疑念は簡単に拭えない。心臓が暴れ出す。車内からは気配などわかるわけがないのに、若者の息づかいさえ感じてしまう。去れ、何事もなく、去ってくれ。

祈りの最中、突如スラックスのポケットに入れていたスマートフォンが振動を始めた。息が止まる。振動の長さからして電話で間違いない。誰がかけてきたのだろう。光が車外に漏れないよう俯いたままそっと画面を確認すると、市外局番から始まる見知らぬ電話番号が表示されていた。

大概の知り合いは電話帳に登録してある。会社関係の人間はもちろん、妻の実家も登録してあった。いったいこの番号は誰のものなのだと考えてみたところで、十年以上前に仕入れた知識が、不意に手元に落ちてくる。

警察関係の電話番号は、みんな末尾が「０１１０」なんだよ。

誰に言われたのかも、その後きっちりと裏をとったのかも思い出せない埃をかぶった曖昧な知識であったが、間違いなく耳にしたことのある情報であった。表示されている番号の末尾はまさしく、「０１１０」だった。

警察だ。とうとう捜査の手が伸びてきたのか。

右手に汗が滲み出す。電話に出ればどうなる。保護してくれるのか。あるいは任意同行か。もしくは即逮捕か。唐突に「逆探知」という言葉が頭に浮かび、電話を取った瞬間に位置情報が警察に詳《つまび》らかになる光景がイメージされる。冷静になれ。山縣泰介さん大丈夫ですか、我々はあなたが犯人ではないと確信していますが、念のためこちらで保護しましょうかという親切にすぎる電話を、警察のほうからしてくるわけがない。ならばこれは、間違いなく、「呼び出し」の連絡なのだ。

胃液が食道をせり上がる。同時に謎の封書の文言が蘇る。

唯一助かる可能性があるとすれば、選ぶべき道は一つだけ。

逃げる、逃げ続ける。それだけです。

息苦しさに辛抱ならなくなって顔を上げたとき、助手席側から車内を覗き込んでいた若者と目が合う。

泰介はシートに体を押しつけられるほどの速度で国道を走った。口を真一文字に結んで、夜の田舎道を駆けた。泰介が予感できる未来の姿は三つであった。

一つ目は警察に捕まる。二つ目は一般人に捕まる。

この二つに関しては、どちらにしてもあまり喜ばしくない結末が待っているとしか思えなかった。警察はおそらく泰介を第一の容疑者と考えているはずで、無実を証明できるものはどこにもなく、万が一冤罪で起訴されるようなことになれば、ニュースサイトの見出しが現実になってしまう可能性も十分にありうる。最悪の場合、死刑なのだ。

二つ目は更に厄介であった。常識のある人間に取り押さえられたのならまだいいが、そうではなかった場合どうなる。『ぶん殴ってでも捕まえろ』『地域の大人の男性とかは逮捕に協力して欲しい』。書き込むことはできたとしても、実際に行動には移せないに違いない。それでも頭のネジが二、三本足りないような輩《やから》と遭遇したら、五体満足でいられる保証はない。

必然的に選べるのは三番目の選択肢で、封書の送り主に従うことだった。

逃げるしかない。

ほんの数時間で激変してしまった自身の境遇に憤りをぶつけたいところであったが、逃げると決めれば一分一秒が貴重であった。

ナンバープレートまで割れている愛車に長くは乗っていられない。目に入った寂れた釣具店の駐車場へ入る。釣具店はすでに閉店しており、十台ほどの駐車スペースに人影はない。素早く後ろに回ってラゲッジスペースを開ける。中には入れっぱなしにしてあるゴルフバッグと、いくらかのゴルフ用品が詰め込まれている。何か活用できるものはないだろうか。荷物をまさぐっていると、またも末尾「0110」から着信がある。電話に出て無実を説明してみようかという考えがもう一度だけ頭を過るが、やはり逆探知が怖い。しかしそこでようやく、携帯電話の位置情報はもはや逆探知ではなくGPSで判明するのではないかという発想に至る。

ならばスマートフォンは持っているだけで危険だ。

気づいてしまえばダイナマイトを抱えているような心地であった。振りかぶってアスファルトに叩きつけようとしたところで、別に壊す必要はないことに気づく。電源を切って、車内に置いていけばいいのだ。

駄目だ、冷静になれと、自身に言い聞かせる。頭の中で、昼に見たテレビ番組の台詞が反響した。

「挙動が不審でしたので、すぐにわかりました」

無実の人間が、邪悪な考えを持った何者かによって陥れられることなど、あってはならない。誰にも捕まらず、必ずこの窮地から生還しなければならない。それが世界のあるべき姿だ。

なぜ。なぜってそれは——俺はまったくもって悪くないのだから。

リアルタイム検索：キーワード「YouTuber／捜索」
12月16日22時51分　過去6時間で915件のツイート

・死体を見つけた例のYouTuberが調子乗って犯人の捜索まですると言い出してる。犯人が捕まって欲しい気持ちはあるけど、完全に殺人事件がコンテンツ化してて気味が悪い。こういうのは見てられない。
引用：【ぺぎちゃんねる生配信】死体発見に続き山◯泰介捕獲!? 最強メンバー集結!!

奏守櫻希@ohki_kanademori

・無名のYouTuberたちがこぞって犯人討ち取って名を上げようとしている構図が完全に戦国時代で笑える。
引用：【日電新報オンライン】大善市事件：相次ぐ個人での犯人捜索活動に警察「やめて」

大盛りオカピロ@okapi898

・このYouTuber普通に金属バットとか持ってるんだけど大丈夫？ さすがに越えちゃいけないライン考えろよ。YouTuberってほんとクズしかいないな。
引用：【ドンドキTV】ドンドキ大善市上陸&犯人捜索開始！ 早くも手がかり発

見⁉

こうはく@娘ンタルフレンド募集中@shirokuro_21

・犯人捜索するって言ってるYouTuberも、そうゆう動画見て楽しんでる人たちも完全に被害者のこと忘れてるよね。若い女の人が二人も殺されてる。近くに住んでる女の人たちは夜も眠れないと思う。うちも同じような思いしたことあるからわかる。本当に本当に怖いんだよ。楽しんでる人も加害者だよ。

Kii@0122_kii

堀《ほり》　健比古《たけひこ》

「まあ、最大の戦犯は交番の馬鹿だろ」

助手席の六浦《むつうら》は言葉にこそしなかったが、堀に同調するように微かな笑みを浮かべた。

「『公衆トイレは関係ないと思った』って言ったんでしたっけ」

「あり得ないだろ。そのせいで全部後手後手だ」

堀は嘲《あざけ》るように笑ってみせたが、内心でははっきりと腹を立てていた。死体が出てきたのは仕方がない。死体が見つかれば捜査本部が設置されるのは道理で、面倒には違いないがそこに自身が組み込まれてしまうのも仕事だと割り切れる。しかし初動で交番の人間がきっちりと役割をこなしていれば少なくともこんな時間に県警の人間と鑑取りに行く必要はなかった。事件が捕物帖めいた追いかけっこに発展することもなかった。

堀はもともと運転の荒い人間ではあったが、今日はいつにも増して前方車両のスピード不足に苛立っていた。気を紛らわせるために当たり障りのない話題を探す。

「六浦さんは、この辺に土地勘あるんだっけ？」

「一応、あれなんです」警察官というよりは市役所の職員といった雰囲気の六浦は、白い頬に控えめな笑みを浮かべた。「学園大の出身なんで、それなりには」

「あ、そうだったの。結構な秀才くんじゃない」

「いえいえ、理系ですけど端っこの学部だったんで、ほんと大したことないんです」

捜査本部が立ち上がればコンビでの行動が基本となり、堀のような所轄の人間は同じく所轄の人間とともに地取りに回されるか、もしくは県警からやってきた捜査一課の捜査員と鑑取りに向かうというのが定石であった。前者の地取りはローラーよろしく街中を駆けずり回って情報を集める聞き込み作業を指し、後者の鑑取りは被害者や加害者と関係のある人物を中心に情報を洗い出す作業を指している。どちらも楽ではない。しかし鑑取りのほうが事件解決へ直接繋がるケースが多いこともあり、責任は重大であるとの見方は捜査本部内での共通認識であった。

コンビを組まされたのが六浦だったのは、堀にとっては幸運な巡り合わせであった。県警と所轄を比べれば前者のほうが力は明らかに強く、所轄の人間に対していささか過剰なエリート意識を持っている人員も少なくない。そんな中にあって、六浦は堀にとって数少ない面識のある人間であった。課は違ったが、一年ほど同じ署で働いた経験がある。敬称さえつけておけば、それ以上に気を遣う必要はない。ちなみに二人とも階級は巡査長だ。

「六浦さん、いくつになったのよ？」

「ちょうど三十です」

「もう三十か」

「童顔のせいで、いつまで経っても子供扱いです」

捜査一課に配属されたということは、少なからず優秀な人材だと思われているのだろうが、堀にとって六浦は人畜無害な若者という印象に留まっていた。頼りになるとは思えなかったが、少なくとも一緒にいるのが苦痛になるタイプの人間ではない。

前方を走っていた車が右に折れ、視界を遮るものがなくなる。堀はぐんとアクセルを踏みこんだ。二人を乗せたシルバーのアリオンは、速度を上げて山縣芙由子の実家を目指す。

「何時間、保つかね」

「逃亡犯ですか？」

堀は肯定する代わりにわずかに顔を顰めた。「山縣さんもよくやるね……逃げ切れるわけないだろうに」

初動でミスを犯した交番の人間が最大の戦犯であるという見解に偽りはなかったが、堀にも当事者の気持ちが理解できないではなかった。インターネットを端緒とする通報は、実のところその九割以上がデマだ。

怪しい投稿をしている人がいるので調査したほうがいいですよ――通報の数こそ多いが、実際的に事件と呼べそうなものは極めて少ない。正義感に基づいた善意の通報もあるが、なかには無駄に騒いで投稿者を困らせたいというだけの人間も多い。「通報しました」の一言を突きつけ、投稿者に一泡吹かせてやりたいと考えているだけなのだ。

しかしどれだけ動機が不純なものであっても、通報があれば組織として動かないわけにはいかない。とりあえずお前が確認に行ってこい。そんなふうに言われた人間が、気合いを入れて捜査をするはずがない。

万葉町第二公園と思われる場所で、死体の画像を投稿しているアカウントがあります。

通報は全部で二十六件入った。一つの事案に対する通報としては異例の多さだ。多くの人間はネット上で事件を見かけたとしても、それが話題になっていればいるほど、わざわざ自身が通報者になろうとは考えない。私が通報しなくても、きっと誰かがすでに通報しているはず。ある意味でそういった謙虚な姿勢を持たない人間が電話をかけてくるので、通報者の声色は一様にクレーマーめいていた。

「万葉町第二公園を捜索しましたが、死体は発見できませんでした」

問題の写真と照らし合わせ、近辺の茂みなども確認しました——交番の人間は、そう口にした。まだ昼の十二時の出来事だった。後に公衆トイレの確認を怠っていた彼は「公衆トイレは関係ないと思ってしまいました」と弁明をすることになる。気持ちは堀にもわかる。わかるが、死体が発見されたとなれば怠慢と言われても仕方のない失態だ。

午後二時半に山縣泰介から電話が入った。自宅周辺に野次馬がいるので対処して欲しい。この時点では死体もなく、事件も存在していなかった。山縣泰介は警察にとって、ネットで騒ぎを起こしていると思われる怪しい人物でこそあったが、だからといって即座に身柄を押さえるべき対象ではなかった。強制力はないが、念のため家の中を確認させてもらいたい——ここでの現場の対応に、誤りはなかった。断られればそれ以上何をすることもできないというのも法律の定めたとおりだ。対応にあたったのは死体を発見し損ねた警官とは別の人間であったが、概《おおむ》ねミスのない対応だったと評価できる。

ただ、山縣泰介が口にした「駅前の喫茶店に行く」という情報を鵜呑みにしてそれ以上の追跡を行わなかったのは、今となってみれば悔やまれる。山縣泰介はこの時点をもって、忽然と姿を消す。

午後三時半、万葉町第二公園の公衆トイレに死体があるという通報が入る。

誰もが死体を発見し損ねた交番勤務に対して批難を浴びせたい気持ちであったが、悪態をついている暇はなかった。すぐに捜査本部を立ち上げるための準備が開始され、堀も手持ちの事件をすべて棚上げすることになった。担当していたのは小さな事件ばかりだったので、痛手と言うほどのことはなかった。目下処理するべきはキャバクラで客同士が揉めて怪我をしたというたわいもない事件と、灯油を毎日のように買いに来る怪しい男がいるという、そのくらい好きに買わせてやれよとしか言いようのないタレコミだけであった。

死体が発見されたので、犯人は山縣泰介で確定——ネットでそう騒いでいる無責任な人間とは異なり、警察には当然ながら裏をとるという作業が必要とされる。確かに無視できない存在ではあるが、山縣泰介が犯人であるとの確証はどこにもない。

山縣泰介犯人説に飛びつかなかったのは冷静な判断であると同時に、しかし世間から無能との誹《そし》りを受けたことに対するいくらかの反駁《はんばく》、そして警察という組織のプライドが影響していた側面があるのは、堀にも否定できなかった。捜査副本部長に県警の鑑識課長をあてたことも裏目に出た。現場検証や遺留品の特定が優先されることになり、山縣泰介に逃げる猶予を与える一因となってしまった。

遺体の検分が始まると、持っていた身分証明書とスマートフォンから被害者の名前が、篠田美沙《しのだみさ》であることがあっという間に割れた。二十一歳の大学生であった。県内にはいくつか大学があったが、残念ながら六浦が卒業した学園大以外の大学は最高学府と呼べた代物ではない。モラトリアムを無意味に引き延ばし、大卒という肩書きを手に入れるためだけに存在しているちょっとした資格センターにすぎない。彼女もまた、そんな三流大学の学生であった。

所持していたスマートフォンには、とあるマッチングアプリがインストールされていた。その方面に明るくない堀にはピンとこなかったが、真面目に交際相手を探すというよりは、援助交際——当世風に言うなら、パパ活だそうだ——の相手を見つけることを目的としたマッチングアプリであった。やりとりをしていた相手の名前は「たいすけ」で、履歴を見れば彼女がたいすけと待ち合わせをしていたことがすぐにわかる。待ち合わせはまさしく昨日の二十時。死亡推定時刻は二十時から二十四時の間で、[血の海地獄]のツイートが二十二時八分。すべてが、綺麗に結びつく。

マッチングアプリはその性質上、利用する際には必ず身分証明書の提示が必要とされる。アプリの運営会社にすぐさま問い合わせ、たいすけのプロフィールの開示要求を行ったところ、すぐにレスポンスがあった。

大善市万葉町在住、山縣泰介、五十四歳。

既婚者が若い女を求めてアプリに登録、出会った女と何らかのいざこざが発生し、刃傷沙汰に発展した。あるいはTwitterの言説を真に受けるなら――［文字どうりのゴミ掃除完了］――不埒《ふらち》な真似をしている若い女に歪んだ正義を下したくなったのか。

プライドと慎重さが結果的には裏目に出た。警察がネット上の騒ぎから数時間遅れでようやく山縣泰介を追う必要があると確信したのは、ほとんど二つ目の遺体が発見されたのと同時刻であった。山縣泰介の自宅で見つかった二つ目の遺体については、目下鑑識が調査を進めている。いずれにしても、ここまで条件が揃えば確認しあうまでもなく捜査本部内の見解は一致した。

山縣泰介が犯人で、間違いない。

「素敵なお家ですね」

「天下の大帝ハウスさんのお仕事かね」

車を路肩に止め、インターホンを押し込む。

予《あらかじ》め連絡は入れてあった。玄関に出てきたのは芙由子の母親で、二人の姿を見るなり迷いなく深々と頭を下げた。すでに義理の息子の凶行を認めている様子だ。違うと思います、あの人は無実ですと叫ばれるよりずっと仕事がしやすい。

「大善署刑事課の堀と、こっちは――」

「県警捜査一課の六浦です」

母親は神の裁きを受け入れるような神妙な面持ちで頷いた。

「娘はリビングに」

住宅展示場にそのまま住んでいるようなしゃれっ気のあるリビングのソファで、芙由子は顔を隠して泣いていた。ダイニングテーブルにかけていた父親が堀と六浦をちらりと見つめ、険しい表情のままゆっくりと頭を下げる。どのような態度をとるべきなのか迷っている様子であった。

促されるようにして芙由子の向かいのソファに腰掛ける。堀が最初の一言を見つけるよりも先に、彼女は顔を上げた。

「……主人が、やってしまったんでしょうか」

事前に見てきた資料によれば芙由子は堀よりも一回りは年上の女性——五十は過ぎているはずだったが、そこはかとなく漂う薄幸感が妙に蠱惑《こわく》的な美人であった。涙のせいで赤らんだ目が、真っ白い肌の中で儚《はかな》い宝石のように光る。堀の頬には、苦手なはずの愛想笑いが自然と浮かんだ。

「それを調べるために、まずはご主人を『保護』したいと考えています」

あなたの旦那さんは無実ですと断言してもらえる可能性を、どこかで期待していたのだろう。堀の言葉に芙由子はまた俯き、上品な藤色のハンカチで目元を隠した。らしくもなく彼女を励ます言葉を探そうとしている自分に気づき、咳払いで邪念を払う。

「現在、一部の一般人が少しばかり過激になっていることは、ご承知いただいてますね？」

芙由子は震えるように細かく頷いた。

「我々はご主人の安全のためにも、いち早く居場所を特定したいと思ってます。そのためには奥様のご協力が不可欠なんです。その辺はご理解いただけますね？」

また頷きが確認できたので、堀は県内の地図を取り出しテーブルの上に広げる。

逃亡犯との闘いはすなわち時間との闘いであった。一時間経過するごとに難易度は倍々ゲームのように乗算されていく。絶対に長期戦に持ち込まれてはならない。叩いてでも首を絞めてでも、一秒でも早く情報を引き出したいのが本音だったが、こちらが焦っていることを悟られるのは上策ではない。自身の焦りは相手の冷静な判断力を瞬く間に奪う。重要な人間であればあるほど、冷静さを保ってもらわなくてはならない。

堀は赤いペンを取り出すと、泰介の家のある万葉町の一角に丸をつけた。

「ご主人がご自宅に現れたのが午後十時頃。ここから車に乗って移動を開始します」

堀は赤いペンで泰介の移動した軌跡をなぞる。

「東のほうへとひたすらに走り続け、ここでNに――ええ、Nというのは、あれですね。道路に設置されている防犯カメラみたいなものだと思ってください――ご主人の車が引っかかります。更にここからもう少しばかり東へと進んだこのあたり」

釣具店に大きな丸をつける。

「こちらで乗り捨てられているご主人の車が発見されました。営業時間外の釣具店の駐車場です。住所は希土町。ご主人はおそらくここから徒歩での移動を始めたものと思われます。何か近辺にご主人が駆け込みそうな施設、人物の心当たりはありますか?」

芙由子は地図をまともに見る前から、苦しそうに首を横に振る。

「よくご覧になってください」堀は芙由子の目を見つめた。「些細なことでも結構です。近くに住んでるご友人だったり、親戚であったり、あるいは一度だけ行った公園、どんなものでも構いません」

「……いや、本当にまったく」

何も思い出せないと思い込んでいる人間には、何を語りかけようが情報は出てこない。堀はいったん場所の特定作業を諦め、スマートフォンを取り出す。表示したのは泰介が乗り捨てた自動車のラゲッジスペースの画像であった。

「こちらが、ご主人が車の中に残していった荷物です」

芙由子が画面に赤い目を向ける。ソファの向こう側から芙由子の母も注視する。

「まずスマートフォンを置いていかれました。持っていると色々と面倒だと思われたのだと思います。直前に大善署からの着信もありましたので、少々、ま、何と言うんですかね。パニックになってしまったのだと思います。ただこのスマートフォンから出ているGPSのおかげで、我々は釣具店の自動車を特定することができました。その他にはコートと、これですね」

堀は画面を指差す。

「スーツ一式が、脱ぎ捨てられています。着替えてらっしゃるんです。ご主人」

事実を飲み込むように、芙由子は唇を嚙む。

「気温は現在、一桁。当たり前ですが丸裸で逃げ回っているはずがありません。おそらく車の中に着替えが積み込まれていたんだと思うんですね。ご主人はそれに着替えた。いったいどんな服が車内に残されていたのか、心当たりはありますかね？　衣服は重要な手がかりになります」

「車の中の……服」

芙由子は何度も声に出して繰り返し、回らない頭で必死に答えを探そうと視線を左右に泳がせる。やがて思い出せない自身を追い詰めるように頭を抱え、独り言のように呟いた。

「何を……入れてたのかな」

「思い出せませんか？」

芙由子は恥じ入るように俯いた。

「ごめんなさい。あの車は主人の車で、私は小さいプジョーのほうにしか乗らないので、中は、ほとんど見たことも……」

旦那をかばうために口を噤《つぐ》んでいるというふうではなかった。パニックで多少頭が回っていないという可能性はありそうだったが、おそらく本当に車の中は把握できていなかったのだろう。さて次はどのような切り口で情報を引き出せばいい。堀が次の一手を考えていると六浦の電話が鳴る。

　席を立って通話を終えた六浦は、堀のことを廊下へと呼び出し、今しがた本部から入った情報を共有した。話を聞き終えた堀は思わず舌打ちをして頭を掻き、六浦ともども渋面を作る。気の乗らない話だったが、情報がまわってきたのなら芙由子たちに確認をとらないわけにはいかない。

　リビングに戻ろうとしたところ、灯りの落ちた廊下の先で何かが動いたような気配があった。そこに人がいることに気づく。泰介と芙由子の娘だった。名前は確か夏実だ。階段の一段目に座り込んでいる。

　話を聞かれていただろうか。確認の意味も込めて、堀は頭を下げた。

「ごめんね、お邪魔させてもらってるよ」

　夏実は会釈も返さず、奥の部屋へと消えてしまう。扉を閉める音と同時に、洟を啜る音が響いた。泣いていたのだろう。無理もない話だった。自身の父がこれだけの騒動を起こしてしまえば、心の整理も簡単にはつくまい。彼女の境遇に同情しつつも、二人でリビングへと戻る。

　落ち着いて聞いてくださいという導入は、却って相手を動揺させてしまう言葉ではあったが、口にしないわけにはいかなかった。不安げな三人に対し、堀は嚙みしめるように告げた。

「先ほどの釣具店から南に数キロほどの場所で、傷害事件が発生しました」

なるべくパニックを起こさせないよう、慎重に話を進めていく。

「犯人はすでに確保されたんですが、事件の原因はですね、加害者曰く『ネットで話題の逃亡犯を見つけたから捕まえようと思った』ということなんです。捕まえようと思って声をかけたところ、抵抗されたので、こう、殴ってしまった、と」

見開かれた芙由子の目から、はらはらと涙が零れ出す。

「被害者は現在、意識がありません。持ち物らしい持ち物もなく個人の特定ができない状態なのですが、現場に駆けつけた捜査員は、背格好に関してはご主人によく似ていると言っています。ただ刺激的な話で恐縮なのですが、現状、外傷が酷いため顔では人物の判別ができません」

意味するところがわかると、芙由子は過呼吸を起こしそうになる。母親は口をきつく結び、少し離れた場所にいる父親も表情を一層険しくした。

「転送されてきた画像が、我々の手元にあります。ひとまず顔は隠し、首から下の画像をお見せいたしますので、服装などからご主人であるかどうか、ご確認いただけますか？」

すぐにもちろんですと言ってくれるはずもなく、しばらくは嗚咽が響くばかりであった。芙由子の態度に誰よりも最初に焦《じ》れたのは母親で、彼女は気丈にも私が確認しますと言って手を挙げた。

「あぁ、全然違います」

母親が言うなり、わずかに平静を取り戻した芙由子が続き、彼女も画像の人物が泰介ではないことを認めた。確信ではなく、祈りに近い感想であったなら困る。念を押すように再度、間違いないかを尋ねた。

「こんな服は持っていないですし、もう、雰囲気が、指の太さとかそういうのが、もうまったく」

犯人をみすみす取り逃がし、一般人に先に発見された上に制裁まで加えられたとあれば組織としての沽券《こけん》にも関わる。警察にとってはひとまず朗報であった。これで追いかけっこは終わりか——そんな予感にわずかに緩みかけていた気持ちを引き締め直し、額の脂汗を拭う。

緊張が限界に達したのか、母親がもううんざりだというような勢いで、はっと息を吐き出した。

「あたしはね、こんなような日がくるんじゃないかなって、どっかで思ってたよ」

突然挟まれた母親の言葉に、涙に濡れていた芙由子が顔を上げる。

「刑事さんね、私は結婚には反対だったんです。あの人はね、どこか心に黒い部分がある。全部ね、自分のことばっかりの人だから、人の気持ちがわからないんです。何かおかしい、何かおかしいなぁ……って、私は最初に会ったときからずっと思ってました」

「……やめてお母さん」

「普通、電話するでしょ？　こんなことになっちゃったら、まずは家族に心配かけてごめん、そっちは大丈夫か、って。そういうのもしないでね、勝手に全部一人で――っていう人だから。夏ちゃんだってね、どれだけあの人に大変な目に遭わされたか。それで最後の最後になってこんな酷い事件を起こして、みんなの人生滅茶苦茶にして――」

「お母さん」

遮った芙由子の声が大きかったことに、母親は不快そうに眉根を寄せる。

「芙由も芙由だからね。旦那の車の中に何があるのかもわからないって、それが本当に奥さんの言うこと？　普通わかるでしょ。私はお父さんの車の中に何があるのか全部わかるよ。お父さんの友達が誰なのか、どういうところに顔を出すのか、普通に家族してたら誰だってわかるのに、それなのにあんたって子は――」

「私が悪いって言いたいの⁉」

「落ち着きましょう」

芙由子が叫び返したところで、それまで沈黙を守っていた六浦が場を収める。

「泰介さんはまだ無事ですし、それに犯人であると決まったわけでもありません」

堀には最後の一言が余計に思えたが、六浦の醸す柔和な雰囲気が芙由子と母親のヒステリーをうまくなだめてくれたのは事実だった。内輪揉めに付き合う余裕はない。

堀は改めて地図に赤ペンを走らせる。

「体力のあるマラソンランナーやサバイバルの知識が豊富な自衛隊員でも相手にしているなら話は別ですが、生身の人間が夜道を移動できる距離は高が知れています」

犯人が家族と共謀し、綿密に逃亡計画を練っている可能性があるのなら口外無用であったが、彼らに結託の気配はなかった。新たな情報を引き出すためには協力してもらう必要がある。捜査状況を開示するのもやむなしと堀は判断した。

「ちょうどご主人の移動開始から一時間あたりが経過していると思われますが、一時間で十キロは、これはなかなか移動できた距離じゃありません。そうなると釣具店から半径十キロ——この赤ペンで引いた斜線の中にご主人はいることになります。またこれは人間の基本的な心理として、元来た道を戻るような進路はとれません。せっかく自動車で移動してきた道をまた逆走するような方向には、やっぱり走りたくないという本能があるわけです。なので希土町の西側も無視していいことになる。するとご主人はこのあたりにいることになる」

堀の示した区画がとても小さいことに、芙由子と母親はどこか安心したような顔つきになる。

「そしてここと、ここと、ここと、ここ——計四箇所に検問を敷いています。ご主人が通過しようとしたらすぐに判明します。そしてこの枠内には、機動捜査隊が網を張って、ご主人を懸命に捜索しています。いわば人捜しのプロフェッショナルです。きっとご主人はすぐに見つかる——見つかるとは思うのですが、先ほどの件も含め、今は一部の一般人が非常に攻撃的になっています。可能な限り迅速にご主人の安全を確保してあげたい」

リビングに吹き荒れていた強風が、静かに凪《な》いでいくのがわかった。涙も呼吸も落ち着いてきた芙由子に対して堀はもう一度尋ねた。

「ゆっくり考えていただいて構いません。ご主人が向かいそうな場所。心当たりはないですか？」

芙由子が不安げに地図の赤枠の中に視線を落とすと、堀は彼女の思考を妨げないようソファの背もたれに体を預けた。

「申し訳ないのですが、一つだけ質問させてください」

唐突に六浦が割って入った。

「昨日の午後九時頃、泰介さんと思われる人物が万葉町第二公園で目撃されています。この時間、ご家族が皆様どのように過ごされていたのか、お尋ねしても？」

「昨日の九時頃……ですか？」

「はい」

堀からすれば完全に意味がないとしか思えない質問であった。意図が読めずに微かな苛立ちを覚えるが、芙由子はすでに昨日の午後九時の記憶を辿っている。

「木曜日は毎週夜勤なんです。なので私は職場にいました。娘は塾に通わせているので、塾にいる時間です。その時間、主人が家で何をしているのかは……ちょっと」

「ありがとうございます」

再び芙由子が地図に集中し始めると、六浦はまたも堀を廊下へと呼び出す。娘の夏実が廊下に出てきていないか確認してから、実は少し気になることがあってと声を落として話し始める。

「さっき傷害事件の件と一緒に入ってきた続報なんですけど」

「続報？」

「マッチングアプリに提出されていた山縣泰介の身分証明書、マイナンバーカードだったそうなんです」

「……それが？」

「普通、運転免許証を提出しませんか？」

たとえば自室でマッチングアプリの登録作業を行っていたとして、免許証をリビングに置きっぱなしにしていたことを思い出したとする。一方、マイナンバーカードなら、すぐ目の前の戸棚に入っている。下品な遊びをしようとしている後ろめたさもあって、可能なら家族のいるリビングには姿を晒したくないという思いが募る。とりあえず手元にあるマイナンバーカードで登録してしまおう――そういったストーリーはいくらでも描ける。コンビの片割れが存外無能なのかもしれないという予感に呆れながらも、堀は一応、それで、と先を促す。

「こっちのほうがより奇妙なんですけど――」六浦は前置きをしてから続けた。「例の、問題のある投稿をしていたTwitterアカウント――『たいすけ』って名前のアカウントですね――先ほどIPアドレスが割れたんです。いわば、どこからTwitterの投稿がなされたのかという送信元が判明したんですけど、それが全部、山縣泰介の自宅のWi-Fiルーターから送信されていたそうなんです」

結構なことじゃないか。山縣泰介が犯人で確定だ。しかし六浦は堀とはまったく異なった結論に達していた。

「Twitterの投稿を、わざわざ自宅のルーター経由で送信しますかね?」

「ちょっとオジさんにはピンとこない話なんだけど、六浦さんの言わんとするところは何なのよ?」

「たとえば綺麗な景色を見て、それを撮影して、コメントを添えてTwitterに投稿しようとしたとします。こうなった場合、普通はその場で投稿しませんか? なのに例の『たいすけ』のアカウントは、過去のツイートすべて、わざわざ帰宅してから自宅のルーター経由で送信しているんです。こんなことする人いないですよ。あまりにも奇妙なので、さっきネット上に記録されている端末名と、山縣泰介が車に置いていったスマートフォンの機種が一致するかの調査依頼を出しておいたんですけど――」

「あのね、六浦さん」堀はおどけたように笑ってみせた。「オッサンはさ、意味のわからんことをしちゃう生き物なのよ」

自身の意見が一蹴される予感に六浦が静かに落ち込んでいるのが堀にもわかった。

内輪揉めほど面倒なことはない。仮に事件解決後、堀の態度には難ありだと県警であらぬ噂を流されようものなら、下らない問題にも巻き込まれかねない。堀は大袈裟なまでに砕けた態度で六浦の肩を揉んだ。

「何年前のことだったかな……俺はマイケルが好きでね。あぁ、マイケルってのはもちろんジャクソンのマイケルな？　俺は中でも『Bad』のPVが好きで、それをちょこちょこパソコンで観てたんだよ。スコセッシが監督をやっててね、何かこう、いいんだ。それでふと観たいなぁ……と思うたびにだよ。まずはパソコンを開いて、ブラウザ立ち上げて、検索の窓にYouTubeって打って、アクセスして、出てきた画面に曲名を入力して、更に候補の中から動画を選んで——ってね。いやぁ、同僚に指摘されるまで、自分が馬鹿みたいに七面倒なことをやっているなんてまったく気づかなかったよ。お気に入りに登録しておけばいつでもワンクリックでアクセスできるのに」

堀の言いたいことを把握した六浦は、自身を納得させるように小さく頷いた。

最初に発見された女性の死因は、刺殺ではなく絞殺であった。犯人の指紋は検出されなかったが、首にはロープの痕と吉川線（ロープを解こうとして爪を立てた傷）が確認された。鑑識は死体の状況からして、ベンチに座っていたところを背後から不意に絞め上げられたのだろうという結論に達した。腹部の傷は死後につけられたものだと判明すると、ではなぜ犯人は死後に彼女を刺す必要があったのかという疑問が湧き上がるも、これに対する答えは鑑識課の若い女性が推理した。

「『映え』じゃないでしょうか」

絞殺体は写真として地味だった。だから腹部を切りつけたのではないだろうか。

いずれにしても真相は犯人に尋ねてみなければわからない。彼女を殺すために使用したロープ、それから腹部を刺した包丁は、どちらも山縣泰介の家の倉庫から出てきた。マイナンバーカードが使用されていようが、自宅のルーターからTwitterの投稿がなされていようが、簡単に被疑者が揺らぐような状況ではない。

犯人は山縣泰介で間違いないのだ。

そして彼をいち早く捕まえるためには、妻である芙由子の証言が必要とされていた。リビングをちらりと窺うと、芙由子は真剣な表情で地図に視線を走らせていた。彼女はまだ泰介の無実を心のどこかでは信じているのだろうか。あるいは伴侶の罪を全面的に理解し、その上でせめてもの贖罪《しょくざい》として必死に記憶をたぐり寄せているのだろうか。

きっと山縣泰介は見つかる。堀にとっての唯一の懸念事項は、警察が見つけるよりも先に、血の気の多い一般人の餌食《えじき》になってしまわないかという一点だけであった。

「……何か思い出してくれるといいんだが」

「そう……ですね」

しかし二人の思いとは裏腹に、泰介の姿は一向に見つからなかった。

なぜなら泰介は、すでに警察が描いた赤枠の——外側に、いたからだ。

リアルタイム検索：キーワード「ホームレス／襲撃」
12月16日23時56分　過去6時間で656件のツイート

・ネットにこれだけ写真が出回ってるんだからちゃんと顔見てから取り押さえろよと思ったけど、顔面陥没するほどのタコ殴りってことは普通に誰かボコしたかっただけなのかもって思えてきた。いずれにしても逃げ回ってる犯人がすべての元凶。
引用：【経産新聞デジタル】大善市でホームレス襲撃「ネットで話題の殺人犯だと思った」

郵便マン太郎@postpostpost_post

・ホームレスと見間違えられるビジネスエリートが一番哀れｗｗｗ
引用：【経産新聞デジタル】大善市でホームレス襲撃「ネットで話題の殺人犯だと思った」

みよきち@kichi9_miyo2

・【拡散希望】今回のホームレス襲撃の犯人はドンドキTVさんではありません。犯人はYouTuberであるとの情報も一切出ていません。誤解している人があまりにも多すぎます。ちゃんとニュースを見て真実を見極めてください。誹謗中傷は犯罪です。

はる@kiyoshi_hayato_3150

・ホームレスの人を襲撃するなんて絶対NG。でもみんなで力を合わせればきっと山縣泰介を捕まえられるはずです。地元の人は全力で頑張ってください。私も北海道から応援してます。きっと追い詰められる。きっとみんならできる！

三井あきら@akira_mitsui1107

山縣　泰介

走る。ただそれだけでいい。

泰介は常日頃意識している正しいフォーム、歩幅、呼吸法を崩さず、ただひたすらに夜道を走り続けた。泰介の吐く息が、白い球体となって夜道にぽっ、ぽっと、軌跡を残す。

ランニングが日課なんです。そう言うと大概の人間はいいですね、ジョギングって気持ちいいですよねと笑みを返してくれる。勘違いされているなと思いながらも、泰介も敢えてそれを訂正しようとは思わない。マラソンやトライアスロンの大会に出る予定はなかった。それでも学生時代から第一線で戦うために鍛え続けた肉体が、加齢とともに錆《さ》びついていくのが我慢ならなかった。人とはすなわち肉体で、肉体こそが人間のすべてなのだ。肉体の腐敗はすなわち人間としての腐敗と同義だ。

毎週月曜日と木曜日の夜に、一時間かけて十キロ強を走る。辿り着いた公園で入念にストレッチを行い、更に三十分、軽めのジョギングで家へと戻る。特定のスポーツのためでも、健康のためでも、世間体のためでもない。ただただ自分を殺さないために自らに課してきた習慣だった。

さて、これからどのようにして逃げればいい。ラゲッジスペースで頭を抱えていた泰介は、ふとゴルフ用の鞄の中に着替えが入っていることに気づいた。それなりの規模のゴルフ場には当然ながらジャケットを着て行くが、稀《まれ》に規則の緩いショートホールを回るときはゴルフウェアのまま出かけた。ラウンドを終えればシャワーを浴び、ラフな恰好に着替える。スウェットと、ラウンドの際にも使用できるスイングトップが、鞄の中には入っていた。当人でさえ積んであったことをすっかり忘れていたが、まさしく僥倖《ぎようこう》であった。

これに着替えよう。

夜道をスーツで激走していれば明らかに異様だが、スポーティな恰好で走っていれば問題はない。

広いはずの大型SUVのラゲッジスペースであったが、中で着替えをするとなると窮屈であった。身を丸めて服を替え、革靴もスニーカーに履き替える。帽子も被る。つばについていたマグネット式のマーカーはいかにもゴルフ用という雰囲気だったので外し、ショルダーバッグの中に押し込む。鞄は自宅玄関に置き忘れてきてしまったが、幸いにして貴重品は身につけていた。財布も押し込み、更に封筒に入っていたセザキハルヤからの警告文めいた手紙も押し込む。他にも持っていくべきものはあるだろうかと数秒考えるが、一刻も早くこの場から移動したいという思いがはやる。走りを邪魔しないようにショルダーバッグをたすき掛けにして、車外へと飛び出す。

ひんやりとした冷気に一瞬身が縮まるが、走り始めればすぐに体が温まることを、泰介は熟知していた。海岸線へと向かうように東にスタートを切って数歩のところで、ああ、本当に逃げるんだなと先の見えない闇の中に身を投じた恐怖が刹那、首筋を凍らせた。しかし戻るも、やめるも、諦めるも、もはや選択肢にはなかった。

どれだけ日常的に走っていようとも、走るという行為それ自体が容易《たやす》い作業になるわけではない。ある程度のスピードを維持しようとすれば、どうしたって相当な疲労と苦痛が伴う。息が切れ、喉が渇き、辛い、休みたいという思いにとらわれる。しかしそれが、今の泰介には却ってよかった。この先どうするべきなのか、これからどうなってしまうのだろうか――行く末を憂慮する余裕もないがゆえに、堂々と胸を張って走ることのみに集中できた。最初こそ人とすれ違う度に心臓が圧搾されるような緊張が走ったが、段々といつもどおりのランニングメニューをこなしているような錯覚に包まれていった。

逃げるのではなく、ただ走るのだ。ただただ走ればいいのだ。

希土町を抜け、小流《ながれ》の海岸線に沿うようにして北上する。無心でただ走ることのみを目的に走り続け、さすがにこれ以上は体を騙せないと足を止めたのはひかりやま市の外れ――釣具店から実に十七・六キロメートル離れた地点であった。

時刻は日付を跨いで深夜一時。おそらく日中でも活気づいているはずのないシャッター商店街は、夜闇に呑まれて完全に息絶えていた。人通りも、灯りもない。土地勘はなかった。ここにきてあまりに無計画に走り出してしまったことを悔やむも、しかし計画的に逃走することは不可能であったと自分を慰《なぐさ》める。何にしても人気《ひとけ》がないのは泰介にとって好都合であった。最も怖いのは積極的に泰介のことを捜そうとしている野蛮な人間たちで、彼らに追い回されるようなことになれば命の保証もない。

乱れた息を整え、周囲を警戒しながら目に入った自動販売機でスポーツドリンクのボタンを押し込む。飲み物が吐き出されると隠れるようにして細い路地へと向かい一息に飲み干す。ほてりが冷めて外気が心地よく感じられたのはほんの数十秒で、汗が引けば冬の夜風が暴力的に体温を奪い始める。思えば最後の食事は昼間にとったファミリーレストランのスパゲティで、かれこれ半日以上固形物を口にしていなかった。空腹に疲労、そして言いようのない孤独に絶望、そこに寒さが追い打ちをかけ、泰介は地べたに座ってただ石ころのように丸まることしかできなくなっていた。

コンビニに寄ってしまおうか。そんな考えが脳裏を過る。コートは売っていないだろうが、温かい食事にはありつける。現金も五万円以上は財布に入れていた。必要なものは何だって買える。最寄りのコンビニがどこかはわからないものの、さすがに鄙《ひな》びた町であっても看板を頼りに駅方面へと向かえば一軒ぐらい見つかるだろう。

しかし怖いのは防犯カメラであった。せっかくここまで走ることができたというのに、カメラに写ればすべてが水泡に帰してしまうのではないか。小さな懸念が、泰介の体を更に強ばらせる。どうする、どうしたらいい。凍てつく空気の中では体力が回復する気配もない。眠ってしまいたいのだが、眠ることもできそうにない。

あらゆる選択肢が容赦なくそぎ落とされていく中、ほとんど叫びだしそうな思いを抑え込むようにしてひたすら打開策を模索する。

「やだ、追い出されたの？」

しまったと思ったときには、すでに逃げるタイミングを逸していた。

六十は超えているであろう細身の女性が、まるで迷子でも見つけたような表情で近づいてくる。手には長い金属の棒。武器か――間抜けな勘違いに身構えそうになるも、すぐにそれがシャッターの昇降に使用する道具であることに気づく。見れば三軒向こうの小さな窓から、ほんのりと灯りが漏れていたのがわかる。「しずく」という店名が書かれた看板が出ているが、何屋であるのかはわからない。まだ営業している店があったのだ。

いずれにしても人に見つかってしまった。さあ、どうする。どう切り抜ければいい。

「何やっちゃったの」

追い出されたのの意味も、何やっちゃったのの意味も、どちらもうまく処理できなかった。お前はとんでもない罪を犯したから、大善市を追い出されたんだね――神託めいた嫌味なのだろうかと働かない頭でおかしな解釈をしつつ、最悪の場合女性を突き飛ばしてでも逃げ出す必要があるなと唾を飲み込む。しかし疲れ切った足腰にはいつものようには力が入らない。立ち上がって、走り出して、果たして俺はどこまで逃げ切れるのだろう。タービンが回り出したように焦りが加速していく。

「寄ってく、寄ってかない、どっち。早く決めて」

女性は焦れったそうに、左の手の平を金属の棒で小刻みに叩いた。

どうやら、こちらを襲撃するつもりはなさそうだ。どころかひょっとすると匿《かくま》ってくれようとしているのではないか。全世界に凶悪犯として情報が拡散されている人間のことをどうして守ってくれるのだろう。そこまで考えたとき、ようやく彼女が山縣泰介のことを知らない——つまりネットに注意を払っていない世代の人間なのではないかと思いあたる。

「何やらかしたのか知らないけど、どうせ家には戻れないんでしょ。寄ってかないんなら店閉めるから、寄るんなら早く」

どうやら妻に家を追い出された哀れな亭主だと誤認されているらしいと、時差ぼけが解消されるようにしてゆっくりと理解が追いついてくる。そうとわかれば渡りに船であった。

「匿ってもらえるんですか?」

言葉の選び方を間違えてしまったかとどきりとするが、勘違いしている彼女にとっては比較的自然な表現だったようだ。

「そういう男から巻き上げた金で生きてるからね」

しずくは、いわゆるスナックであった。壁面には酒瓶がずらりと並び、地元のFMラジオが掠《かす》れた小さな音で流れている。六人程度が座れるカウンター席に、四人がけのテーブルが二つ。テーブル席の一つに紺色のブルゾンが掛けてあったので先客がいるのかとひやりとするも、泰介の視線から察した女性は笑顔を見せた。

「あれは忘れ物。ずっととりに来ないけど、置いておく場所もないからそのまんま」

特定の店にとどまって逃走が中断されることに抵抗はあった。それでも救いの手を払いのけてまで逃げ続ける体力も、またそれを成し遂げるためのプランの持ち合わせもなかった。過剰とも思える暖房の中で徐々に体の震えが収まっていくのを感じながら、泰介は自分の判断が間違っていなかったと背中を押された気分になる。

「女作ったんでしょ」

カウンターに背を丸めて座り込んだ泰介の前にカシューナッツを出すと、女性は森羅万象を見通したように目を細める。女性はあまり健康的ではない痩せ方をしていた。不美人ではなかったが、若い時分から夜と酒を生業《なりわい》にして生きてきた人間特有の疲労感が漂っている。眉はおそらく一本残らず抜き取られており、自分勝手に鋭角に引かれたアイブロウがやけに目を引く。

「そういうことするタイプの男前だよ、あんたは」

何を根拠にそんな失礼なことが言えるのだと、平生であったなら批難の気持ちが顔に出ていたところだったが、今は細かなコミュニケーションに気を払っている余裕がなかった。果たしてここを安全な場所であると認定してよいものか。どの程度滞在したらこの店を後にしようか。差し出されたカシューナッツを警戒しながら頬張っていると、女性は答えを急《せ》かすように、カウンターに前のめりになる。

「でしょ？」

泰介はひとまず気分よく接客してもらおうと決意した。「わかりますか？」

「昔からなんかね、そういう霊感があんの。わかっちゃうのよ。わかりたくなくても」

「……インターネットは見ますか?」

「は?」

つい彼女が騒動のことを知らない確証が欲しくなってしまい、あまりに脈絡のない問いかけをしてしまう。さすがに奇妙だったと反省するが、女性は泰介の境遇を都合よく解釈してくれたようだった。

「ネットが原因なの?」

「あ、まあ」

「あたしは見ないね。何か面倒な設定とか申し込みが必要なときは全部息子頼み。こもなんだか飲食店の採点屋みたいなのに勝手に取り上げられてるらしいけど、どうなんだろうね。あたしは見たことないよ」

「あぁ、なるほど」ひとまず彼女がネットの騒動に気づくことはなさそうだと胸をなで下ろし、適当に会話を繋ぐ。「息子さんが?」

「ちゃらんぽらんな駄目息子がね、もう三十だけど、仕事も何してるんだかしてないんだか……今日だってどこほっつき歩いてんだか」

「今日?」

「まだここに住んでんのよ、上の階に。もう駄目ね。あれは完全に父親に似ちゃったのよ。嫌な予感はしてたんだけど、あたしの言うことは何にも聞かずにだらだらだらだら——何、飲むの？」

「……なら、ウイスキーを。息子さんはすぐに帰ってくる？」

「帰ってくるもんですか。飲み方は？」

「……ストレート」三十歳の人間と遭遇するのは避けたかった。あの口調だと本当に帰ってくることはないのだろうと安心し、渡されたおしぼりで顔を拭う。

どうやらカウンターの向こう側に勝手口があるようだった。外に出られそうだ。いざというときはあそこから逃走を——そんなシミュレーションを脳内で繰り返していたのだが、女性が今日はもうこれ以上頑張れないと言って入口のシャッターを中段まで降ろしてくれると、緊張が三段階ほどほぐれた。少なくとも、しばらく店には誰も入ってこない。

「何か食事はありますかね。腹に溜まるものがもらえると」

「マチ子焼きそばなら出るけど、味を期待しちゃいけないよ」

「マチ子？」

「あたしの名前」

本当に大した焼きそばではなかったが、今の泰介には涙が出るほど美味《うま》かった。夢中になって頬張る泰介の姿にマチ子も気をよくし、あら、そんなに美味《おい》しかったの、実はちょっと自信あったんだけど、もっと看板メニューとしてオススメしてもいいのかもねと満更でもなさそうに微笑《ほほえ》む。

腹が満たされ、ウイスキーを舐めれば、ほんのりとした酔いが泰介の心に余裕と潤いを与える。さすがに泥酔するわけにはいかなかったので量はセーブしたが、胃袋の底から温かな活力が湧いてくるのがよくわかった。客は来ない。店主とは初対面で繋がりもない。誰も泰介がここにいるとは思うまい。このままここにとどまれば、誰にも見つからないのではないだろうか。

家族の様子は気になったし、こちらの状況を伝えておきたいという思いもあった。しかしひとまず雨風をしのげる基地を見つけたと思ってもいいのではないだろうか。フリーズドライされていた心に水が垂らされたように、少しずつ通常の精神状態が戻ってくる。

居心地がいいと言っても永住できるわけではない。体力がある程度回復したなら出て行くべきだろうとは思いつつ、しかし眠気が瞼《まぶた》を重たくし始める。逃亡先の候補が思いつかないことも手伝い、冷静さを取り戻しながらも緩やかな混乱と逡巡は続いた。

何の気なしに店内をぐるりと見回せば、店の奥に虎柄の派手なスカジャンが飾られているのが目に入る。酷く趣味の悪い服だが、飾ってあるということは何かしら思い入れのある品なのだろうと踏み、あれは、と尋ねてみる。

「実は昔、大波憲一《おおなみけんいち》が来て置いてってくれたの」

耳慣れない名前だったが、曰く、直接的な繋がりこそないものの宇崎竜童の弟分というような雰囲気でデビューし、往時はそれなりに鳴らした歌手とのことだった。そう言われてみれば聞いたことがある名前のような気もしたし、まったくもって初めて聞く名前のような気もした。泰介はほとんど興味を失していたのだがマチ子は思いを馳せるように、スカジャンを郷愁の眼差しで見つめた。

「あの頃はね、元気だったよ」

「……誰が?」

「全部よ、全部」マチ子はため息をついてグラスを傾ける。「この辺ももう少し賑わってたし、客も入ったし。今はほら、若い子がお酒飲まないでしょ。なんていうのかね、段々と男が腑抜けになってきてるなって感じは昭和の終わりぐらいからずっとあったけど、もう今は本当ダメね。元気がない。若い子は自分が頑張らなくてもいい理由を探すのが上手になるばっかり。もう芯から腑抜けてるのね」

同意できない話ではなかったが、世間話に前のめりになれる状態ではなかった。別のことに頭を使いながら、相手の機嫌だけは損ねまいと相槌にバリエーションを持たせて傾聴しているふうを装う。すると聞き上手だとでも思ってもらえたのか、マチ子はラジオから流れる子守歌のようなジャズソングに乗せ、滑らかな口ぶりで自身の半生を語り出した。

小料理屋を開きたいという夢を叶えるため高校を出てすぐに上京したものの、修業をしてみないかと誘われた飲食店がその実キャバレーだったのが不幸の始まり。だらしのない男に引っかかり借金を肩代わりさせられ、店を辞めるどころか仕事を増やす羽目になる。汗水垂らして働き、男との関係を死ぬような思いでどうにか清算し、今度は別の男のつてを使ってバーでの仕事にありつく。ようやく飲食店で修業らしいものが始められたと喜んだのも束の間、働き始めて三カ月目に給料不払いのまま店主が夜逃げを果たす。直接的な原因ではないもののそのあたりから交際相手との関係も悪化し、やがて恒常的な暴力に悩まされるようになる。このままでは殺されると一念発起。逃げるようにして流れついた横浜で仕事を見つけ、ようやくまともだと思える男と結婚を果たす。旦那の故郷であるひかりやま市でスナック「しずく」を開業し、時同じくして子供も授かる。絵に描いたような順風満帆だった。さあ、これまでの遅れを取り戻そう、ようやく人生が正の方向へと転じたのだと希望を全身で感じていた最中に、旦那が虎の子の貯金二十万円を持って蒸発してしまう。もう二度と男には頼るまい。誓いを立て、残ったスナックを無我夢中で運営しながら、子育てにも奔走。せめて子供には学を身につけてまともな人間になって欲しいと思ったのだが、彼女の願いも虚しく息子の最終学歴は高校中退。現在に至るまで無職とフリーターの中間のような生活が続いている。

「あたしが頑張れば頑張るほど、周りが足を引っ張ってそれを妨害する――ずっとね、そういう人生なの。もう他人に期待するのはやめだって決意したのに、今度は過疎化と若者の酒離れで店はご覧の状態。今の子は誰も彼も一生懸命働かない、セックスもしない、子供も作らない、上昇志向もない、お酒も飲まない。まったく……色々と考えてみても、あたしたちの世代が一番割を食ってるよ。間違いないね」

泰介は話のすべてを集中して聞いていたわけではなかったし、男を見る目がないのは自身の責任だろうと彼女の内省不足を内心では批難していた。日本語の誤用も多かった。ら抜き言葉の多用はある程度仕方がないと我慢できたが、世間ずれ、初老の意味の取り違えや、代替《だいたい》のことを堂々と「だいがえ」と口にする雑さにはいかんともしがたい不快感が募った。今が非常時でなければ間違いなく指摘していた。しかしそういった諸々をいったん脇に置き、彼女が言わんとしている、自分は悪くないのに他者の責任で害を被《こうむ》ってばかりという点に焦点を当てると、彼女の話は泰介にとって少なからずシンパシーを覚えるものであった。

まさしく今の状況がそうであるというのは言わずもがな。考えてみれば、ありとあらゆるシチュエーションで自分こそが害を被ってきたのだ。わずかにアルコールが回っていたこともあり、ゆっくりと舌が滑らかさを取り戻す。自身が濡れ衣のせいで逃亡中の身であることは語れないが、小さな不満を漏らすくらいのことは許されてもいいはずだ。気づけばスナックという場が持つ語らいの気配にも後押しされ、ウイスキーの水面を見つめながら口を開いていた。

無能な上司に間抜けな部下。やる気のない外注先に無茶な要求をする顧客。ひとつエピソードが零れる度に、マチ子が同調するような反応を見せてくれる。あら、ひどい、大変ね、あなた悪くないじゃない、立派なもんじゃない。我の強い人間だと思っていたが、さすがに客商売をしているだけある。聞き上手だった。数時間前にも頭を過ったとある思い出がまたしても泰介の中で蘇り、日頃そう滅多に口にしない家庭でのトラブルについてまで言及してしまう。

「先ほど息子さんの話をされてましたけど、うちも娘が以前トラブルを抱え込んできて」

「あらあら」

「妙にませたところがありましてね。小学生なのにネットで――ああいうのは、出会い系サイトって言うのかな――二十代後半くらいの男と連絡をとって、逢い引きの約束を取りつけてしまったんです。まあ、想像に難くないと思いますが、やっぱりそういうことをしようと企む男はそれなりにどうしようもない男で、いわゆる――」

「ロリコンだ」

小さく頷く。「どうにか逢い引き自体は防げたんですけどね、犯罪者だったんですよ。すでに被害者の女の子が何人もいた」

「やだ、無事に捕まったの?」

泰介がもう一度小さく頷くと、マチ子はやあねぇと大きく体を引き、娘さんが無事でよかったね、若い子もませてるからそういうのはあるだろうね、今はネットでそういう悪人が滅茶苦茶なことするから嫌な時代だね、でもあんたもよく娘を守ってあげられたね——と、つらつらと気持ちのいい言葉を返してくれる。

考えてみれば、「たいすけ@taisuke0701」による騒動が始まってから、誰かに共感、同調してもらえたのは初めてのことだった。あんたは悪くない、よくやった、世の中がおかしい。久しく聞けていなかった温かい言葉に、泰介は生まれて初めて両親に褒めてもらえた少年にでもなったような心地であった。ひどいね、辛かったでしょう、あなたはこれっぽっちも悪くないのにね。実際には口にされていない言葉までもが、泰介の現状を慰めるように耳朶《じだ》に響く。

そうだ、これは悪しき陰謀で、こちらはまったく悪くない完全な被害者なのだ。一度それを思い出すと、マチ子が繰り出す愚痴の数々がすべて自身を発憤させるための劇薬のように、胸の中枢を熱く滾《たぎ》らせ始める。

そしてとうとう、泰介はひとつのアイデアへと導かれる。閃《ひらめ》いてしまえばどうしてこれまでそういう発想に至らなかったのだろうと不思議にさえなってくる。

なぜ逃げ続けていたのだろう。なぜみっともなく走り回り、どうやって身を隠し続けようかなどと考えていたのだろうか。

真犯人を、この手で捕まえてみせる。

犯人が誰であるかの見当は今のところまるでつかない。しかしあそこまで徹底して自身のことを調べ尽くすことができていた人間なのだから、面識のない人間だとは考えにくい。地道に調べればきっと尻尾《しっぽ》くらいは摑めるはずだ。善良な人間を陥れ、極悪非道の犯人がほくそ笑む。あってはならない話であった。泰介が仮に警察に捕まってしまったとしても、犯人の候補さえ絞り込めていたのなら冤罪を証明するチャンスも巡ってくる。

再び息子の愚痴を語り始めたマチ子の話を右から左に聞き流しながら、泰介は密かに決意を固めた。今日のところはこのスナックで夜を明かすことになるかもしれない。しかし明朝、すぐに犯人を捕まえるための手がかりを探る。そのためには今一度、問題となっているネットの投稿を確認し——具体的な算段を眠たくなってきた頭でぼんやりと考えていると、ラジオが気象情報から深夜のニュースへと切り替わる。

それまでラジオには一切の注意を払っていなかった泰介だが、大善市女子大生殺害事件という単語が耳に入れば途端に緊張が走る。幸いにしてマチ子は喋ることに夢中で聞いている様子もなかったが、ラジオに耳を傾けていることがわかれば何かに気づいてしまうかもしれない。マチ子のほうを見つめ頷いているポーズだけをとりながら、それ以外の全器官を総動員してラジオに注意を傾ける。

最初は事件の概要が説明され、続いて公園のトイレで見つかった被害者の氏名が明かされる。篠田美沙——やはり知らない女性だった。泰介の自宅で見つかった女性の遺体についても言及されるが、こちらはまだ身元が判明していない。

パーソナリティは落ち着いた声で「警察は何らかの事情を知っていると思われる家主を捜索中」という、心臓がきゅっと痛むような一言を添え、更に畳みかけるように

「現在行方がわからなくなっている家主の車が、希土町の釣具店で放置されているのが発見されました。中からはそれまで着用していたと思われるスーツ一式が見つかったことから、現在はスポーツウェア等に着替えていると考えられており、警察は足取りを追っています」と淀みなく伝える。

スポーツウェアという単語にマチ子が反応しないだろうかと、一瞬背筋に冷たいものが走ったが、彼女は息子を堕落の道へと誘った悪友を批難することに忙しい。その調子でどうかお喋りに熱中していてくれ。彼女の饒舌《じょうぜつ》を途切れさせないために気持ち頷きを大きくし、引きつった表情を整えていささか大袈裟に共感のポーズをとってみせる。

もういい、ニュースよ早く終わってくれ。いや、もう少し情報をくれ。相反する感情に弄《もてあそ》ばれながら、パーソナリティの「続いてのニュースです」の一言にため息をつく。終わってくれた、否、終わってしまった。しかし気を抜けたのはほんの一瞬で、続いてのニュースが泰介の心を改めて大きく揺さぶる。

「十六日の夜、希土町四丁目で傷害事件が発生しました。路上で三十代の男がホームレスと思われる五十代の男性に殴りかかり、被害者は意識不明の重態。近隣の救急医療センターにて治療を受けています。逮捕された男は『ネットで話題になっている逃走犯だと思った。捕まえようと思ったら抵抗したので殴ってしまった。やりすぎてしまったとは思う』と容疑を認めています」

グラスを握る手に力が入る。

それまでネット上でただ威張り散らしているだけに思われた大衆が、実際にこちらに危害を加える意思を持っていることに、言いようのない恐ろしさを覚える。もちろん襲われるかもしれないという心構えはあったし、最悪の事態の想定もできていた。しかし実際に事件が発生するとまた重みが異なってくる。本当に殴られるかもしれないのだ。それも意識不明の重態になるほど強烈に。酒量をセーブできなくなってくる。ぐいとウイスキーを呷《あお》り、大きなため息をついてもう一度呷る。

ラジオニュースにはなっているが、テレビやネットでは報道がないと考えるのは不自然だった。おそらくスポーツウェアを着て逃げ回っていることはあらゆるメディアで取り上げられているに違いない。泰介はこれ以上、現在の恰好で外を動き回るのは危険かもしれないと判断する。

何か着替えは――必然的に視線が吸い寄せられてしまうのは、壁面に飾られている記念の品だった。

「……本当に素敵なスカジャンですね」

「ん？　うん、そうね。どうしたの突然」

「いや……いただけたりしないかな、と思って」

「冗談やめてよ。どこの世界に家宝を平気で譲る人間がいるもんですか」

どうにかしてスカジャンを穏便に譲ってもらえないだろうかと知恵を巡らせるが、

いかんせん酔いも回り始めてまともな思考ができなくなってくる。絶対に犯人を捕まえてやるという決意に、襲われたホームレス、晒されてしまった自身の服装――あらゆる情報が頭の中で複雑に絡まると、考えるのが面倒になって酒を口に運ぶ。マチ子も欠伸《あくび》の回数が増えてきたなとそんなことを考えていると、額にごつんと衝撃が加わる。船を漕いでグラスに頭を打ち付けたのだ。一度、大きく首を横に振って眠気を飛ばそうと試みるが、そう簡単に払いのけられるものではなかった。朝六時半に起床、昼過ぎから騒動に巻き込まれ、深夜になってから十七・六キロ走った肉体は、当然ながら限界を迎えていた。

泰介の体感としては十五分ほど目を閉じてしまったかなという感覚であった。しまったと慌ててカウンターから顔を上げたところで、目の前にマチ子がいないことに気づく。入口を見る。半開きだったシャッターが開け放たれており、ドアに嵌められたすりガラスの向こうが白けている――夜が明けている。腕時計を確認すれば、時刻は午前七時五分。そんなに眠っていたのか。酷い寝方をしたものの、幸いにして頭はすっきりとしていた。慌てて状況把握に努めようとしていると、外からひそひそとした話し声が聞こえてくる。瞬間、泰介は自分が自然に目を覚ましたのではなかったことに気づく。

声の主の片方はどう考えてもマチ子で、もう一人の声は若い男性のものだった。何を言っているのかは聞き取れないが、何やら男のほうは意識的に声量を落としている気配が伝わってくる。よく見ればすりガラスの向こうにぼんやりと黒いシルエットが確認できた。

「じゃあ何？　あたしが悪いって言いたいわけ？　そんなの知るわけないでしょ？」

マチ子の怒鳴り声を諌《いさ》めるように男の声のボリュームがわずかに上がり、初めて泰介の耳に鮮明な言葉となって響く。

「声が大きいんだよ。目ぇ覚ましたらどうすんだよ」

頭にかかっていたうっすらとした靄《もや》が完全に晴れ、泰介はゆっくりと立ち上がる。マチ子の話し相手はおそらく例のどら息子だ。あの口ぶりだと、どうやら寝ている姿を一度見られているらしい。そして彼はネットでの騒動を把握していた。だから泰介を起こさぬよう、マチ子だけを店外に呼び出したのだ。

そうとわかれば逃げるしかない。しかし非常時とはいえ無銭飲食はしたくない。泰介は迷惑料を考え多めに一万円をカウンターに置き、しかしすぐに家宝に手をつけるのだからもう少し色をつけるべきだと判断して二万円を置き直す。大波憲一の虎柄のスカジャンを慎重にハンガーから外して袖を通す。店を出ればまたしばらく何も口にできないのではという思いからお冷やを一杯するりと流し込み、ショルダーバッグを改めてたすき掛けにする。さあ勝手口から出ようというところで、持っていくべきものを再考し、ショルダーバッグを一度外してまた掛け直す。

外は狭い路地だった。ビールケースの横をすり抜けるようにして商店街のメインストリートへ。人波で溢れていたらどうしようかという一抹の懸念を吹き飛ばすように、朝の商店街も閑散としていた。引き続きほとんどの店にシャッターが降りている。誰ともすれ違うことなく商店街をすり抜け、国道と県道が交わる広い交差点へと辿り着く。スイングトップの上に一枚余分に羽織ることができたが、冬の冷気を完全に防げるわけではない。身が縮こまる。

昨日と同様、再び逃走の旅が始まったというのが偽らざる事実であった。しかし泰介の中には劇的と言っていいほどの心境の変化があった。

逃げるのではなく、追うのだ。

無論、危険な一般人がいるのは事実で、警察が容疑者として自身を追い回している可能性が高いということもあり、どうしても身を隠して逃走に近い形をとらざるを得ないのは間違いない。それでも泰介としては、敵は後ろではなく、あくまで前にいるという考え方に切り替わっていた。

スナックの店内にいたときから考えていたことだが、やはりそのためには犯人に繋がる情報が不可欠だった。ネットを見るしかない。そしてスマートフォンを車に置いてきてしまった今、誰かの協力なくしてはネットを見ることもままならない。

泰介は交差点の案内標識を見上げる。このまま真っ直ぐ進めば、神通郡《かみどおり》にたどり着くことが示されている。

ひかりやま市に土地勘はなかったが、神通には何度か足を運んだことがあった。駅前の様子も、いくつかの飲食店の位置も把握できている。現在は転職して医薬品メーカーの営業に転身してしまったが、結婚式の仲人まで引き受けたことのあるかつての部下が住んでいるのだ。何度もゴルフに連れて行ってやった。実の息子のように――というほど年は離れていなかったが、かつての部下たちの中でも、一、二を争うほどに可愛がってやった社員であった。三年前の転職の際も、同じ会社の上司部下の関係を越えて、惜しみなくアドバイスを与えてやった。

確かに「たいすけ@taisuke0701」の擬態は見事であった。社内のほとんどの人間が騙されてしまうのも大いに頷ける。しかしもう少しばかりの時間をもらえればきっと誤解は解けたはずなのだ。手前味噌な話になるが、人望はあるほうだ。ネット上であんなおかしな真似をする人間ではないと、冷静になってさえくれれば、きっと理解してもらえるはずなのだ。

彼に協力を仰ごう。泰介は目的地を定める。

警察も泰介が立ち寄りそうな場所はリストアップしているのだろうが、さすがに現役の大帝ハウス社員ではない人間の居所にまでは頭が回らないのではないだろうか。彼に会えさえすれば、状況は一気に好転する。スナックのように仮初めの潜伏場所ではなく、数日、数週間、下手をすれば数カ月身を潜められる基地が手に入るのだ。

神通まで十二キロ。泰介は帽子を深く被り直し、走り出した。

リアルタイム検索：キーワード「スナック／山縣泰介」
12月17日8時11分　過去6時間で1228件のツイート

・うちの近所のスナックに警察がぞろぞろ来てる。ちょこっと話を盗み聞きした感じだとどうやら一日中、山縣泰介を匿ってたっぽい。大事な虎柄のスカジャン盗まれたって騒いでる。すぐそこに人殺しが何時間もいたって考えると結構ぞわぞわする。徹夜でドラゴンハンターやってる場合じゃなかった（↑おい）

たかしん@dropndrop123

・これがマジなら通報しないで匿う理由が本当に謎。馴染みの客だったのかもしれんけど、普通殺人犯かばおうとするか？　スナックの店主もまとめて死刑でいいよ。突き出したほうがよっぽど世間のためになるだろうに、本当に頭がおかしいとしか思えない。
引用：うちの近所のスナックに警察がぞろぞろ来てる。ちょこっと話を盗み聞きした感～

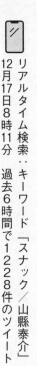

中野太一@taichi_nakano1112

・え、これマジなら、虎柄のスカジャン着て逃げ回ってるってこと？　目立ちそうだし、すぐに見つけられるんじゃない？　バカなの？

引用：うちの近所のスナックに警察がぞろぞろ来てる。ちょこっと話を盗み聞きした感～

ボス猿@与党政治にＮＯを突きつける@boss_monkey_z

・これわかんないけど、スナックの店主って言ったらたぶんババアなんだろ？　山縣泰介の顔はネットにしか出てないから、ネット見てなくって気づかなかったって可能性もあんじゃゃね？　だとするならば最大のミスやらかしてんのは顔を公式に報道しなかったテレビ&警察。いいから顔出してガンガン報道しろよ。

引用：うちの近所のスナックに警察がぞろぞろ来てる。ちょこっと話を盗み聞きした感～

正論しか言わない愛国者@japanpride0211d

住吉初羽馬

「多数決っていう理論を使い続けてる限り、僕たち若者に選挙の価値はないわけじゃん。どれだけ投票投票呼びかけても、結局数の原理で高齢者には勝てないんだからさ」

そう、そこなんだよな。本当に馬鹿らしい。いい加減、変えていかなくちゃ駄目だよ。

「で、じゃあ政治って誰のものって考えたときに、やっぱり未来への投資なわけじゃん。それなのにね、投票者だけじゃなくて政治家も揃いも揃って高齢者でしょ？　どうしたって政策が近視眼的になる。仮に失政を犯しても、どうせ向こう二十年三十年生きる人たちじゃないから、逃げ切りができちゃう。もうね、根本的におかしいんだよ」

そのとおりだよ、俺もそう考えてた。私が思ったのはね。確かに本当、それなんだよな。

初羽馬は六人のサークルメンバーと議論を交わしながら、ブレンドコーヒーを啜る。

土曜日の午前九時。サークルの定例会議であるモーニングセッションは、必ず大学近くにそびえる展望台――大善スターポートの最上階にあるラウンジエリアで行われていた。取り上げるトピックはそのときによって様々であったが、自分たちの思う社会の重要な案件について議論するのが決まりになっていた。

サークルの名前は「ＰＡＳ《パス》」。創設者は初羽馬ではなく、五つほど上の先輩だった。「Progress」「Advance」「Step up」の頭文字をとって「ＰＡＳ」――社会問題に対して彼らなりの視点でメスを入れていく社会派のサークルであり、ときにイベントなどの主催も行うイベント系のサークルでもあった。サークル名には社会を前進させるという意味合いが込められている。

現リーダーである初羽馬はまだ三年生であったが、すでに就職活動は終えていた。きっかけはすでに卒業してしまったＰＡＳの先輩の一言だった。初羽馬、どうして日本のＩＴ企業が世界で闘えていないかわかるか――先輩はすらすらと筋の通った理論を語ってくれた。

結局、日本の企業は年功序列制度を打ち破れない。これがＩＴの世界ではこの上ない枷《かせ》になっている。新しいネットサービスを利用するのは若者で、新たな需要を満たすフレッシュなアイデアを創出できるのもやっぱり若者。なのにこんな新サービスはどうでしょうと画期的なアイデアを考えたとしても、企画に対するゴーサインをもらうためには、五十代、六十代の上長の承認を得る必要がある。すぐにでも動き出すべきなのに、サービスの本質が理解できていない年配の人間はあれやこれやと自分たちの古い価値観で難癖をつける。彼らは面倒くさいこと、ただただ手間がかかることを何かしらの美徳と捉えてるふしがある。便利には違いないが、便利になることによって大事な何かを失ってしまうんじゃないか。根拠のない茫漠とした不安を突きつけ、企画のスピードを無意味に鈍らせる。結果、世界に出し抜かれる。ずっとこのループに陥ってる。だからITでトップを走りたいと思うならば、絶対に大企業なんぞに就職するべきではない。小さい会社で大きな裁量をもらうか、もしくは自分で新たな会社を旗揚げするべきだ。

なるほどと思いながらも、初羽馬の胸の隅には、所詮はまだ社会に出ていない一大学生の見解という侮《あなど》りがあった。しかし先輩が実際に会社を立ち上げ、食品ロスの削減を目的とした企業と消費者のマッチングを促すアプリを開発すると、俄然見方が変わってきた。すごい、先輩は本当にやってのけた。まだアプリの普及率は目標ラインに達していないとのことだったが、あまりにスピード感のある展開に胸を打たれた。

俺も初羽馬だったら一緒に働きたいと思ってるんだけど、どうする。うち来るか。

IT業界に漠然とした興味はあった。大企業に入社しても意味がないという理論は見事に証明された。二つ返事ではいと頷いた瞬間に、初羽馬の就職活動は終わった。

今はひたすらインプットと議論の時間に充《あ》てるべきだ。そう考えた初羽馬は、リーダーを任されたPASでの活動にいっそう注力していた。二年前は十二人いたメンバーが、先輩の卒業によって現在は六人にまでその数を減らしている。学園大以外の学生に声を掛けてでも、来年の一年生は多めに勧誘したい。そのためにもセッションを重ねて、部内の気運を高めておく必要がある。

大善スタートポートは高さ百二十メートル。驚くべき高さを誇っているとは言えなかったが、背の低い建造物の多い大善の街並みを一望することはできた。ラウンジのコーヒーも丁寧に淹れられておりなかなか美味い。混んでいることもない。初羽馬はこのモーニングセッションの時間が気に入っていた。おそらくはメンバーも同じ気持ちであるはずだった。心なしかここでの議論では、部室でのそれに比べて面白いアイデアが浮かぶ頻度も多いような気がする。

そんな議論の最中、テーブルの上に置いてあったスマートフォンが揺れる。基本的には誰かと一緒にいるときにはあまりスマートフォンは見ないようにというのが初羽馬の主義であったのだが、そう滅多に見かけないTwitterのダイレクトメッセージを知らせる通知が届いていたので思わず視線が吸い寄せられた。議論も脇道に逸れ、駅前にできたブルックリン風の喫茶店がオシャレでよかったという話にシフトしていたので、思い切ってその場でメッセージを開封してしまう。

「サクラ（んぼ）@sakuranbo0806：今からお会いできませんか。折り入ってご相談があります」

はて、「サクラ（んぼ）」とは誰だっただろうかとメッセージの履歴を見返してすぐに思い出す。以前、ＰＡＳが主催した「ネットでの出会いを考えるシンポジウム」というイベントに参加してくれた女性だ。学部は異なっていたが、初羽馬と同じ学園大の学生だった。確か一つ下の二年生であるはずだ。

相談事とは何だろう。考えてみるが、思いあたるふしは一つもなかった。現在PASはこれという新しいイベントの予定は出していなかったし、彼女との間に何かしら約束事めいたものもなかった。珍しい相手からの緊急の連絡となれば無下にもしづらい――というのはおそらく自分を納得させるための建前で、初羽馬は彼女がなかなかの美人であったことをはっきりと覚えていた。

その場ですぐに、今は大善スターポートでサークル活動中だけど十時以降なら動けるよと返事をしたため送信する。間髪を容れずに、ではそちらに向かいますとの返事が来たので、にわかに胸が高鳴る。

モーニングセッションの後はそのまま皆でどこかに遊びにという流れが多かったのだが、強制参加というわけではなかった。今日は予定が入ったからごめんと別行動を宣言し、十時のセッション終了と同時に席を立つ。

ラウンジは展望エリアも兼ねていた。飲食をしなくとも自由に出入りすることができるので、ただ外の景色を眺めているだけの人間がいてもおかしくはない。それでも端のほうの席で背筋をまっすぐに伸ばし、じっと何もない山のほうを見つめている男性の姿は異様であった。初羽馬は思わず歩く速度を緩めて、男性を観察してしまう。

年齢は初羽馬とさほど変わらないように見えたが、顔つきは疲れ切っていて若々しさは微塵も感じられなかった。白いTシャツに黒のセットアップという何の変哲もない装いであったが、今しがた箪笥《たんす》の奥から引っ張り出してきましたと言わんばかりにジャケットには深い皺《しわ》が無数に入っている。更にどういう趣味をしているのかわからないが、襟元には『翡翠《ひすい》の雷霆《らいてい》』という少年漫画のピンバッジがつけられている。それ単体で見れば銀色のワンポイントアクセサリーと見なすこともできなくはないが、漫画の関連商品だとわかってしまえば言いようのない滑稽さを放つ。果たして何を見つめているのだろうか。初羽馬は彼の視線の先を追ってみるが、やはり目を引くようなものは何もない。静かな住宅街に、どうという特徴もない野山が続く。

不気味といえば不気味であったが、だからといって何か悪さをしているわけではない。あまり関わり合いにならないほうがいいと判断し、初羽馬はいったん化粧室で髪型を整えてからエレベーターホールへと急いだ。呼び出しのボタンを押し込むと、壁面に飾られていた一枚のポスターが目に飛び込んでくる。

限定復刻ライトアップイベント　12月17日（土）・18日（日）午後6時から

どうやら何年か前に開催されたものと同じコンセプトで、数年ぶりに展望台のライトアップが行われるとのことだった。これから彼女に持ちかけられる相談がどのようなものであるのかはわからないが、仮に会話が弾んでもうしばらく一緒に過ごしましょうというような流れになった際には、誘ってみてもいいのではないだろうか。

密かな下心を胸に潜ませていたので、一階のホールで待っていたサクラ（んぼ）が息を切らし肩を上下させていることに、初羽馬は面食らった。洒落《しゃれ》たチェスターコートを羽織っていたが、足下にはクロックスを履いている。記憶どおりの美人であったのは間違いないが、じゃあお茶でもしようかとも、夜になったらイルミネーションを見ないかとも言い出せる雰囲気ではない。明らかに慌てている。

「『すみしょー』さんですよね？」

すみしょーとは初羽馬のアカウント名であった。初羽馬は驚きながらも頷く。

「車、持ってましたよね？」

「……あぁ、うん。持ってるけど」

「一緒に人捜しを手伝ってください」

「人捜し……って、誰を捜すの？」

「山縣泰介」

忘れてはいなかったが、もうこれ以上、関わることはないだろうと思っていた名前であった。

山縣泰介が二人も女性を殺《あや》めていたことには驚いたが、だからといって初羽馬が何をどうできるわけでもない。一部のYouTuberが彼を見つけようとしているという話はネット上でいくつか見かけたものの、さすがにそれに加わろうと思うほど物好きでもなかった。山縣泰介は法で裁かれるべきだし、そのためにもまずは逮捕されるべきだと思う。しかしそれは警察の仕事だ。どうしてこちらが動かなくてはならない。とんでもないミーハーか、尋常ではない野次馬根性の持ち主か。魅力的に思えていた美人の下卑た本性を垣間見た気がして気分の落ち込みを感じていると、しかし彼女は切々たる思いを込めて訴えた。

「殺された女の子、親友だったんです」

はっと胸を突かれる。

事実を知れば、焦っている彼女の姿に親友の無念を晴らしたいという確かな熱意と憤りが感じられるようになる。真っ赤に腫れた目は、先ほどまで泣いていた名残《なごり》だろうか。

「でも、やっぱりそういうのは警察に――」

「わかってます。でも、どうしても許せないから、少しでも犯人逮捕に協力したいんです。こんな大変なことになってるのに、じっとしているなんて、やっぱりそんなのできないんです」

なおも難色を示そうとした初羽馬だったが、最後は彼女のまっすぐな瞳に押し切られた。

「わかったよ」

車は大善スターポートの駐車場に止めてあった。シートベルトを締め、エンジンの始動ボタンを押し込みながら助手席の彼女に尋ねる。

「どこを目指せばいいかな」

「まずは希土の釣具店に――そこに山縣泰介の車が止まってたみたいなんです」

カーナビに目的地を入力しようとしたのだが、案内はすべて私がやるので車を出して欲しいという彼女の希望に応えすぐに発進させる。信号で止まった際、ふと助手席の彼女の横顔を見つめてみるが、彼女はやはりとんでもなく美しかった。文化系というよりは体育会系の雰囲気で、全身に健康的な活力が漲《みなぎ》っている。顔のどのパーツをとっても文句はつけがたく、つぶらな瞳は常に利発な輝きを放ち続けている。不謹慎ながらそんな完璧な彼女が焦り、動揺している姿が、また絶妙な色気を漂わせる。

「『からにえなくさ』って、何かわかりますか？」

唐突に尋ねられたので一瞬何を言っているのかわからなかったが、すぐに思い出す。例のアカウントが呟いてた謎の文言だ。

[文字どうりのゴミ掃除完了。一人目のときもちゃんと写真撮っとけばよかった。『からにえなくさ』に持ってくかどうかはまだ考え中]

「いや、わからないね。ネット上でも考察合戦に発展してるみたいだけど、誰も答えには到達できてないみたいだし、意味のない言葉なんじゃないかな……よくわからないけど。サクラんぼさんには心当たりが？」

彼女はスマートフォンの画面に視線を落としたまま小さな声で答えた。

「いえ」

自身の親友が仮に殺人鬼に殺されたとしたら果たしてどのような気持ちになるのだろう。初羽馬は、彼女の心境をトレースしてみた。やはり許せないだろうし、やるせないだろうし、悲しいし、悔しいだろうし、腹立たしいだろう。無駄に決まっているとわかってはいても、じっとしてはいられないのだ。犯人をこの手で捕まえたい――そう願ってしまうのも、大いに理解できた。

見事に犯人を捕まえられるとは思いがたかったが、可能な限り彼女の気持ちに寄り添ってあげよう。

初羽馬は横顔に見蕩《みと》れていた自身が情けなくなり、信号が切り替わったタイミングでいつもより強めにアクセルを踏み込んだ。

堀 健比古

「ご主人から連絡は？」

「……ありませんでした」

被疑者の家族といえども、夜通し質問攻めにすることはできない。昨夜遅くに芙由子の実家を退散した堀と六浦は、翌午前九時に再訪した。

思い出したことがあったら、あるいはご主人から連絡があった場合には何時であっても遠慮なく連絡をください。堀と六浦は大善署の道場に設置された布団で交互に仮眠をとりながら芙由子からの連絡を待ったが、吉報はなかった。

どうして山縣泰介を見つけられない。捜査会議は紛糾した。初動に問題のあった機捜が悪い。捜索範囲を小さく絞ってしまった通信指令室が悪い。鑑識至上主義を貫いた捜査副本部長が悪い。いや、被疑者家族から山縣泰介が高い運動能力を持っていることを聞き出せなかった鑑取り担当——堀と六浦が悪い。

警察も子供ではない。責任のなすりつけ合いに一時間も二時間もかける集団ではなかったが、誰もが誰かの尻拭いをしているような感覚があった。

結局、今朝になってひかりやま市のスナックから電話が入るまで、警察は山縣泰介の足取りを掴むことができなかった。堀からしてみれば、指令室の緊急配備は適切であったように思う。どうせ初動でしか活躍しない機捜にはもう少しばかりフレキシブルに対応してもらいたかったという思いはあったが、指示どおりに動いた彼らも責められない。全体的には捜査副本部長に据えられた県警の鑑識課長のリーダーシップ不足に問題があると睨んでいたが、誰の責任であるのかが確定したところで山縣泰介がひょっこり現れるわけではない。今は被疑者確保が最優先であった。

リビングの様子は昨日からほとんど変わっていなかった。三人の家族は一様に昨日よりも顔色が悪い。身内が殺人犯として逃げ回っている最中なのだから当然だろう。ほとんど眠れなかったに違いない。

堀は昨日と同じ地図をテーブルの上に広げると、今度は青いマーカーでスナックの位置を示してみせた。

「報道でご存知かと思いますが、ご主人が最後に発見されたのがこのスナックです。おそらくは希土の釣具店から、こう、海岸線に沿って北上していったものと思われます。繰り返しになりますが、逃げるとすれば心理的には更に北か、西というのが基本です。この近辺にご主人が立ち寄りそうな場所の心当たりはありますか？」

昨日、これという情報を提供できなかったことを、彼女なりに申し訳なく感じていたのだろう。どうにかして有用な情報を絞りだそうと震える瞳で地図を見つめ続けるが、やがて敗北を認めるように俯いた。

「……すみません」

いい加減、堀も舌打ちを放ちたい気持ちであった。

思えば彼女から得られた情報はこれまで何一つない。何を聞いてもわかりません、わかりません、わかりません。昨夜の記者会見で、山縣泰介は現在スポーツウェアを着て逃走していると思われるという情報を流したのも、実のところほとんど堀の勘でしかなかった。ラゲッジスペースに積んであったのは、ひょっとするとスポーツウェアなんじゃないですかね。ゴルフが趣味ということならゴルフウェアなのかもしれませんが、いずれにしてもラフで動きやすい服が入っていたと思うんですけど、どうだと思われますか。お洗濯のときを思い出してください。

手を替え品を替え、様々な角度からぶつけてみた質問に彼女は最後まで曖昧な返答を繰り返し、最後にはそこまで言うならそんな気がしてきましたというようなニュアンスで自信なげに零した。

「スポーツウェア……だったと思います」

結果的にはひかりやま市のスナック店主の証言と一致した。山縣泰介は事実としてスポーツウェアを着ていたが、場合によっては捜査を致命的に混乱させる誤報になりかねなかった。

こんな女性から山縣泰介がどれほど高い運動能力を持っているのか手際よく聞き出せる人間がいるとすれば、すぐにでも交代して欲しかった。どうしてこちらが責められなくちゃならない。

「あんたほんと、いい加減にしなさいよ」

堀の静かな憤りを代弁するように芙由子を罵るのは、彼女の母親であった。

「もうね、私はあんたが信じられないよ」

昨日から娘に対する不満を一切隠そうとしない彼女であったが、一晩経って不満が更に醸成されてしまったのか、怒りの箍《たが》がすっかり外れていた。どうしてそこまで夫に対して無関心でいられる。たとえ向こうが自発的に教えてくれなくても、何があった、どうだった、交友関係はどんな塩梅《あんばい》だ、全部聞いて把握して、それを管理、調整するのが妻の役割だろうが。男には人間関係の繊細な機微がわからない。忘れちゃいけない友人知人親戚一同への挨拶にお礼、それを取り仕切れなくて何が妻か。

芙由子も言われっぱなしではない。私は私なりに自身に与えられていた役割をきちんとまっとうしていた。娘に関心を払わない泰介に変わって子育ての舵《かじ》を取った。当たり前だが炊事洗濯、日常の家事の類いはすべて一手に引き受けていた。仕事ぶりに不満を言われたことはない。ただ彼が立ち入って欲しくなさそうにしていた部分に関しては敢えて立ち入らなかっただけ。きちんと自分の意見をぶつけたこともあるが、しかしこれがこの夫婦における最適なパワーバランスであると判断しただけの話。誰でも彼でも自分と同じ価値基準で生きるべきだというような言い方はやめて欲しい。

すると母親が再び反論し、芙由子も食ってかかる。ヒートアップした親子喧嘩を止めるでも無視するでもなく、ただ神妙な面持ちでダイニングテーブルから見つめるのが芙由子の父親。いよいよ取っ組み合いでも始まりそうな気配が漂い始め、たまらず六浦が止めに入る。

「気持ちはお察ししますが、まずは冷静になりましょう」

六浦の人当たりのよい笑顔を前に、両者ともに激昂していたことを恥じる気持ちが湧いてきたのか、ゆっくりと矛を収める。

昨日の繰り返しだ。

堀は深いため息をついた。

山縣夏実

夜が明けても、夏実の心に晴れやかな朝は訪れなかった。

淀んだ空気のダイニングで母、それから祖父母とともに朝食を食べ、そこからは再び和室に籠もってひたすら時間の経過を待つ。絶対に部屋から出ないようにと言いつけられていたわけではなかったが、積極的に外に出たいと思える心理状態でもなかった。

昨日に引き続き、今日もリビングからは母と祖母が話し合っている声が聞こえてきた。昨夜は聞き耳を立てようと廊下に出てみたりもしたが、幼い夏実には何を言っているのかわからない部分もあり、和室に戻ることに決めた。何を聞いたところで自分には何をどうすることもできないのだ。

祖父母は夏実たちが家に来ると、決まってリビング奥の和室を山縣家用のスペースとしてあてがった。清潔で上品な空間であるのは間違いなかったが、子供が時間を潰せるものは何もなく、長時間閉じ込められているとうっすらと漂い続ける畳の匂いにさえ嫌気が差してくる。

夏実は少しでも気持ちが安らぐことを期待して窓を開けた。コートを着用して縁側に座り込み、冷えた空気の中で深呼吸をする。何をするでもなく、ひたすらに向かいの家の外壁を意味もなく眺め続ける。十分、二十分。寒さは身に染みたが、畳の匂いを嗅がずに済むだけまだましであった。

「あ、山縣さん」

誰かに声をかけられるなど予想もしていなかった夏実は、思わずびくりと体を震わせた。

目の前の道を歩いていたのは、クラスメイトの「えばたん」であった。

言わずもがな、現在の夏実は渦中の人物であった。昨日は誰もが自分との接し方を悩み、戸惑い、まさしくクラスで腫れ物扱いをされていた。この日は幸いにして土曜日だったので学校には行かずに済んでいたが、仮に登校する必要があったのであれば、やはり相当に居心地の悪い時間を過ごす必要に迫られたに違いない。そんな私に対して、どうしてわざわざ声をかけてくるのだろう。見かけたのなら無視をしてくればいいのに。私だってどういう顔をして挨拶を返せばいいのかわからない。

仕方なく、夏実は小さく会釈をした。てっきりそのまま去ってくれるものだと思っていたのだが、しかしえばたんは夏実のほうへと歩み寄ってきた。一礼をしてから歩道と私有地の境目を跨ぎ、夏実のもとまで忍び足でやってくる。

「捜してたんだよ、山縣さんのこと」

驚いて言葉が返せない。どうして私を捜すのだろう。心が沈んでいる夏実はポジティブな可能性を思い描けず、彼が何かしらの悪感情をぶつけにきたのだとしか想定できない。私を罵るのか、君のお父さんおかしいよと心を削る一言を投げかけに来たのか。

しかしえばたんの表情に、夏実を批難しようという色は含まれていなかった。えばたんは夏実を気遣うように声の大きさをわずかばかり落として言った。

「最初は山縣さんのお家のほうに行ってみたんだけど、誰もいないみたいだったから、こっちに来てみたんだ。前にお祖母ちゃんのお家がこっちのほうにあるって言ってた気がして。でもよくよく考えたら表札が『山縣』じゃないだろうし、見つけられないかもしれないって思い始めてたんだけど……いや本当に、ちょうどよかった」

「……どうして」

「みんなが話してる噂、全部、嘘なんでしょ？」

緊張で固まっていた表情が、嬉しさにふっと緩んでしまいそうになる。味方だ。しかし温かい風を感じたのはほんの数秒で、すぐに疑わしい思いが蘇ってくる。夏実ですら噂の内容について把握しきれていない。揺れ動いている気持ちにそっと手を差し伸べてくれるような一言は、心の底からありがたいものであった。しかし根拠もなく無邪気に飛びついていいとも思えない。

「……なんで、そう思ってくれるの？」

「山縣さんが、悪い人じゃないからだよ」

えばたんは照れくさそうに苦笑いを浮かべてから続けた。

「だったらやっぱり、噂よりもそっちを信じるべきだよな、って」

えばたんの本名は江波戸琢哉《えばとたくや》だった。皆がえばたん、えばたん、と呼んでいるので夏実も頭の中ではえばたんと呼んでいたが、直接、彼のことをえばたんと呼んだことはない。気づいたら会話をしてしまうような親しい間柄ではなかったが、どうしても名前を呼ぶ必要がある場合は江波戸くんと声をかけた。

間違ってもクラスの中心人物、あるいはリーダー的な存在ではない。しかし委員会の仕事などは率先してこなす責任感の強い児童だった。以前、放課後の掃除当番を三度連続さぼったクラスメイトを注意し、学級会を開いて公平なルール作りをしようと訴えかけた姿が夏実の中では印象に残っていた。成績も悪くない。担任からの信頼も厚く、交流する機会こそ少なかったが、漠然と真面目でいい人なんだろうなというイメージは夏実も持っていた。

そんなえばたんが、信じてくれている。

目にじんわりと涙が溜まっていくのを感じながら、消え入りそうな声でありがとうと零した。

えばたんはまたも照れたように、しかしそれが人として当然の姿勢だと主張するように、はにかみながらもしっかりと頷いてみせる。

えばたんが自分のことを信じ慰めてくれることは夏実にとって大いに嬉しいことであったが、しかしえばたんがここに現れた理由がわからなかった。わざわざ慰めの言葉を伝えるためだけに会いに来てくれたのだろうか。戸惑いながらもどうにか言葉を選んで尋ねようとしていると、えばたんの口から予想だにしない言葉が漏れた。

「……僕、犯人、わかるかもしれないんだ」

「え？」

「今回の事件の犯人」

あまりにも突拍子のない発言だった。平然と嘘をつく人間ではないと信じながらも、しかし素直に信じろというほうが無茶だ。この時点で、夏実の胸にはそこはかとない失望が走った。今回の事件の影響で真剣に悩み、苦しみ、このまま消えてしまいたいと思うほどに追い詰められていた自分に対して、何の力も持たない幼い同級生が、僕なら犯人がわかると宣言する。決して気分のいいものではなかった。この苦しみを馬鹿にしないで欲しい。

詳細を尋ねる気にもなれなかったのだが、夏実が尋ねる前にえばたんは犯人がわかるという理由を語り出した。

数日前の雨の日、えばたんの祖父が日課の庭いじりをしていた際に、怪しい人影を目撃した。万葉町のような県内でも比較的大きな住宅街であったならいざ知らず、えばたんの一家が住んでいる地域では道行く人のほとんどが顔見知りであった。異様な人物を見かければ、すぐに目につく。

当該の人物は、公園の隅でスマートフォンらしきものを操作していた。ただし大きなコウモリ傘を差していたのを背後から確認しただけであるがために、背格好も性別さえもわからない。庭いじりを終えてから一時間後の買い物、二時間後の帰り道でも謎の人物は同じ位置に立ち続けていたため、えばたんの祖父もさすがにこれは何かがおかしいと感じた。声を掛けてみよう。えばたんの祖父が近づいていくと、人の気配に気づいたのか、謎の人物は大慌てで道へと駆け出してしまったという。

「とにかく、すごく怪しかったらしいんだ。だからひょっとしたら今回の犯人なんじゃないかって」

夏実の胸に小さな緊張が走る。まさかと考えてすぐに、そんなはずはないと予感を打ち消す。えばたんはいったい、何を根拠に怪しいなどと口走っているのだろう。バレないように唾を飲み込んだところで、えばたんがポケットから小さな紙切れを取り出した。紙面に目を通すと、夏実はいよいよ呼吸を忘れた。

「で、うちのおじいちゃんが声をかけたら、その人がその場に落としていったのがこのメモなんだ」

——瓦屋根が三つ。その中の『からにえなくさ』が目印です——

夏実が強ばった顔を上げると、えばたんは正義の炎を瞳に灯しながら、力強く頷いた。

「この『からにえなくさ』って言葉の意味は、もちろん僕にはわからない。でもひょっとしたらなんだけど、この人の情報を辿れば犯人を僕たちの手で見つけられるかもしれない。そしたら山縣さんも安心して過ごせるし、みんながきっと幸せになれる」

まずはもう一度祖父のもとに向かい、目撃談を丁寧に聞き出す。そこから一つ一つ情報を積み重ねていけば逮捕はできなくとも、犯人の正体に迫ることはできるかもしれない。犯人の手がかりを摑めたのなら、それをそのまま警察に報告すればいい。

「一緒に犯人、捜しに行こうよ」

もちろん積極的に出歩きたい気分ではなかった。和室の空気をこれ以上吸っていたくないと思っていたのは事実だが、万に一つでも後ろ指を差される可能性があるのなら、安全な室内に籠もっていたい。そんな夏実がそれでも立ち上がらざるを得ないと感じたのは、えばたんが添えた最後の一言がきっかけだった。

「山縣さんが行かないなら、僕一人で調査しようと思うんだ」

母が外出を許可してくれるはずがなかった。夏実は忍び足で玄関まで向かい、自身の靴を拾い上げると再び和室へと戻り、縁側から外へと飛び出した。

リアルタイム検索：キーワード「山縣泰介／子供」
12月17日10時04分　過去6時間で127件のツイート

・山縣泰介の自宅前の配信見たんだけど、未だにあの家は留守っぽいんだよね。奥さんとか子供どこに隠れてるんだろ。あのデカさの家だし、独身ってことはないと思うんだけど。普通に家族ぐるみの犯行の可能性だってあるんだから、きっちり犯人の家族も監視しておくべき。

ふうかりん@90fuka_rin

・うちの息子が山縣泰介の息子と同じ高校に通っています。非常に凶暴でクラスでよく問題を起こす生徒です。やっぱり親父がこういうヤツだったんだなって今納得してます。詳しい話を聞きたい人がいたら配信で話します。

佐野城仁（メンタルディレクター）@sanoshiro_jin

・山縣泰介の息子がどんなヤツなのかは知らないけど、コイツはデマしか流さない目立ちたがりだからスルー必須。ほんと、こういう形で注目浴びようとするやつなんなの。何が目的なのかまったくわからない。家族追い詰めるよりも、まずは山縣泰介本人をしっかり確保するべきだろうに。

【引用】山縣泰介の息子と同じ高校に通っています。非常に凶暴でクラスでよく問題

を起こ〜

電気@electrical_shock

・山縣泰介には小学生の娘がいるって情報がどっかで出てたけど、本人の年齢考えたらあり得ないような気がする。結局何を信じたらいいのかまるでわからん。全部メディアが情報を小出し小出しにしてるせいなんだから、もっときっちり伝えきれよ。ホント使えない。

お天気テンキー@qwerty_tenky_sun56

山縣　泰介

足取りは軽やかだった。

当てもなく逃亡していたときとは違い、今の泰介には犯人特定という確固たる目標があり、かつての部下の家という目的地もあった。片側一車線の県道は、大善市の中心街に比べれば人通りも格段に少ない。あまり手入れのされていない道ということもあって、ありがたいことに脇には背の高い雑草が生い茂っている。いざとなれば茂みの中に身を隠すこともできそうだ。時折、最後に利用されてから数十年は経過しているだろうと思われる廃墟同然のトタン小屋がいくつか見受けられたが、工場も倉庫も住居もない。泰介にとってこれ以上なく好都合な田舎道であった。

また着用している衣服がスポーツウェアでなくなったのも、ひとつ泰介の心に余裕を与えていた。今は先のスナックで拝借した上着を着用している。下半身はスウェットのままだったが、上着さえ替わってしまえば印象は劇的に変わる。スニーカーもそこまでランニングに特化したデザインではない。衣服を目印にしている人間の目をくらませることはできているはずだ。

神通駅の近くはさすがにある程度の人通りが予想されたが、それまでは田舎道が続く。

安心感もあったので敢えてスピードは抑えた。いざというときのために体力は温存しておく必要がある。泰介は走りながら、自身を陥れた「たいすけ@taisuke0701」についての考察を始めていた。ネットを閲覧するためのツールは現状何一つ持っていない。微かな記憶を頼りに一つ一つの情報を精査していく。

まずもって、かのアカウントが開設されたのは十年前だった。十年もの間、泰介を装い続けた驚異的なまでの執念と周到さはいったん置いておくとして、アカウントが十年前に開設されたという事実は無視するべきではないように思えた。

犯人が泰介を陥れようと思ったきっかけは、十年前の何かにあったのだ。

泰介は十年前を思い返してみるが、これという大きな動きのあった年ではなかったように思われた。まだ部長職には就いていなかったが、すでに大帝ハウス大善支社に配属されていた。ちょうど集合住宅部門から戸建て住宅部門に異動になった時期だったような気もするが、誰もが羨《うらや》むとびきりの栄転というわけではなかった。恨まれる筋合いはない。住んでいたのは現在も住んでいる万葉町の家だ。どれだけ考えてみても、これという出来事は思い出せない。

やはり情報を集めるためにも、早く元部下の家に辿り着きたかった。土曜日の午前中であるのなら自宅にいる可能性は高い。大帝ハウスはハウスメーカーという業態柄、火曜日と水曜日が休日であったが、彼が現在勤めているのは医薬品メーカーであった。土日休みに違いない。

まずは十年前のことについて彼に尋ねよう。これという犯人候補の名前がすぐに出てくるとは思えないが、ひょっとすると泰介の与《あずか》り知らないところで身勝手な憎悪を抱いていた人間が浮かび上がってくるかも知れない。現状の泰介の脳内に犯人候補は一人もいなかったが、強《し》いて可能性を挙げるなら嫉妬の線が最も現実的であるように思えた。

まずまずの学歴。東証一部上場企業への就職。順調な出世に伴って増えていく賃金。立派なマイホームに温かい家庭。歪んだ人間の妬みを買ってしまう可能性は十分あり得るように思えた。逆に言えば、そのくらいしか可能性を描けない。

そういえば十年前、〇〇部の〇〇さんが、山縣さんのことが羨ましくて堪らないって言ってました――そんな情報がかつての部下の口から零れてくるかもしれない。まさしく彼とは十年前には同じ部署で働いていた。当時の周辺事情にもある程度明るいに違いない。

パソコンかスマートフォンで「たいすけ@taisuke0701」の投稿も再度精査したかった。ひょっとすると投稿内容の中に犯人に繋がる情報が隠れているかもしれない。ネットを見させてもらおう。謎の文言「からにえなくさ」についても、何かしら情報がアップデートされている可能性がある。一緒に調べてみよう。

走りながら、元部下の家に辿り着きさえすれば、事態が劇的な前進を見せるという予感がみるみる強固なものになっていく。結婚式の仲人を頼まれた関係で、都合のいいことに家族ぐるみの付き合いがあった。元部下だけでなくその妻とも知り合いだ。厚かましくはあるが、可能なら風呂も貸してもらいたい。走り続けているとはいっても長時間薄着で冬の寒空の下にいれば体の芯は冷える。現に足の指先の感覚がなくなってきている。食事ももらいたい。手間は掛けてしまうが、さすがに拒否はされないだろう。

希望が見えてきた。

犯人を見つけてみせる。

わずかにペースを上げようかと思ったところで泰介はぐっと両足にブレーキをかけ、慌てて歩道脇の茂みの中へと飛び込んだ。上がっていた息を殺し、音を立てぬようゆっくりと体を茂みの深くへと押し込んでいく。

前方から人がやってきていた。それも一人や二人ではない。大柄の男性が、三、四——六人。

これまで数キロに亘って移動してきたが、この道で人とすれ違うことは一度もなかった。道幅が狭いだとか、ところどころアスファルトがひび割れていて歩きづらいだとか、そういった小さな理由が問題ではなく、単純に道中、徒歩の人間が立ち寄れそうな施設が何もないのだ。こんなところを徒歩で移動する意味がない。万が一この道を歩く人間がいるとすれば——泰介は茂みの中で戦慄した。

——ドンドキTV出張編 山○泰介討伐隊！——

最後尾を歩いている人間が掲げている手製ののぼりを見た瞬間、全身の毛穴から粘り気のある汗がどろりと滲み出す。最も出会いたくない集団に出くわしてしまった。先頭を歩いている人間がカメラを構えていることから、何かの撮影をしているとわかる。TVを謳っているということは地上波の健全な番組なのでは——そんな予感が一瞬で崩れ去るのは、集団のうちの二人が銀色の金属バットを金棒のようにして構えていたからだ。

昨日、自宅の前で大騒ぎしていたのと同類の人間だ。

気づくのがもう十メートル遅れていれば彼らの餌食になっていた。泰介は極限まで自身の存在感を希薄にし、ゆっくり、ゆっくりと、茂みの深くへと進んでいく。どうにか歩道から十メートルほどのところまで移動し、そのまま寝転ぶ。久しぶりに嗅ぐ土の香りの中で、彼らが何事もなく過ぎ去ってくれることを祈った。

運悪くも彼らが進んでいるのは泰介が先ほどまで走っていた歩道であった。このまいけば彼らは泰介が現在寝ている茂みの目の前を通過していく――ニアミスは避けられない。茂みを小さく分けて彼らの様子を窺ってみると、飽きてきているのか、あるいは最初からやる気がないのか、どうやらそこまで血眼《ちまなこ》になって泰介のことを捜している様子ではなかった。人捜しをしているというよりは、散歩番組の収録といった雰囲気で、きょろきょろと視線を動かしてはいるものの、茂みの中に注意を払っている様子はない。

大丈夫、このまま過ぎ去ってくれる。

しかし泰介の思いを弄ぶように、彼らはくだらない余興を始める。

「えぇ、それでドンキンさんは犯人見つけたらどんな感じで捕まえるんでしたっけ?」

「え? いやだからさ、こうだよこう」

おそらく道中、既に何度も繰り返されていたやりとりなのだろう。ドンキンと呼ばれたダウンジャケットを着ている大柄の若者が金属バットを全力で振り回し、茂みの一角を尋常ではない力で十回以上叩き続ける。すると他のメンバーがどっと笑う。やべぇ、やべぇって。イカツすぎっから、イカツいって。

まだ彼らとの間には三十メートル以上の距離があったが、彼らは飽きずにもう一度同じやりとりを繰り返した。どんな感じで捕まえるんですか。だからこうだって。万が一、この調子であのくだらないやりとりを続けられた日には、間違いなく気づかれる。寝転んだ土からバットの衝撃音が響いてくる。昨日まであったのなら、どうせ実際にはバットで人を殴ることなどできまい。あんなものはこけおどしに過ぎないと高を括ることができた。しかしホームレスが襲撃された事件を知ってしまった今は違う。頭の中で、ラジオパーソナリティの声がリフレインする。

被害者は意識不明の重態。近隣の救急医療センターにて治療を受けています。

彼らが安全である確証はどこにもない。あんな粗野で下品で、日本語の使い方もままならない馬鹿な若者に殺されてなるものか。

泰介は背負っていたショルダーバッグのファスナーを慎重に開けると、事態を打開できるアイテムはないだろうかと中をまさぐる。出てきたのはゴルフ用の双眼鏡に、財布、ハンドタオル、それから例の手紙と、帽子についていたゴルフ用のマーカー——ボール代わりの目印としてグリーン上に置いておく、金属製のメンコのような道具であった。

妙案もないまま、泰介は視線を反対側の歩道へと向けてみる。案の定、何もない。トタン小屋だけはあったが、それ以外には何も——そこまで考えたところで、苦し紛れのアイデアを一つだけ思いつく。

この場に寝転がったまま、金属のマーカーをあのトタン屋根に向かって天高く放り投げる。うまくマーカーが屋根の上に落ちれば、おそらくは相当に大きな音が出るはずだ。そうなれば、彼らの注意は反対の歩道へと向かうのではないだろうか。彼らは音のしたほうを捜すために道路を横断して泰介の前を離れる。その隙を利用して茂みを抜け出せば――果たしてうまくいくだろうか。

作戦の可否を考えている間も金属バットが地面を叩く。

お世辞にも完璧なプランとは言いがたかったが、四の五の言っている余裕はなかった。泰介は右手でマーカーを握りしめ、どのような軌道で投げれば向かいのトタン屋根に落下するかをシミュレーションする。ダーツを投げる準備をするように腕を伸ばし、引き、どの程度の強さで投げるのがベストかを考える。それはちょうどゴルフのアプローチショットに似た作業であった。どのような強さでショットを決めれば、ボールがきっちりグリーンの上に収まるか。

ゴルフってのは孤独なスポーツなんだよ、山縣。

それは泰介にゴルフを教えてくれたかつての上司の言葉であった。自分のミスを誰かが取り返してくれることはない。自分がミスをした原因を他者に求めることもできない。ボールは止まっている。カップの位置も動かない。言い訳ができるとすれば風か、ギャラリーの声か、鳥の羽ばたきくらいのもの。よくも悪くも、自分の力だけでボールをカップに導かなくてはいけない。成功も失敗も、すべて自分だけのもの。本当に傲慢で、孤独で、だからこそやり甲斐のある競技なんだ。

上司はすでに退職していたが、彼から受け継いだ言葉は泰介の座右の銘になりつつあった。ゴルフは孤独だからこそ面白い。成功も失敗もすべて自分だけのもの。まさしく今の状況とリンクしている。泰介は深呼吸をした。そして肚を括る。

集団のほうをちらりと窺う。せっかく完璧な投擲《とうてき》を決めたところで、マーカーが宙に舞い上がった瞬間を見られてしまえば元も子もない。彼らがこちらを見ていない瞬間を見定め、そっと、しかし大胆に、マーカーを上空へと放った。

綺麗な放物線を描いたマーカーは風に煽られながらも、トタン屋根の上に――落ちた。

泰介が想像していた倍以上の大きさの衝撃音が響く。投げた本人である泰介さえも驚いたので、不意を突かれた若者たちが驚かないはずがなかった。彼らは叫び声を上げると互いに顔を見合わせ、すぐにトタン小屋に向かって走り出した。

音の正体をすなわち泰介だと思い込んで走り出したというよりは、謎の音がしたほうに向かって走り出すという構図が動画として面白そうだと判断したのかもしれない。泰介は彼らの走り方にどこか芝居じみたものがあることを感じ取っていた。

いずれにしても彼らは反対の道へと走り出してくれた。

泰介はゆっくりと体を起こすと、タイミングを計って茂みの中を素早く前進する。目論見どおり彼らは、どこだどこだ、捜せ捜せ、犯人いるんじゃないか、絶対にエグい物音がしたぞと、騒ぎながら向かいの茂みを捜索している。大柄の男は早くも金属バットを振り回している。

もう大丈夫だろう。彼らがトタン小屋に夢中になっていることを確認すると、泰介は茂みから歩道へと飛び出した。無論、そのまま茂みの中を進み続けられたらよかったのだが、残念なことに途中から茂みが途切れておりそれ以上身を隠すことができなかった。全力で走り出さなかったのは、挙動不審であることが最も怪しまれるという昨日テレビ番組で学んだ教訓からだった。ぐっと歯を食いしばり、振り返って彼らの様子を確認したい思いを堪え、早歩きでその場を後にする。

緊張は偽れなかったが、しかしこの時点で泰介としてはほとんど安全を確保できたような心地であった。もはや彼らには完全に背を向けている。こんなところを人が歩いているという異様さに気づけるほど敏感であるようには思えなかったし、万が一姿を見られたところでこちらは着替えを終えている。世間の人間はまだスポーツウェアの男性を捜しているのだろう。大丈夫大丈夫と自身に言い聞かせながら、数十歩進んだところで背後から不吉な声が響く。

「虎のスカジャンだよな?」

「そうそう! 虎柄のスカジャン着てるみたいなんで、虎を見つけたら即確保で!」

思わず声が漏れそうになった。

スナックの息子が通報するだろうとは思っていたが、例のスカジャンに手をつけたことがここまで迅速に世間に広まるとは予想できていなかった。しっかりと地面を踏みしめていたはずの両足に力が入らなくなる。きちんと歩けているはずなのに、スポンジか、あるいは雲の上を歩いているような気味の悪い浮遊感に包まれる。

大丈夫、もう少し、もう少し歩けば、彼らの視界から消えることができる。

泰介が歩いている道は微かにカーブしており、しばらく進むとトタン小屋からは完全なる死角に入ることができた。もう数十メートル歩けば安全圏に入れる。自分を鼓舞しながら走り出したい衝動を懸命に抑え込む。大丈夫、大丈夫。言い聞かせていたのだが、しかし、泰介をあざ笑うかのように、残酷な声が響く。

「あれ?」

若者の一人が声を上げる。

「あそこに、人が歩いてません?」

心臓が止まりかける。もういい、走り出せ、逃げろ。どこからか聞こえるそんな声をどうにか無視し、それまで維持していたペースで歩き続ける。走り出せば確かに逃げられる可能性は高くなるが、同時に自分が山縣泰介であると証明してしまうことになる。挙動不審が一番いけない。堂々と、普通に、ひたすら歩き続けるんだ。

「なに、どした?」

「いや、あそこにそれっぽい人影が」

「お、マジじゃん」

視線が一つ、また一つと、自分の背中に集まっているのを感じる。あぁ、ダメだ。もう走りたい。走り出そうか。若者にだって体力は負けていないはず——そこまで考えたところで、嘲るような笑い声が聞こえた。

「いや、バカかよ」

若者の一人は、どこか脱力したように言う。

「全然、虎のスカジャンじゃねぇじゃん」

まだだ、まだ走り出してはいけない。泰介はもう彼らの視界から完全に離脱できたであろうと確信してから更に一分ほど歩き続け、ようやく後ろを振り向いた。

誰も追ってきてはいなかった。

思わずその場にしゃがみ込む。両手で顔を拭い、体中の空気を入れ換えるように何度も深呼吸をする。よかった。よかった。泰介は自身の判断を讃えた。スナックを出る直前まで、有名歌手が置いていったという虎柄のスカジャンを着るつもりであった。しかし店を出る直前になって、さすがにこんなにも目立つ服を着るくらいならまだスポーツウェアのままのほうがいくらかマシなのではないかと考えた。どうするべきか。店内を見回した泰介は、奥のテーブル席に掛けてある紺色のブルゾンに目を留めた。あれは忘れ物。ずっととりに来ないけど、置いておく場所もないからそのまんま。

家宝に手をつけるより罪悪感も少なかった。迷わず地味な紺色のブルゾンを着用し、手に持っていた虎柄のスカジャンは勝手口を出てすぐのところにあったビールケースったのだ。隠しておこうと思ったわけではない。ハンガーにかけ直す時間がなかったのだ。

仮にあのまま虎柄のスカジャンを着ていれば――身震いのする思いであったが、今は窮地にあっても自身の判断能力が鈍っていないことのほうが嬉しかった。

泰介は立ち上がり、再び田舎道を走り出す。

住吉初羽馬

「サクラんぼさんは――」

「サクラでいいです」

「そっか……俺も『すみしょー』じゃなくて住吉か初羽馬でいいよ」

大善スターポートから希土町の釣具店までは車でも二十分以上の距離があった。その間、山縣泰介を追いたいと願った「サクラ（んぼ）」改め、サクラの表情に、やはり余裕はなかった。

どうにかして犯人に一矢報いたい気持ちと、しかしそのためにどう動くのが最善なのかわからないという迷い。彼女の焦りと困惑は運転席の初羽馬にも伝わってくる。あまり積極的に雑談に応じられる精神状態でないだろうとは思いながらも、無言が続くほどに車内の空気は重たくなっていく。初羽馬は前方を見据えたまま、少しでも彼女の気を紛らわせることができればと考えていた。

「訊いてもいいかな？」

「……何をですか？」

「サクラさんの親友が、どんな人だったのか」

サクラは目を細め、唇を噛んだ。無神経な質問だったかもしれない。反省した初羽馬がやっぱりいいよと言おうかと思ったところで、サクラはゆっくりと語り始めた。

「篠田さんは、高校の同級生でした……。二年生のときのクラスメイトで、すごく真面目で思いやりのある子でした。部活は吹奏楽部だったんですけど、練習もやっぱりものすごく真面目にやる子で……たまに聞かせてもらう演奏も、すごく上手で。卒業式のときには皆で涙しながら、絶対に大学生になってもまた一緒に遊ぼうねって言って別れたんです。たまにLINEで連絡をとりあって、じゃあ今年こそ皆でディズニーにでも行こうって話になってたんですけど」

そこで言葉が途切れる。妙に長い沈黙の理由が知りたくなって横を向くと、サクラは険しい表情で口を結んでいる。初羽馬は辛い思い出を掘り返してしまったことを詫びた。

「話してくれてありがとう。やっぱり許せないね、犯人」

「……はい」

初羽馬は山縣泰介の顔を思い出していた。そして彼が奪った一人の――いや、彼は二人殺していたのだった――二人の女性が、当たり前ではあるが紛れもなく生きていたのだという実感の中にあった。人との繋がりがあり、誰かとの思い出があり、確かな絆だってあったはずなのだ。考えているうちに初羽馬の怒りのコンロに再び火がともる。

そして山縣泰介という殺人犯に対する怒りはやがて初羽馬の中で、社会を牛耳《ぎゅうじ》る年上の世代全体へと向かい始めた。さすがに初羽馬も、今回の事件が社会全体の縮図であるとまで断じるつもりはない。それでも上の世代が生み出したトラブルが若者を苦しめた事件という解釈は十分に可能で、それが初羽馬の日頃の思考と結びついて怒りの炎に油を注いでいた。

しかしどれだけ怒りを募らせたところで、捜査のノウハウを持たない素人が簡単に手がかりを見つけられるわけがなかった。

釣具店はすでに通常の営業を始めていた。山縣泰介が乗っていた車種を把握していなかった初羽馬はネットで検索し、すぐに彼の愛車がベンツのGLEであることを知る。初羽馬の家は貧乏ではなかったが、ベンツに乗る人間の気がしれなかった。彼の価値観からすれば、ドイツ車に乗りたがる人間はただの見栄張りで、お金を上手に使えない愚か者であった。いい車なのだろうなとは思う。しかしアウトバーンもない日本でどれほど性能を引き出せるのかと考えれば、無駄な買い物としか言いようがなかった。維持費も馬鹿にならない。レギュラーガソリンで動く国産のハイブリッドカーを中古ないし新古車で買う――これ以外の選択肢は初羽馬の宇宙に存在し得ない。

いずれにしても釣具店にはすでに山縣泰介のベンツは止まっていなかった。おそらくは警察の手によってレッカーされたのだろう。当然といえば当然であった。

こうなれば何も手がかりらしい手がかりはない。もっとも仮にベンツが残っていたところで、乗り捨てられた車から現在の居場所を特定できるとは考えづらかった。彼女の熱意に動かされてここまで来てしまったが、端からわかっていたことだった。やはり素人が逃走中の犯人を追えるわけがない。ここにきても手に入れられる情報は何もない。

しかし諦めの気持ちが先行していた初羽馬とは異なり、サクラはどこまでも必死であった。釣具店の駐車場に到着するなり弾かれたように車外へと飛び出すと、些細な痕跡も逃すまいと辺りをくまなく捜す。駐車場を何往復もし、釣具店の周囲をぐるりと周り、更には店主にまで話を聞いた。

怒りと焦りのせいで冷静さを欠いていると評してしまうのは簡単であったが、あまりにも胸が痛む行動でもあった。大切な親友を殺した人間を捜すために無我夢中になっているのだ。仮に犯人が落としたハンカチを見つけたところでどうなるというのだろう。きっとどうにもならない。そもそも現場にあるものは警察があらかた持っていってしまうはずで、彼女のやっていることには何一つ意味がない。それでも、そんなことには意味がないから終わりにしようという言葉を口にできるはずがなかった。

「ネットを見たほうが、効率よく情報を集められるかもしれない」

初羽馬の助言を受け、サクラは我に返ったように頷く。二人して車に戻り、それぞれのスマートフォンで情報を漁る。その気になれば簡単に続報が見つかるはず——そう思っていたのだが、正しい情報を手に入れる作業は想像以上に難航した。

山縣泰介を見かけた。あれは山縣泰介だったかもしれない。山縣泰介と同級生でした。

事件の話題が広がりすぎており、確度の低い情報が溢れかえっている。果たしてどれが参考にすべきそれで、どれが取るに足らない誤報なのかを嚙み分けられない。しかしどうにか格闘を続けていると、山縣泰介と間違われたホームレスが襲撃された事件と、ひかりやま市のスナックで山縣泰介が匿われていたという情報に辿り着く。果たして五十代の男性が希土の釣具店からひかりやま市まで走れるのだろうかという疑問は残ったが、引用されている数、最初に情報を発信したアカウントの佇まいからして、それまで確認してきたものの中では最も信憑性の高い情報であると判断する。

こんな情報があるけど——助手席のサクラに見せてみると、彼女も同意見のようだった。

「……これは本当っぽいですね」

「だよね。こんな距離を移動できるのかはちょっと疑問だけど——」

「いや、これで合ってると思います。ひかりやまに向かってもらえますか？」

初羽馬は車を発進させた。

有力な情報を得ることはできたが、しかし初羽馬の中では見事に自分たちが警察に先んじて犯人を取り押さえる——という映像はもう一つクリアにイメージできなかった。警察だってネットは見ているだろうし、彼らはいわば人捜しのプロだ。素人が先を越せるとは思えない。しかしサクラの気持ちを思えば、車のスピードを緩めるわけにはいかなかった。

サクラは後悔を残したくないのではないか——というのは初羽馬の推測でしかなかったが、存外的外れでもない気がしていた。山縣泰介はおそらく遠からぬうちに捕まるだろうが、このまま見事に逃げおおせてしまうという可能性も考えられる。仮に今回の事件がそうなってしまったとき、何もせずに事態を傍観していたとしたら、おそらくその後悔は彼女に一生つきまとう。

私が動いていれば、ひょっとしたら捕まえられたかもしれないのに。

いわば自分を責めないために捜査協力をしているのではないか。勝手な妄想であるとはわかっていながらも、そう考えれば初羽馬も彼女の行動に納得ができた。

「僕らよりも先に捕まえてくれたらいいんだけどね」

思わず零れた言葉に、サクラは怪訝そうな顔を見せた。

「いや、警察がね、ちゃんと山縣泰介を捕まえてくれるのが一番だよなって。ネットでは彼に私刑を加えようなんて過激な意見もあったし、無関係のホームレスが襲われてしまったり、ちょっとよくない流れができてしまっていたけど、やっぱり褒められたことではないじゃない。僕らが犯人を見つけて警察に情報を提供できたらそれもいいんだけど、やっぱり一番は警察が人道的に犯人を逮捕してくれることだから」

「……そう、ですね」

すんなりと肯定してくれないことが気になりながらも、初羽馬は田舎道を快走した。基本的には法定速度プラス十キロ程度のスピードしか出さない初羽馬だったが、頭の片隅にあった今は非常時という思いが一種の免罪符となって平時よりもアクセルを踏み込ませる。多少スピードを出そうとも、交通量の少ない田舎道だ。よもや事故には繋がるまいと思っていたのだが、思わぬタイミングで歩行者が飛び出してくる。

信号のない横断歩道。どうせ誰も通るまいと思っていた初羽馬と、どうせ車など通るまいと思っていた歩行者の思いが悪しくも交錯する。歩いていたのはシルバーカーを押していた老婆だった。先に危険に気づいたのは初羽馬で、人生で最も強くブレーキペダルを踏み込んだ。とんでもない重力がかかり、シートベルトが体にぐっと食い込む。

危機にいち早く気づけたのがよかった。

車は横断歩道の数メートル手前でどうにか停車する。老婆のほうは車が急ブレーキを踏んだことにすら気づいていない様子で、変わらぬゆっくりとしたペースで横断歩道を渡っていた。

運転免許を取得してから最もひやりとした瞬間であった。初羽馬は完全に停車してからも驚きと動揺からしばらく身動きが取れない。ようやくサクラのことに気が回り、助手席に向かってごめん大丈夫だったと声をかけてからすぐ、絶句する。

結論から言うとサクラは無事だった。彼女はきちんとシートベルトを締めていた。しかし急ブレーキの反動で膝に抱えていた鞄が彼女の手元を離れ、中身が床にぶちまけられていた。小さめのブラウンのハンドバッグから零れたのは財布や化粧道具、あるいは折り畳み式の傘ではなく、台ふきんにくるまれた、二本の包丁だった。

言葉を失う初羽馬を尻目に、サクラは零れ落ちた包丁を素早く鞄の中に押し込む。そしてゆっくりと顔を上げ、初羽馬に向かって低いトーンで告げた。

「早く、車を出してもらっていいですか」

山縣 夏実

えばたんの家までは、祖父母の家から早歩きで十分以上かかった。

ぼんやりと学区の端のほうに住んでいるらしいという程度の認識はあったが、具体的な場所までは知らなかった。舗装の悪い道を何度か曲がり、軽自動車一台通るのがやっとというような細い路地に出る。やはりこっちのほうに住んでいたのか。ひょっとして廃墟なのではと疑ってしまうほど手入れのされていない家を何軒か通り過ぎ、周囲の家に比べればいくらか小綺麗にまとまっている家に辿り着く。

「おじいちゃん、たぶんもう帰ってきてると思うから、すぐに呼んでくる」

もともとえばたんは怪しい人物について詳しく尋ねてから夏実の家に向かおうと思っていたのだが、生憎《あいにく》祖父は外出中であったため先に夏実を呼びに行くことに決めたらしい。どうせなら家の中に上がってもらいたいんだけどと、えばたんは少しばかり言いにくそうに言葉を並べた。

「実は今お父さんが病気してて、家の中に家族以外の人を上げちゃいけないことになってるんだ。ごめん。ここで待ってて」

「……病気？」

「うん。ちょっと内臓がね、もともと弱いんだ。よくなったり悪くなったりを繰り返してて」

えばたんは室内へと駆けていくと、まもなく祖父を連れて戻ってきた。えばたん自身も非常に小柄なのだが、彼の祖父もまた小柄であった。おそらく身長は百六十センチもない。暖房が効いている室内にいたとしても少し寒いのではないだろうかと思えるほど薄手のシャツを着ており、突然の呼び出しに少しばかり戸惑っている様子であった。皺の寄った浅黒い肌が年齢を感じさせるが、ぱっちりと見開かれた大きな目が強い生命力を感じさせる。そんなえばたんの祖父にまじまじと見つめられると、夏実はたまらない緊張感に包まれた。

彼は外に連れ出された理由をえばたんに尋ねると、何だそんなことかと言って数日前に目撃したという謎の人物について語り出した。

目撃したのは裏庭で木の剪定《せんてい》を行っていたとき。小雨だったので気にせず外で作業していたのだが、向かいの小さな公園の隅で大きな傘が揺れているのが目に入った。公園のベンチに座っているのならわかる。あるいは入口の近くに立っているのなら不自然でもない。しかし謎の人物は自らの姿を隠すように、奇妙としか言いようのない位置に立っていた。

「柵の近くで、目の前には大きな木もあるのに、変なところに立ってるなと思ったもんだよ」

近隣の住民ではなさそうだと直感したが、だとしたらこのような何もない場所に立っている理由がわからない。しかしわざわざ声を掛けて正体を突き止める必要があるとまでは思えなかった。

「たっぱもなかったし、そんな危なそうには見えなかったから、まあ、放っておくかって」

「小さい人だったの？」

「そうだなぁ……雰囲気としては女の人かもしれないと思ったな……」

そこからの話は、先ほどえばたんから聞いたものとほとんど同じであった。買い物に向かい、数時間後に戻ってきたときもまだ立ち続けていたので声を掛けてみることにした。すると人が近づいてくる気配に気づいたのか、謎の人物は例のメモ用紙をはらりと落としてそのまま消えてしまった。

「おじいちゃんは、『からにえなくさ』が何かわかる?」

えばたんの祖父は、渋い表情で素早く首を横に振った。

「その人は、どこに行ったんだろう……」

「そりゃ、展望台だよ」

「え?」あまりにも当然のように言うので、えばたんと夏実は固まった。

「するするっと逃げ出して、そのままバス停のほうに走ってったんだ。そんで、あれ、見失ったな——って思ったら、向こうからバスが来た。展望台行きのバスだった。乗ったんだろうよ、あれに」

「……展望台って、スターポートのこと?」

そうそうと頷くと、えばたんはポケットから再びメモ用紙を取り出して紙面に視線を落とした。「からにえなくさ」という文字と、スターポートが何らかの形で結びつくのではないかと考えているようであった。大きな手がかりの一端を掴みつつあると予感しているふうのえばたんとは対照的に、夏実は家に戻りたい思いに駆られていた。もういいよ、終わりにしよう。何度も口にしようと思ったが、正義の心に突き動かされているえばたんに対し水を差すような一言がどうしても口にできなかった。

スターポートに行こう。

予想どおりの言葉を口にしたえばたんは、バスではなく徒歩でスターポートに向かうことを選んだ。もちろんバスで向かったほうが早く到着できたが、歩いたところで三十分もかからない。交通費が惜しいと考えれば、妥当な判断であった。

夏実は歩き始めてすぐにうつむき加減になった。夏実の祖父母の家からえばたんの家への移動は人の少ないほうへの移動であった。しかし今度は歩数を重ねる度に通行人が増えていく。クラスメイトとは絶対にすれ違いたくない。息を潜め、えばたんの陰に隠れるようにしてスターポートに辿り着くと、エレベーターへと乗り込む。他に乗り合わせた客は一人もいなかった。少しばかりの安堵に包まれた夏実は、何の気なしにエレベーターの中に貼ってあるライトアップイベントの告知ポスターへと目を留める。今日の六時からスターポートが綺麗にライトアップされると記されていたが、夏実にはそれを楽しみに思ったり、あるいはぜひちらりとでも覗いてみたいという気持ちはまったくもって芽生えなかった。普段であったのなら興味をそそられたはずだ。しかし今ばかりは心に余裕がない。本日午後六時の自分が果たしてどんな状況に立たされているのかすら想像できない。

エレベーターを降りると、そこは展望ラウンジだった。えばたんは夏実のほうを振り返る。

「この書き方からすると、やっぱり場所を指してると思うんだ」

そう言って改めてメモの文面を指差す。

――瓦屋根が三つ。その中の『からにえなくさ』が目印――

「ひとまず『からにえなくさ』が示してる場所がこのスターポートのどこかにある、もしくはここから発見できると仮定して探してみよう」

夏実はえばたんとともに、円形になっているラウンジをぐるりと一周することにした。

しかし謎の文言に通じるような設備、置物、看板等は見つからない。もういいよ、ありがとう江波戸くん。今日はもう帰ろう。犯人を捕まえるのはやっぱりお巡りさんの仕事で、私たちが動いてどうこうする問題じゃないんだよ。こんなことをやっても何もいいことなんてないよ。伝える機会を窺い続けていたのだが、えばたんは迷うことなく二周目に突入した。

「誰か知っている人がいるかもしれないから、ちょっと話を訊いてみよう」

からにえなくさ、知ってますか。場所を示しているとは思うんですけど、何かわかることはありませんか。似ている言葉を知ってはいませんか。えばたんはカフェスペースの店員を皮切りに、警備員、歩いているスタッフ、トイレの清掃員にまで謎の言葉の正体を尋ねた。しかし、はいわかりますよと答えてくれる人物はやはり一人も現れなかった。これにて調査は打ち切りだろうな。そんな予感を少なくとも夏実は抱いていたのだが、えばたんは従業員ではない一般客にまで質問をすることにしたようだった。

手始めに、隅の席で窓の外を眺めていた男性に歩み寄る。

「すみません」

えばたんは丁寧に挨拶をしてから、すっかり定型文と化していた質問を淀みなく並べる。年は大学生くらいだろうか。父親世代、あるいはそれより上の世代の男性に声を掛けるよりはいくらか心理的なハードルは低いのかもしれないが、それでもどことなく神経質そうな男性だったので、夏実は何かしらのトラブルが発生しないか不安だった。突然声を掛けるなと怒鳴られでもしたらどうしよう。しかし男性はふっと表情から緊張を消すと、笑顔でえばたんの質問に対応してくれた。

「……からにえなくさ？」

「はい。場所だと思うんですけど、何か、わかりませんか？」

男性は一度窓の外に目をやると、えばたんからメモを受け取って紙面を見つめた。

「なんだろうね……無理矢理字を当ててみるなら、唐あげの『唐』に、生け贄《にえ》の『贄』。それからわすれな草の『な草』をくっつけて、『唐贄な草』ってところかな……全然意味はわからないけど」

そう言って、男性は再び窓の外へと視線を向かわせた。

有力な情報は得られなかった。こうなれば、これ以上男性と会話をする必要はなかったのだが、しかしえばたんは男性が何を見つめているのかが気になったようだった。何をしきりに気にしているのですか。えばたんが尋ねると、男性は、あぁ、と笑った。

「実はね、大学の実験中なんだ。僕はそこの学園大の学生でね」

夏実に難しい話は理解できなかったが、曰く、流体力学についての研究を行っているとの話であった。男性が見つめていたのは、大学の敷地だそうだ。まもなくそこから同じゼミの別の学生たちが煙をあげることになっており、Aという煙と、Bという煙、それぞれどのような上り方をするのかを映像で捉える必要があるとのことだった。

「大学の敷地の中にいると近すぎてうまく観察できないから、スターポートから見ることにしたんだ。君も煙を観察する必要に迫られたら、ぜひここから観察するといいよ。街全体が一望できるから。なんてね」

当初の目的からするとまったく関係のない情報であったが、どうやら学園大の学生という肩書きがえばたんを刺激したらしい。えばたんは男性に対し、唐突に自身の夢は建築士であり、そのためにも学園大で建築学を学びたいのだと秘めたる思いを語った。心から尊敬します、格好いいです。僕も勉強を頑張って、きっとあのキャンパスで学べるよう努力するつもりなんです。

男性は突然現れた謎の少年に対し嫌な顔一つせず、えばたんの夢を褒めてくれた。そしてきっと君ならできると前向きな言葉を添え、ここにきてようやく君たちの目的は何なのか、からにえなくさとは何なのかと尋ねてきた。

えばたんは夏実の前だったので少々遠慮しながらも例の事件について言及し、その犯人を追っているのだと語った。事件について知ってますかとえばたんが尋ねると、その男性は恥ずかしそうに頭を掻いた。

「いやぁ、ごめん。なんかそういうニュースに疎くて。この近くで発生した事件なんだね」

そう言うと、男性はジャケットについていた銀色のピンバッジを外し、それをえばたんに差し出した。えばたんは訝しそうにこれは何なのだろうと手渡されたものを見つめていたのだが、すぐに声を上げた。

「あ、これ『翡翠の雷霆』の正義バッジ……」

「よかった、知ってたか。君にあげるよ」男性は優しく笑った。「大学の先輩がガチャガチャで手に入れたみたいで、僕に押しつけてきたんだ。今日はこれをジャケットにつけてろって。嫌いな漫画じゃないけど、ピンバッジはいらないなって思ってたから、よかったらプレゼントするよ。何となく、漫画の主人公と君の姿が重なったもんだから。あ、もう一つあるから君にもね」

男性はポケットからもう一つ同じピンバッジを取り出すと、それを夏実にも手渡した。

熱中していたわけではなかったが、夏実も「翡翠の雷霆」という作品は読んだことがあった。荒廃した近未来の日本を舞台にした少年漫画で、とりわけ主人公であるキャラクターの熱い人物造形が人気を博していた。「俺は俺の信念を貫く」という決め台詞に代表されるように、正義を信じてひたすらまっすぐに進み続ける主人公の情熱的な姿は、確かに今のえばたんと重なる部分があった。ピンバッジは「君は正義の人間だから、どんなことがあっても俺が君を肯定する」と、主人公が認めた仲間にのみ配られる正義の印とも言えるアイテムだった。

「僕も君に負けずに、立派な大人になれるよう頑張るよ。どんなことがあっても妥協も言い訳もしない、強い人間にならなくちゃね。建築士の夢、きっと叶うし、きっと君みたいな強い信念の持ち主のところにはいつだって幸運が訪れる。正義の証として、よかったらそれ受け取ってよ」

えばたんは漫画のファンであったのだろう。照れくさそうな笑みを浮かべながら喜んでピンバッジを受け取った。そして着用していたコートの袖で銀色のそれを丹念に磨く。満足いくまで磨き終えると、躊躇いもなくピンをコートの胸部分に突き刺し装着した。

「ありがとうございます……頑張ります」

えばたんが頭を下げたのに倣《なら》い、夏実も小さく頭を下げた。

えばたんは男性のもとを離れるとまた別の一般客に声を掛け、謎の文言に対しての情報を求め始めた。その足取り、口ぶりが心なしか先ほどまでよりも力強くなっていたのは、ひょっとすると正義バッジを手に入れたことがきっかけなのかもしれない。えばたんなりに自分のやろうとしていることの正当性を認められた心地だったのだろう。僕は正しい、僕が頑張らなくては、僕は僕の信念を貫く。えばたんの背中は、夏実に対して雄弁に語りかけていた。

やがてえばたんは展望ラウンジにいるすべての一般客に声を掛け終えたが、何一つとして「からにえなくさ」の答えに通じる情報は得られなかった。さすがにこれ以上はどうすることもできない。しかしえばたんが諦めなかったのは、やっぱりピンバッジの影響が大きかったのかもしれない。

「……ネットで、情報を探せないかな」

えばたんはぼそりと呟くと、エレベーターホールで夏実に対して語りかけた。

「からにえなくさ」という言葉と大善スターポートを繋ぐ情報は得られなかったが、たとえば先ほどの男性が教えてくれた「唐贄な草」の当て字であったり、いくつかのワードを重ねて検索してみれば、改めて得られる情報があるかもしれない。そのためにはネットを閲覧できる環境が欲しい。

えばたんはしかし、病気療養中の父のいる自宅では満足にパソコンは使えないと口にすると、夏実に協力を仰いだ。

「山縣さんの家で調べ物できないかな?」

「いや、今いるお祖母ちゃんの家は――」

「いや、そうじゃなくて――」

えばたんは正義の炎を瞳に灯しながら、しっかりとした口ぶりで告げた。

「山縣さんの、本当のお家のほう」

堀　健比古

リビングには硝煙の匂いにも似た剣呑な空気が立ちこめていた。

非常時だからこそ誰もが平静を失い、日頃溜め込んでいた一見して無関係な鬱憤までをも吐露してしまう。空気の濃度が薄まり、静かな焦燥だけが積み上がっていく。芙由子もその母親も、捜査に対して非協力的ではないからこそ、堀もやりづらかった。誰もがそれぞれのもどかしさを胸に、それぞれの苛立ちをどうにか飼い慣らしている。全員の額に汗が光る中、六浦の落ち着いた声が優しく響いた。

「ひとつ、お尋ねしてもいいでしょうか」

芙由子がはいと躊躇いがちに頷くと、六浦は尋ねた。

「泰介さん、ウォークマンってお使いになられてましたかね？　もちろん昔ながらのカセット式のものではなくて、比較的新しいAndroid搭載のウォークマンです。タッチパネル式で、これくらいの大きさだと思うんですが」

「……ウォークマン」

芙由子は考え込む。そしてそんな芙由子を、どうせ何も思い出せないんだろうというような挑発的な顔つきで母親が見つめる。

しかし堀にとっては芙由子が思い出せる思い出せない以前に、六浦の質問の意図がわからなかった。芙由子が悩んでいる間に廊下へ呼び出し、娘の夏実が聞き耳を立てていないことを確認してから尋ねる。

「何だウォークマンって。何を訊いてんのよ」

すると六浦は、もうとっくに終わっていた話だと思っていた疑問点を掘り返す。

「昨日もお伝えしたと思うんですけど、例の『たいすけ』のアカウントの投稿は、すべて山縣泰介の自宅のWi-Fiルーターからなされていたんですね。どうしてその場でTwitterの投稿をしないで、いったん帰宅してから送信するんだろう——昨日の捜査会議でも少しだけ話題に上ってましたけど、調べたところTwitterへの投稿はすべてスマートフォンじゃなくて、Android搭載のウォークマンからなされていたことがわかったんです。これってやっぱり、奇妙じゃないですか。山縣泰介はスマートフォンを持っていました。釣具店に乗り捨てられていた車から彼のスマートフォンが見つかっています。なのにわざわざTwitterだけはSIMカードの入っていないウォークマンでやっていたんです。だからその場で投稿ができず、必ずWi-Fiルーター経由で投稿をする必要があった。でもそんな手間のかかる——」

「あのさ、昨日も言ったじゃない、六浦さん」堀は昨日と同様、なるべく角が立たないように六浦を窘《たしな》める。「オジさんはそういうもんなんだよ。例えば、誰かにTwitterのやり方をそのウォークマンで教わってしまって、設定も全部整えてもらってしまった。そうなったらもうスマートフォンに移行なんてできないんだよ。

Twitterはウォークマンでやるもの——そういう流れになってしまうわけだ。若い子や、機械に詳しい六浦さんみたいな人から見ればおかしなことしてるなって思うかもしれないけど、そんなもんなんだよ」

六浦は一理あると思ったのか無言で頷いてみせたが、すぐさまつけ加えた。「それで一応、ウォークマンを持っているのかどうかを確認したかったんです。ウォークマンの場合、購入の際に面倒な手続きも必要ないですから、万が一、偽装——ってことになった場合、うってつけのアイテムだな、と」

「つまり山縣泰介がウォークマンを持っていなかったとしたら、彼は犯人ではない可能性が強まると思ったわけだ」

「……はい」

六浦が未だ山縣泰介が犯人ではない可能性を頭の片隅に残していたことに、呆れにも似た脱力感に包まれる。なぜ各方面からこうも足を引っ張られなくてはいけない。これほどまでにありとあらゆる情報が、山縣泰介が犯人であることを示しているというのに、この期に及んで何を疑問に思う。

「ウォークマン……持っていたと思います」

二人がリビングに戻るなり、芙由子は伏し目がちに答えた。

「もうしばらく見ていない気がしますけど、以前は使用していたような」

ほれみろとは言わなかったが、表情には出てしまった。六浦は自身の予測が破綻したことに落胆しているようだったが、露骨になりすぎぬようとり繕《つくろ》っている。

堀が改めて山縣泰介が寄りそうな場所を訪ねようとしたところで、芙由子のほうから話を切り出した。

「正直にお話ししますと……スナックの近辺に、まったくもって主人の知り合いがいないわけではありません。何軒かは、そうですね、二、三軒、会社関連の知り合いなら、私にも心当たりがあります」

「本当ですか。ならそれを一つ一つ――」

「ですが」芙由子は堀の話を遮る。「どのお宅にしても、主人を匿ってくれるようには思えないんです」

「……と仰いますと？」

「主人とは社内恋愛で結婚しました。私は大善の支社で働いたことはありませんが、かつては大帝ハウスのとある支店の事務員でした。社内での主人の姿は当然ですが覚えています」

話の着地点が、彼女が何を言わんとしているのかが、わからない。焦れた堀が先を促そうとしたところで、芙由子は躊躇いながらも最後まで言い切った。

「社内の誰かが窮地に陥った主人を助けてくれるとは、思えないんです。身内に対してこんな言い方をするのは気が引けるんですが、少々強引なところがある人なんで、社内には味方よりも、むしろ敵のほうが多かったように思います」

山縣泰介

ここだ。

マンションの玄関前にかかっている表札を見て、泰介は喜びを嚙みしめた。

金属バットを持った若者の集団とニアミスしてから数キロ走り、神通の駅が近づいてくるにつれて徐々に人通りは増えていった。まだ午前中ということもあって混雑しているとは言えなかったが、それまで気兼ねなく走り続けることのできていた田舎道とはわけが違った。堂々と歩くべきか、人目を忍んで隠密に徹するべきか。泰介が選んだのは後者だった。

なるべく建物や電柱の陰に身を隠す。誰もいないことが確認できたら素早く次の区画へと走る。元部下の家が大通りに面していないのもよかった。なるべく人通りの少ない裏道を選び、少しずつ少しずつ、石橋を叩いて渡るようにしてマンションへの道を進んでいった。

さすがに部屋番号までは覚えていなかった。この辺りだっただろうかと四階のフロアを進んでみると目的の表札が見つかる。

精神的にも肉体的にも限界が訪れつつあった。スナックのカウンターで眠ることはできたが、快眠とは言えなかった。マチ子焼きそば以降何も口にしていない。昨日と合わせれば走破距離は三十キロに迫ろうとしていた。

お疲れ様でした山縣さん。辛かったですね。

そんな言葉が聞けるものと思っていた。あるいはそうであって欲しいと願っていた。そうでなければここまで走ってきた意味がないのだ。歓迎され、そして犯人逮捕に向けた逆襲劇が始まる。そういったシナリオ以外を考えないようにしていた泰介は、ボタンを押したインターホンから何の応答もないことに焦りを覚える。

留守か。土曜日のこんな早い時間から出かけているのだろうか。

二度、三度押し込んでも応答がない。最悪だ。しかしその場に崩れ落ちそうになったところで、ぷっとノイズの断片がインターホンから聞こえてくる。

「塩見《しおみ》？」

小さな声で尋ねてみるが、応答がない。

「大帝の山縣だ。久しぶりな上に突然で申し訳ないが、少しばかり話を——」

「帰ってください」

聞き間違えか、でなければ家を間違えたか。思わず一歩下がって表札を再度確認し、やはりここが元部下の塩見の家で間違いないことを確信する。なるべく陽気な声色を意識してもう一度同じことを伝えようとするも、遮るように疲れた声が響いた。

「勘弁してください……家族もいるんです」

意味がわからなかった。家族がいるから何だというのだ。そこでようやく泰介は、まずは容疑が濡れ衣であることを説明しなければならないのだと思い至る。インターホンについていたカメラに向かって身振り手振りを交えながら、すべては周到な何者かによる陰謀であると主張する。泰介はまったくの潔白で、真犯人を見つけるためにもお前の協力が必要だ。

泰介としては実に手際よく、理論立てて事態を説明できたつもりだった。

「……三十秒以内にこの場を立ち去ってください。でなければ通報します」

目の前が真っ白になる。

泰介はそれでも大声を出したり暴れたりするようなことがあれば、ますます潔白を証明しづらくなると判断し、最後の力を振り絞って自身がいかに疲弊しきっているかを伝えた。風呂に入れて欲しい、食事を用意して欲しい、しばらく寝泊まりさせて欲しい。予定していたあらゆる要求を一瞬にしてすべて放棄し、とりあえず玄関を開けて中に入れて欲しいとだけ伝える。俺は丸腰だとカメラの前で両手を上げてさえみせた。

「俺は無実なんだ。お前しか頼れる人がいないんだ。頼む塩見」

それでも扉は開かれない。さすがにこのまま帰るわけにはいかない。というより、帰る場所がない。どうにかこの訪問を意義のある形で終えたいという思いが募り、気づけば泰介は限界まで譲歩している。

「わかった……通報してもらって構わない。でも五分だけ、五分だけ時間をくれないか？　通報は五分経ってからにしてほしい」

ようやく扉が、開かれた。

久しぶりに見る塩見は、玄関の三和土《たたき》から三メートルほど距離のある、廊下の突き当たりに立っていた。上下ともいかにも部屋着といったふうのスウェット姿で、手には九番アイアンを握りしめている。奥にいる家族には決して手出しをさせないという意思表示なのだろう。元上司に対する態度としてはあまりにも礼を失していたが、女性を二人も殺した逃亡犯を相手にしていると考えれば妥当な対応であった。泰介は憤懣《ふんまん》やる方ない思いを抱いたものの、不平を漏らせる立場ではないことを理解していた。

塩見は九番アイアンを握る右手に力を込める。

「……用件はなんですか」

「信じて欲しい。俺は真犯人に嵌められただけで――」

「用件を言ってください」

泰介はようやく思い出した。昨日の大善支社での周囲の反応を。支社長も、部下たちも、誰一人として泰介の無実を予想すらしてくれなかったことを。そして例の「たいすけ」のアカウントがいかに巧妙で、完璧な偽装を行っていたのかを。頭の片隅に微かに残っていた、五分の間に濡れ衣を晴らせるのではないかという甘い考えが、珪藻土《けいそうど》の中に吸い込まれた水のようにからりと消え去る。

ならばこの五分間のうちになすべきことは、何か。泰介は言葉を紡いだ。

「俺は俺を陥れた真犯人を捕まえたい。俺のことを恨んでいた人間がきっといるはずなんだが、俺にはとてもじゃないが候補が思いつかない。もし思いつくようなら教えて欲しい。俺のことを恨んでいた人間は、誰かいないか？」

「……本気で、訊いてるんですか？」

こいつは自分が犯人のくせに、この期に及んでまだ真犯人が別にいるというような態度をとってやがる。そんな皮肉のニュアンスを感じ取れてはいたが、ここで怯んでしまっては何も始まらない。とりあえずでいい、仮定でいい、頭がおかしくなったと思ってもらっても構わない。とにかく質問に答えて欲しい。どうにか言葉を尽くすと塩見が口を開く。

「すぐには思いつかないですよ」

やっぱりか。そうだよな。泰介がそう思ったところですぐに塩見は続けた。

「あなたは、恨みを買いやすい人だから」

何を、言っているのだろう。こちらを殺人犯だと思い込んでいるから、心にもなく棘のある物言いをしてしまっているのだろうか。なんてことだ。まともに情報を引き出すことすらできない。瞬間的に頭を包み込んだ的外れな絶望を戒《いまし》めるように、塩見はすらすらと言葉を並べた。

「たとえば、横川《よこがわ》さんもそうだろうし——」

「……横川？　横川って、あのエネ課の横川か？」

「今、エネ課なんですか。私がいたときは戸建てにいましたけど、何にしてもたぶんその横川さんですよ」

横川は入社年でいえば、泰介の一つ下にあたる社員であった。尊敬されていたとまでは思っていないが、関係性はまったくもって険悪ではない。どこに恨まれる要素があるというのだ。あまりにも意外な名前が挙がったことに面食らっていると、塩見は横川にとっての泰介がいかに目の上のこぶであったのかを語る。当時、泰介が横川のミスを大袈裟に部長に報告し、彼の評価を必要以上に失墜させた。そのせいで既定路線と思われていた課長職への昇進が見送られ、後輩に出世コースを譲る形になってしまった――少なくとも本人はとある日の飲み会でそう語っていた。

話を聞いている傍から、泰介は目眩《めまい》のする思いであった。馬鹿を言われては困る。課員がミスを犯したのなら上長に報告するのが管理者としての責務だ。気を利かせて揉み消して欲しいとでも思っていたのだろうか。確かに他の管理職の人間に比べると、いくらか厳格で融通の利きにくい人間であったかもしれない。自覚はある。しかし泰介は誰よりもまず自分に対して厳しいルールと自制を課してきた人間であり、自分にできないことを他者に求めたことは一度だってなかった。横川の件に関しては、彼の失策が原因で泰介だって減俸を食らっている。自分にも不利益があると知りながらそれでもミスを報告したのは、それが規則であるからだけではなく、これを糧に課員にも成長して欲しいと思ったためだ。たまらず反論の言葉が喉から飛び出そうになると、今度は塩見の口からまた別の名前が飛びだす。

「あとは、阿多古《あたご》さんもそうだろうし、津森《つもり》さんだってそうでしょうよ」

阿多古は家族との時間を大切にしたいと思っているのに、泰介からのゴルフの誘いが多すぎるがために家庭内に不和が生じた。そもそも競技としてゴルフに興味がない上に、プレー代金も馬鹿にならない。断りたいのに意地でも断らせないぞという圧を感じて困り、憤ってさえいた。

津森は泰介より五つ上の先輩でありながら出世が遅れており、組織の中では泰介の部下であった。具体的に言葉にこそされてはいないが、泰介が自身を見るときの眼差しに微かな侮蔑を感じていた。あいつは若くして出世できたから調子に乗り、こちらを見下している。いつか目にものを見せてやらなきゃならない。当時は常々そう語っていた。

「あとは野井さんだって」

「……野井?」

野井は「温和に慎重に」を信条に仕事を進める人だったのに、泰介の強引なやり方でいくつかの案件を潰されていた。不満を積極的に表に出すような人でないがゆえにわかりやすい愚痴は漏らさないが、きっと泰介に対して思うところはあったはず。

次々に飛び出す予想もしていなかった名前に呆気にとられる。阿多古はゴルフが嫌ならば嫌だと言えばよかっただけの話で、津森は完全な逆恨みとしか言いようがない。

野井については誓って案件を潰したことなどない。ただ時期を見直しましょうと、一時案件が棚上げになっただけだ。何をどう告げればいいのかもわからず、しばし呆然としてしまう。

「あとは掃除の女性だってそうですよ」

このプラスチックケースは廃棄予定だからすべて処分してくれ——そう伝えたのに、どうしてまだここにケースが残ってるんですか。ちゃんと仕事してくれなきゃ困りますよ。お金を払って依頼しているのは事実ながら、掃除の女性は社外の人間。なのに泰介はまるで部下を扱うような態度で事細かな指示を与え、それを遂行できないと遠慮なく文句をつけていた。きっと当人たちにとっては面白くなかったはず。

覚えのあるやり取りであった。おそらく塩見が語っているのは数年前のことなのだろうが、思えば先月も泰介は掃除の女性に注文をつけていた。大量に廃棄する必要のある段ボールが発生したので、例外なくフロア内にある段ボールすべてを処分して欲しい。依頼したのに仕事は徹底されていなかった。フロアのあちこちに段ボール箱が残っている。こう何度も中途半端な仕事をされればさすがに苛立ちも募った。泰介は清掃を担当している女性に伝えても限界があると感じ、清掃会社本体へと直接改善の要望を伝えていた。

確かに当人たちにとっては面白くない話だったかもしれないが、清掃業者に不備を連絡することは正当な権利であるはずだ。それが原因で恨まれるなどあってたまるものか。悪いのはこちらではないはず。

しかし塩見の口から紡がれるエピソードの多さに、一つ一つの事象に対しての反論が追いつかなくなってくる。疲労困憊《ひろうこんぱい》の上に少なからず精神的なショックを受けていることも手伝い、徐々に心の屋台骨が負荷に耐えられなくなってくる。

「あとは柳《やなぎ》だ。彼ははっきりとあなたに対して不満を抱いてましたよ」

どんな備品であっても会社の財産なんだから大切にしろ。まっさらなコピー用紙をメモ代わりに使っては平然と破棄していた柳を、泰介は一喝した。その指摘自体は至極まっとうなものであったかもしれないが、泰介の伝え方はデリケートな柳の心には深く刺さりすぎた。無論のことコピー用紙の件だけがすべての原因ではないが、柳はやがて心を患い休職に追い込まれる。

「全部が全部あなたの責任だとは思いませんよ。柳も柳で打たれ弱すぎるところはありました。でもあなたのことを恨んでいた——という話ならまさしく柳は該当すると思いますよ。彼は自身が病んでしまった原因の大部分はあなたにあると周囲に漏らしていました」

通報までのリミットであった五分は、塩見自身の饒舌さによっていつの間にかオーバーしていた。犯人を捕まえてみせる。スナックを飛び出したときの勇ましいまでの決意は、栄養を絶たれた真冬の向日葵《ひまわり》の如く、いつしか完全に萎《しお》れていた。

「もういいですか」

「いや……あの」心からの希望というよりは、それが当初の目的であったからという義務感で言葉を重ねる。「ネットを見られる端末を貸して欲しい。例のアカウントの投稿内容から、真犯人を――」

言い切らないうちに塩見は扉の向こう側へと消え、一分もしないうちにスマートフォンを持って戻ってくる。そしてそれを泰介に向かって放り投げた。

「SIMカードは入ってません。使うときはどこかのWi-Fiに繋ぐ必要があります。返す必要はないんで……なるべく早く出てってください」

SIMカードがないということの意味を詳しく尋ねたかったが、さすがに詳細なレクチャーを望める状況ではなかった。泰介が礼を言って受け取ると、奥の部屋――おそらくはリビング――から、女性の金切り声が響いてくる。やめてよ、そんなことをしたらこっちだって共犯扱いになるんじゃないの。

塩見の妻の声だろう。知らない間柄ではないはずだったが、塩見同様に濡れ衣だと信じてくれてはいない様子だった。そして彼女が叫ぶと同時に幼い子供の泣き声が響き出す。これ以上、平和な土曜日を壊すまい。そう考えれば、塩見はなかなかどうして親切にしてくれているほうなのではないかと思えてくる。

ありがとう助かったよと言えるほど礼を尽くしてもらえたわけではなく、かといって文句を言える立場でもなかった。缶の底に貼りついたドロップを強引に振り落とすように、泰介は弱々しい言葉だけをどうにか絞り出した。

「……悪かった。警察には、犯人に脅されてスマートフォンを奪われたと言ってもらって構わない」

入室したときは、玄関は暖房があまり効いておらず冷えるなと思っていたのだが、いざ外へと飛び出すと思わぬ寒暖差に鳥肌が立つ。寸刻、自分が逃走中の身であることを忘れ、無防備にエントランスの前でスマートフォンを手に取る。充電の残量はわずかに十五パーセントだったが問題なく動いた。しかし検索アプリが使用できないことに気づいて、ようやく塩見が言っていたことを思い出す。SIMカードの意味は判然としなかったが、Wi-Fiという言葉の意味はぼんやりと理解できていた。どこかで接続する必要があるのだろう。

辿り着いたときよりもいささか大胆に移動し、駅から少しばかり離れた地点に喫茶店を見つける。このチェーンの喫茶店では泰介もWi-Fiを使用したことがあった。勝手がわかる。さすがに入店するわけにはいかなかったので裏手に回り、人一人がやっと通れるような細い路地に体をねじ込む。清潔とは言えない換気扇の排出口の近くにしゃがみ込み、かび臭い暖気を後頭部に浴びながらスマートフォンを改めて取り出す。

Wi-Fiへの接続は造作もなかった。しかしあれだけ見たい見たいと思っていた、あるいは改めて確認すれば犯人に繋がるヒントが芋づる式に見つかると思っていた「たいすけ@taisuke0701」にまつわるまとめサイトに、真犯人へと繋がりそうな手がかりは何一つ残されていなかった。さほど情報量が多くないということもあったが、実はホテルの中ですでに詳細に確認していたのだ。改めて見たところで発見らしい発見は何もない。

ため息をつく気力さえなかった。

もはや目指すべき目的地も、次なるアイデアもない。そして何より、塩見の口からあれだけすらすらと様々な人間の名前が挙がったことに心を削られていた。いや、さすがに塩見はあまりに極端なものの見方をしていたのではないか。湧き上がった小さな疑問に飛びつくようにして、泰介は改めてリアルタイム検索を試みる。

「山縣泰介/知っている/いい人」「山縣泰介/知っている/無実」「山縣泰介/尊敬」

いずれのワードでも何件かの投稿がヒットはしたが、どれも泰介が求めているようなものではなかった。たまたま入力した語句が含まれていただけで、泰介のことを知っている何者かが擁護してくれていたり、無実を強い言葉で主張してくれていたりというようなことは一切なかった。ならば――泰介は、どうしても心の安定が欲しくなってくる。

今度は反対に「山縣泰介/知っている/嫌い」

検索ボタンを押して、すぐに後悔した。

この人、昔の上司だ……。マジで自慢話が長くてウザい人。何かあるとすぐにゴルフに誘ってくるゴルフ星人。本当に嫌いだった。知っている人ならすぐにわかるけど、どう見てもこれは本人のアカウント。
引用：【速報】死体写真投稿者の詳細判明！　本名山縣泰介、大帝ハウス勤務、大善市在住
いそたけ@isop_take9

知っている顔だなって思ったら、大学時代の先輩だ。我の強い人だなって思ってたし、やたらめったら上から目線で指示してくるし、正直苦手だったし嫌いだったけど、まさか人殺しになるとは……。
引用：【速報】死体写真投稿者の詳細判明！　本名山縣泰介、大帝ハウス勤務、大善市在住
鈴木浩三@kouzou_suzuki_yh

最悪。知っている名前じゃんって記憶辿ってみたら、今の家建てたときの担当者だった。めちゃくちゃ強引にオプション載せてきて値段つり上げまくったぼったくり営業マン。当時から嫌いだったけど、普通に極悪人じゃん。早く逮捕されて欲しい。何

なら家、建て替えたいんですけど。
引用：【速報】死体写真投稿者の詳細判明！　本名山縣泰介、大帝ハウス勤務、大善市在住
machiko@イラストのお仕事一時休止中@milky_snow_way

泰介の知り合いや顔見知りを名乗る、虚偽の投稿も数多く散見された——というよりほとんどの投稿は、完全なるでたらめばかりであった。泰介は男子校の出身であるにもかかわらず高校時代の同級生を名乗る女性がいたり、どう考えても業務上の接点のない人間が取引先の人だと言い張ってみたり、あるいは泰介にナンパされたと豪語する女性がいたりした。渦中の人物と接点があると言い張れば、瞬間的にはネット上でちょっとした有名人になれる。嘘で虚栄心を満たそうとするアカウントが雨後の筍《たけのこ》のようにいくつか登場していたが、先の三つの投稿は紛うことなき本物であった。

「いそたけ」というアカウントの持ち主はおそらく数年前に大帝ハウスを去った磯村《いそむら》武雄《たけお》で、二つ目の鈴木浩三は投稿内容のとおり大学時代のトライアスロン部の後輩だ。Machikoという名のイラストレーターの家を担当したことも克明に覚えていた。

出会う人すべてから称賛され、愛され、尊敬の念を集めてきたと考えるほど泰介も自惚《うぬぼ》れてはいなかった。それでも少なくとも彼らに嫌われているとは露ほども予想し

ていなかった。ゴルフは喜んでくれているものだと思っていた。現に磯村も誘われて嬉しいと口にしていた。トライアスロンは自分との闘いだ。自分に甘いところのある鈴木には強い言葉で叱咤激励をした。家を建てる際には、どんなときだって客の立場になって親身に最適な商材を提案してきた。間違っても暴利を貪《むさぼ》ってきたつもりはない。批難を浴びるいわれはない。

悪いのは、俺ではないだろ。

あるいは誰も彼も、俺が殺人犯であるというデマのせいで認知に歪みが発生し、思ってもいないことを投稿してしまっているのだろうか——そんな慰めが、徐々に自分に対して効果を発揮しなくなってくる。俺はどうやら、俺が思っているほど——そんな内省はしかし、スマートフォンのシャッター音に遮られる。

魂《たましい》を抜かれたような心地だった。慌てて振り向くと、そこには泰介に向かってスマートフォンを構える若い男性の姿があった。しまったと思ったときにはもう遅い。狭い路地に身を隠していたつもりだったが甘かった。若い男性は大通りから手を伸ばしてスマートフォンのカメラをこちらに向けていた。

驚きとともに泰介が勢いよく立ち上がると、襲いかかってくるとでも思ったのか、撮影者の男性は圧に押されたように豪快に尻餅をついてひっくり返る。思わず大丈夫かと声を掛けたくなるほどの見事な転倒っぷりだったが、人の心配をしている余裕があるはずもない。泰介は倒れた男性の横をすり抜け大通りへと駆け出した。

「誰か！　誰か！　犯人だ！　犯人！」

男性のかけ声に応じてわらわらと泰介の周囲には人が群がり――というようなことがなかったのは、単純に辺りに人気《ひとけ》がなかったからだ。泰介は自身の体がイメージしていたよりもずっと重たくなっていることに気づきながらも、痛む両足を大きく動かして凍てつく風の中を切り裂いていく。果たしてどれだけ走ったのかも、何人の人間とすれ違ったのかもわからない。足の指先の感覚がほとんどなくなっていることにも、寒さで鼻水が止まらなくなっていることにも、もはやほとんど頭が正常に働いていないことにも無視を決め込み、無我夢中で走り続けた。

バッテリーが切れたようにして倒れ込んだのはまたしても田舎道の茂みの中で、泰介はうつ伏せになったまま、ただひたすら呼吸することしかできなくなっていた。

さあ、どうする。

自問してみたところで、答えは出てこなかった。

目指すべき場所はない。濡れ衣を晴らす術はない。頼れる人間は一人もいない。

このまま目を閉じて眠ってしまいたいところであったが、安らかに眠ることのできる気温ではなかった。寒さは鋭利な刃物のように泰介の体を残酷に斬りつける。どうにか気力を奮い立たせ、強ばった体を折り曲げるようにしてゆっくりと体を起こし、違和感のある――というよりほとんど感覚のなくなっていた足の状態を確認する。すでにソール部分が剥がれかけていたスニーカーを脱いですぐに後悔する。両足ともに、血豆がつぶれて大量の血が染みついていた。

もう走れないかもしれない。

泰介は洟を啜る気力も失い、背を丸めたままその場にうずくまる。

進むも、戻るも、とどまるも地獄であった。一般人に暴行を加えられるか、衰弱して倒れるか、警察に捕まり国の定めたルールに則って処刑されるか。段々と論理的な思考を失いつつある中、追っ手が来ていないか確認するために四つん這いになって茂みから顔を出す。

誰も来ていない。

もはやそれが喜ぶべきことなのかすらわからなくなってくる。寝たい、休みたい、何か食べたい、暖まりたい、家に帰りたい。どれか一つだけでも満たしてはもらえないだろうか。再び茂みの中に身を隠そうと体を引っ込めようとしたとき、不意に目の前に立っていた看板が目に留まった。

しばらく呆然と眺め、それが自分にとってどのような意味を持つ看板なのかを考える。

――シーケンLIVE　コンテナハウスショールーム　この道直進5キロ――

泰介はゆっくりと、長いため息をついた。

そしてたっぷりと血を吸い込んだスニーカーの紐を、再びきつく締め直した。

リアルタイム検索：キーワード「山縣泰介／凶暴」
12月17日11時20分　過去6時間で654件のツイート

・【拡散希望】先ほど神通にあるドトールの裏で山縣泰介を発見しました（画像1枚目）。取り押さえようと思ったのですが、5分ほど格闘した後、ものすごい力で突き飛ばされて膝を負傷してしまいました（画像2枚目）。北に向かって逃げていきました。かなり凶暴なので近隣の人は気をつけて下さい。

PN11HO@pn11ho

・頑張って犯人を捕まえようと思ったのは偉いけど、写真撮ろうとせずに最初っから取り押さえようとしてれば普通に確保できたのでは？
引用：【拡散希望】先ほど神通にあるドトールの裏で山縣泰介を発見しました（画像1枚〜

猫川ポン介@necopon_3001

・50代のオッサンに突き飛ばされるかね普通。
引用：【拡散希望】先ほど神通にあるドトールの裏で山縣泰介を発見しました（画像1枚～

こんとらばす@it_contrabass0606

・画像ブレブレだけど確かにこれは山縣泰介っぽい。というか普通に紺色っぽい服着てるけど、虎のスカジャン着てるって情報は何だったの？　誤報？　普通にそういうデマ広めてる人間が犯人の逃亡に力貸してるって自覚ある？　正しい情報だけ選別して流せよ。マジで今デマ流すヤツは害悪でしかない。
引用：【拡散希望】先ほど神通にあるドトールの裏で山縣泰介を発見しました（画像1枚～

玄米麦茶@bakuga_cocoa_milo

住吉　初羽馬

「護身用です」

言い切られてしまうと、それ以上追及のしようがなくなってくる。

そうだよね、だと思った。びっくりしたよ。初羽馬は無理におどけた笑い声を上げてから車を発進させるが、先ほどよりもアクセルを踏み込むことができなくなっている。歩行者と衝突しそうになった恐怖が安全運転を意識させているわけではない。未だ急ブレーキを踏んだ際に彼女の鞄から飛び出した二本の包丁の残像が脳裏にちらついていた。考えれば考えるほどに違和感ばかりが募っていく。

殺人犯を追いかけようと思ったときに、何らかの武器を手にしておきたいと考える気持ちはわからないではない。ましてや女性が男性を追いかけようと思うのなら多少の武装は必須とさえ言える。

しかし、どう考えても包丁は不適当だ。

防御には明らかに不向きで、攻撃にしか使用できない。また万が一、戦闘になった際には相手を想定以上に傷つけてしまう可能性がある。最悪の場合、死に至らしめる可能性だって考えられる。普通は護身のために包丁を手にしようとは思わない。

「もう少しスピードを出してもらってもいいですか」

「あ、そうだよね……急がないとね、早くしないと、ね」

急かされてようやく、自身の迷いがそのまま車の速度に反映されていたことに気づく。制限速度を大幅に下回るスピードしか出せていなかった。どうにか邪念を払うように速度を回復させるが、すぐに信号に捉まってブレーキを踏み込む。

焦れたような吐息が助手席から漏れる。

憎々しげに信号機を睨んでいるサクラの横顔を見つめながら、初羽馬はとうとう予感せざるを得なくなってくる。

彼女は、山縣泰介を殺すつもりなのではないだろうか。

殺されてしまった親友の無念を晴らすべく、自らの手で犯人を葬ることに決めた。だからこそ彼女はこんなにも焦り、警察より少しでも早く山縣泰介の姿を捉えようとしているのだ。だからこそ手に取った武器は殺傷能力の高い包丁なのだ。

当然ながら仇討ちは褒められた行為ではない。ましてやそんな彼女を山縣泰介のもとへと導いてしまえば、共犯であると判断されてしまうのではないだろうか。しかし彼女を思いとどまらせるために説得を試みるというのは、非常に神経を使う必要のある作業であった。万が一、彼女の逆鱗に触れれば台ふきんにくるまれている包丁の餌食になるのは、初羽馬になってしまうかもしれない。

急激に車内の空気が硬度を増す。

しかしどれだけの葛藤があろうとも、走り続ける車はやがて目的地へと辿り着く。普通に考えれば、サクラが警察に先んじて山縣泰介に会える確率はかなり低そうであった。よって復讐の刃を振るうこともおそらくはできない。理屈ではわかっていながらも、初羽馬はどうにか少しでもサクラと山縣泰介の接触を避けたい、あるいは遅らせたいという思いに駆られ始める。スナックの近くにある広いコインパーキングに車を止めることになるが、少しでも時間を稼ごうと意味もなく三回ほど車を切り返してみる。

スナックの周囲には人だかりと呼べるほどではなかったが、数人の野次馬の姿が散見された。年配の女性が多く、遠方からやってきた物好きというよりは、近隣の住民、あるいは商店街で働く店員といった雰囲気であった。さすがに事件現場というわけではないので規制線が張られていることはなかったが、店の入口には『本日休業』の紙が貼られている。

例によってサクラは聞き込みを始めた。まずは店主に声をかけようと扉を叩く。返事がないとわかると近隣の店舗に立ち入り、山縣泰介に纏わる情報を集める。情報が得られなければその隣、また隣、もう一つ隣——少しずつ範囲を広げていく。

それまでは健気に映っていた行動も、真の目的に気づいてしまえば執念深さが恐ろしくなる。どうにかして思いとどまらせる必要がある。凶行は断固阻止しなくてはならない。そして自身が犯罪の片棒を担ぐような形は、絶対に防がなくてはならない。

有力な情報は得られないまま、やがて二人は車の中へと戻る。

「またさっきみたいに、それらしい情報を探してもらっていいですか」

初羽馬は曖昧に頷きを返し、運転席でスマートフォンを手に取った。さすがに積極的に協力する気にはなれない。しかしあまりにも無関係な情報を閲覧していれば彼女の不興を買うかもしれないと踏み、仕方なく今回の事件の周辺情報を眺めることに決める。大善市、殺人事件とだけ入力してニュースサイトへ飛ぶ。するとそれまであまり表に出てこなかった被害者女性に纏わるニュースがいくつか表示された。

他でもない、サクラの親友だった子だ。

確認しておくべきだろうと思って初羽馬はとあるニュース記事のヘッドラインをタップする。読み込んでいるうちに生前の彼女の温かさ、あるいは人間としての魅力に触れ、こちらまでもが義憤に駆られてしまうのでは――そんなうっすらとした予感は、まったくの杞憂《きゆう》に終わった。

篠田さんは犯人とマッチングアプリで連絡をとり、万葉町の公園に呼び出されたものとみられ――という記述は少しばかり呑み込みづらい文言ではあったが、絶望的な嫌悪感をもよおすほどの情報ではなかった。女子大生が、既婚者である五十代男性とマッチングアプリで出会おうとしていた。どうポジティブに解釈しようともそこに純愛の気配は感じられないが、悲しいことに現代の若者は貧しい。終身雇用制度はほとんど機能しなくなっており、新しい時代の働き方を標榜する非正規雇用の促進によって若い世代はものの見事に搾取されている。彼女はまだ大学生ではあったが、少なからずその煽りを受けていた可能性は否定できない。彼女が選んだ道は称賛できたものではないが、金銭的な援助を必要とした背景には彼女ではコントロールできなかった要因が複雑に絡んでいる可能性が考えられる。

サクラの言葉を借りれば「真面目で思いやりのある子」だった篠田美沙さんが、やむにやまれずマッチングアプリ経由で男性からの援助を求めてしまう可能性だって大いに考えられる。

しかし記事の後半に書かれていた、高校時代の陸上部の同級生は篠田さんについてこう語るという文言は、どう解釈しようにもサクラの証言と符合しなかった。

「部活は吹奏楽部だったんですけど、練習もやっぱりものすごく真面目にやる子で」

間違いなく、サクラはそう口にした。

助手席のサクラをちらりと確認する。彼女は一秒たりとも無駄にすまいと鬼気迫る様子でスマートフォンを操作していた。初羽馬は冷え切った耳たぶを意味もなく触る。ぞっとするほど冷えている。

「篠田さんは、ずっと吹奏楽部だったの？」

サクラは煩わしそうに初羽馬のことを一瞥すると、すぐにスマートフォンへと視線を戻す。

「……どうしてですか？」

「いや、ちょっと気になって」

「そうですけど、それが？」

初羽馬は完全に手を止め、サクラのことを疑いの目で見つめる。彼女は被害者の親友ではない。そして鞄の中には包丁を忍ばせている。一刻も早く山縣泰介を見つけたいと口にし、事実として彼を追うために全力を尽くしているが、果たしてこの女性は

――誰だ。

「これだ」

サクラはしかし初羽馬の揺れる胸中には気づかないまま、Twitter上から有力な情報を見つけたとわずかに表情を明るくする。投稿によれば神通にある喫茶店の裏手で山縣泰介が見つかったとのことで、山縣泰介とおぼしき男性の写真が添付されていた。手ぶれの酷い画像で一見して初羽馬には判別がつかなかったのだが、サクラは間違いなく山縣泰介だと確信したようで、すぐに車を出して欲しいと口にする。

二つ返事で了解する気にはなれず、初羽馬は財布をなくしたような素振りで時間を稼いだ。

一方のサクラは当該のツイートが削除されても閲覧できるように、画面をスクリーンショットで保存した。そして確認のために素早く画像閲覧用のアプリを立ち上げ、間違いなく画像が保存されていることを確認する。安心したようにひとつ頷き、そのままの勢いで過去のスクリーンショットもチェックする。すっすっと指でいくつかの画像を払うのを横目で確認していると、初羽馬は目を疑った。

「え？」

思わず声が漏れる。

「……どうかしました？」

「いや、その画像……例のツイートだなって、思って」

「これですか？」

サクラは画像を表示すると、わずかにスマートフォンを傾けて初羽馬に尋ねる。

［血の海地獄。さすがに魚とかとは違う。臭いがだいぶキツい。食欲減退。しばらくご飯は食べれないなこれは］他でもない、初羽馬が二十七番目にリツイートした、すべての発端となった呟きであった。

「それは……ネットで拾った画像？」

「いいえ。アカウントが削除される前に私が自分でスクショした画像ですけど、何か？」

「……い、いや、大丈夫」

初羽馬はなくしてもいなかった財布をようやく見つけたふりをし、駐車料金を払うために車外へと飛び出す。精算機の前へと向かい今度は小銭を数えるふりをして思考を整理する。サクラが見せてくれた例の［血の海地獄］のスクリーンショット画像には、ツイートアクティビティのアイコンがついていた。

Twitterでは、呟きがどれほど多くの人にリーチしたのかを表示してくれる機能がある。何人が呟きを見てくれたのか、何人が呟きからプロフィールに飛んでくれたのか、何人が貼り付けたリンク先を確認してくれたのか。いくつかの情報が細かに数値化され、自分の呟きがどれだけの広がりを見せたのかを確認することができる。それがツイートアクティビティだ。

いいねやリツイートの数は他人からも確認できるが、ツイートアクティビティに関しては投稿した当人でなければ確認できないようになっている。なので、ツイートアクティビティのアイコンは、当たり前だが、投稿した本人でなければ、表示されない。

――アカウントが削除される前に私が自分でスクショした画像です――

あの画像をスクリーンショットしたのがサクラであるならば、それは一つの衝撃的な事実を詳らかにする。

「たいすけ@taisuke0701」の管理者は、サクラだ。

つまり真犯人は――

逃げ出すべきか、騒ぎ出すべきか、警察に連絡すべきか。いい加減、小銭を探しているふりも限界であった。車のほうを振り返ればサクラは初羽馬の様子を怪訝そうに窺っている。さすがに精算機の前で無駄に時間を使いすぎていた。これ以上、怪しい動きを見せてしまえばいよいよ背中に包丁が飛んでくるかもしれない。

寒さと恐怖心で指先がかじかみ始める。とりあえず警察に電話をするべきかと考えるも、スマートフォンを車のドアポケットに入れたままにしていたことを思い出す。一度車内に戻らないことにはどのような動きもとれない。

料金を支払い、フラップが下りたことを確認してから、戻りたくもない愛車の運転席へと戻る。

「ここに向かってください」

乗り込むなり、サクラはスマートフォンを見せつけてきた。地図アプリが表示されており、馴染みのない場所に赤いチェックマークがつけられている。

施設名は、株式会社シーケンＬＩＶＥショールーム。

「……か、神通のドトールじゃなくていいの？」

「たぶん山縣泰介はここに逃げ込むと思います。大帝ハウスと取引のある会社のショールームなんで」

「……詳しいんだね」

「急いでもらってもいいですか」

有無を言わさぬ口調に気圧され、初羽馬はサイドブレーキを下ろしてしまう。呼吸を浅くしながら病人のような速度でよろよろとコインパーキングを抜け出す。車道に出て、彼女に指示されるがままハンドルを切っていく。ほとんど夢の中で運転しているような心地であった。体と脳が完全に切り離され、頭の中では必死に情報の整理が行われている。

サクラが例のアカウント、「たいすけ@taisuke0701」の持ち主であった。ということは事件の真犯人も彼女であったということになる。山縣泰介は無実であったのだ。サクラは何らかの方法で彼になりすまし続け、彼に罪を着せて二人の女性を殺害した。そして今は包丁を携えて山縣泰介を追いかけている。どうして追いかける必要がある。始末、するのか。

濡れ衣を着せ、逃亡劇を演じさせ、最後には口封じのために当人の命さえも奪う。果たして彼女がどのような手口で、どのような手段で犯行を成し得たのかはわからない。少なくとも初羽馬の目から見れば「たいすけ@taisuke0701」は山縣泰介当人のアカウントであるとしか思えなかった。まだ心のどこかでは山縣泰介が犯人であると思っている自分もいた。どこの世界にこんなにも完璧な擬態を成し遂げられる人間がいる。絶対に山縣泰介が犯人で間違いない。しかし、ならばツイートアクティビティのアイコンについてはどう説明する。

初羽馬の運転する車は、初羽馬の思いとは無関係に着々と目的地へと近づいていく。大丈夫、警察が先に山縣泰介を見つけ出してくれる。何を悩む必要もない。言い聞かせるが、万に一つもないと信じたい最悪の可能性が、徐々にリアルな輪郭線を獲得し、初羽馬の脳内を浸食していく。

仮に警察よりも先に、山縣泰介を見つけ出してしまったとしたら。そしてサクラが鞄の中から取り出した包丁で山縣泰介を刺し殺してしまったとしたら、僕はどうなる。僕も巻き添えか。仮に僕は凶刃から逃れられたとしよう。その場合は、命こそ助かるかもしれないが、立派な殺人幇助だ。

初羽馬はハンドルを握りながら、たまらなくなって奥歯を嚙みしめた。

どうして僕がこんな目に遭わなくちゃいけない。

僕は何一つ、悪いことをしていないのに。

堀 健比古

「神通のドトールで目撃証言がとれました。十一時頃だそうです」

廊下で捜査本部からの電話を受けた六浦が、リビングの堀を呼び出して伝える。

堀はソファに戻ると素早く青いペンのキャップを外し、喫茶店の位置をポイントした。そして現在の時刻から逆算した移動可能距離を——以前の反省を生かし、少し広めに——円で囲む。

「ご主人もかなりの距離を移動されて疲労されていると思われますが、あえて広めに印をつけています。芙由子さんもお疲れかと思いますが、どうか力を貸してください」

芙由子は薄い桃色のハンカチで口元を押さえ、自らを追い込むように目を細めて何度か頷く。

捜査本部もネットの情報を完全に無視していたわけではない。昨日のうちに山縣泰介を確保できなかったことを重く受け止め、本日十七日の早朝に県警生活安全部のサイバー犯罪対策課に協力を仰いだ。堀に言わせればあまりにも遅い判断であったが、とにもかくにも警察組織としてもネットの情報に対する目の光らせ方が変わった。結果、神通の喫茶店での目撃情報が引っかかり、スムーズに目撃証言を入手するに至った。

昨日、緊急配備の外側に逃げられたときはこのまま数週間、数カ月、あるいは数年に及ぶ長期戦突入の可能性も過ったが、ここにきてタイムリーな足跡を捉むことに成功する。確保までもう数歩のところまで迫ってきた。

芙由子に考える時間を与え、堀は再び六浦が手招きする廊下へと向かう。

「ようやく、二人目の被害者の身元が明らかになりました」

二人目の被害者――山縣泰介の自宅の倉庫に押し込められていた女性だ。

名前は石川恵《いしかわめぐみ》。やはり彼女も県内の大学に通う大学生だったが、持ち物が一切ない状態で遺棄されており、なおかつ捜索願も出されていなかったために身元の特定が遅れた。やはり彼女も一人目の被害者である篠田美沙と同じマッチングアプリを使用しており、「たいすけ」というアカウントと連絡を取り合っていたことが判明した。

鑑識の報告によれば殺されたのは今月八日遅く、もしくは九日の早朝――一週間以上前のことだった。つまり死体の発見は前後してしまったが、時系列的には篠田美沙よりも先に石川恵は殺されていたことになる。死因は窒息。手口は篠田美沙のときと概ね同じで、ロープで背後から首を絞め上げられていた。ただし公園のベンチで座っているところを襲われた篠田美沙とは異なり、石川恵はどうやらかがんでいたところを背後から襲われたのではないかと推測された。後頭部には靴で踏みつけられた跡が残っており、被害者の頬には落としきれなかった泥汚れが微量ながら付着していた。

地面に顔をこすりつけられながら首を絞め上げられたのだろう。

指紋こそ採取できなかったものの、凶器と思われるロープはやはり山縣泰介の家の倉庫の中で見つかった。被害者の後頭部についていた靴跡は山縣家の玄関に置いてある山縣泰介の革靴と一致し、頰についていた泥の成分は山縣家の庭のそれと、これまた完全に一致した。

もはや犯人は誰なのかで頭を悩ませている人間は組織内にほとんどいなかった。新たな情報が出てくる度に積み重なっていくのは、「やはり」と「だろうな」。後は被疑者を確保するだけ。堀はやるべきことが明確になってきたことを改めて実感し、首の骨を鳴らす。

「ちなみになんですけど、篠田美沙と石川恵の間にもネット上の繫がりがあったみたいで」

援助交際に手を染めている時点で健全も何もあったものではないが、篠田美沙たちが行っていた活動はいわゆる通常の売春行為よりも更に悪質なものであった。まずはマッチングアプリを使い、社会的にある程度地位のある男性を狙って誘い出す。ホテルに移動し、実際にことを済ませたタイミングで相手の個人情報を握っていることをちらつかせる。すると男性は当然ながら動揺する。黙っていて欲しいのなら、この額では足りないかもしれない。言われるがまま、男性は約束の倍以上の額を支払わされることになる。

実際にそういったノウハウを構築し、ターゲットとなる男性の個人情報を調べ上げる役割は背後に控えている半グレ組織が担っているらしいが、現状では組織の全体像は見えてこない。また組織の全容解明は堀や六浦の仕事でもなかった。

いずれにしても篠田美沙、石川恵、彼女らは互いに面識はないものの、同じノウハウで男性から金銭を脅し取っていた組織の一員であった。

「で、この二人に関しては、どうやら過去にちょっとしたミスを犯してしまったみたいで、ネット上に個人名が出てしまってたみたいなんです」

「どういうこと?」

「たぶん、金を巻き上げた男性側から反撃を受けたんだと思います。今の山縣泰介の騒動とは比べものにならないですが、ネットの極々一部では、一種の悪質な美人局《つつもたせ》ということで写真つきで掲示板に名前と顔がアップされていました。売春行為自体は偽名で行っていたものの、何らかの形で本名が特定されてしまったようです」

ここまでくると、犯人——山縣泰介が犯行に至った経緯も朧気ながら見えてくる。

そもそも一度、金を巻き上げられたことがあるのか、まったくの無関係であったのかはわからない。いずれにしても山縣泰介は、売春行為によって金銭を手に入れている女子大生たちに殺意を覚えるほどの憤りを感じた。そこで彼女たちをおびき出すことに決め、マッチングアプリを利用した。約束どおりに現れた彼女たちを、それぞれロープを使って絞殺してしまう。やっていることは殺人に違いないが、本人の中には善行をしているという歪んだ自負があった。［文字どうりのゴミ掃除完了］Twitterに投稿された文言にも彼なりの偏執的な信念が窺える。

実のところ、被害者の女性はマッチングアプリを利用していたという情報を公にすべきか否かという点については捜査本部内で一悶着あった。世間は往々にして、ちょっとした情報によって事件に対する見方をがらりと変えてしまう。その昔、殺害された被害者女性は水商売をしていたという情報を発表することによって、警察が初動捜査の失態に対する批難をかわそうとした出来事があった。被害者に対するマイナスの情報はうまく扱えば追い風になるが、下心を読み取られればただの言い訳と捉えられかねない。

しかし、被害者がここまで悪質な売春行為に手を染めていたということなら、今回の発表は妥当なものだったと判断できた。交番勤務のミスを皮切りに、初動からあまり的確とは言えない捜査の続いていた警察であったが、ここにきて挽回の目途が立ってきた。

「一応、ご報告なんですけど――」六浦は補足する。「ネットに個人情報が晒されてしまった女子大生がもう一人だけいまして」

「もう一人？」

「はい。全部で三人の名前がネットの掲示板に書き込まれていたんです。そのうちの二人が殺されてしまったわけなんで、残りの一人についても放っておくわけにはいかないだろうと吉田《よしだ》班が連絡をとったんですが……」

「コンタクトできなかったのか」

「ええ。どうやら家の人間は現在の居場所を把握していないみたいでして、どこにいるのかはわからない、と」

「……はぁ。どこかをほっつき歩いているのか、あるいはすでに――」

お陀仏か。

皆までは敢えて口にしなかった。特に重要とも思えなかったが、念のため三人目の名前を確認しておこうと思って尋ねると、六浦は端末の画面を見せつけてくる。

「これ、読み方は？」

「たぶん、スナクラサエでいいと思いますけど、後で確認しておきます」

堀はポケットから取り出した手帳の隅に『砂倉紗英』と書き記した。

リビングに戻ると、芙由子が変わらぬ様子で揺れる視線を地図に落としていた。

目の前のソファにどっかりと腰を下ろせば芙由子を無意味に萎縮させる。堀は敢えて少し離れた位置に立ち、窓の外を眺めているふりをした。果たして芙由子は夫が女子大生を二人も殺した凶悪犯であることをすでに認めているのだろうか。堀の目から見ると、彼女はまだ判断を保留しているように思えた。友人同士であれば堂々とあいつは無実だやってない、そんなことをするようなやつではないと声高に主張できても、これが夫婦関係となると論調に躊躇いの色が滲んでしまうというのはよくある話だった。夫婦はよくも悪くも、互いの欠点を把握し合っている。まさかそんなことをするはずがないと最初は思えていても、徐々に過去の思い出が事件との関連性をぼんやり想起させ始める。そういえば昔、思いあたる節が——結果、事実か無実かの判断は宙ぶらりんのまま保留されてしまう。芙由子の現状もまさしくそれであった。

そんな彼女に対して、ご主人を保護してあげたいんですという一言は、心地よく響いたに違いない。おそらく、今の彼女は逮捕協力のために頭を捻っているのではない。ひとまず伴侶の安全を確保するために必要な作業なのだと自身に言い聞かせながら記憶を辿っているのだ。

芙由子の母は、いつしか芙由子の父の座るダイニングテーブルへと移動していた。さすがに泰介、芙由子、双方に対する不満を漏らすことにも疲れた様子で、今はひたすら悲劇の襲来に絶望する自分を演じることに忙しい。

腕時計を確認すると、時刻は午前十一時四十三分。あまりに変化のないリビングの様子に焦れて廊下へと出ると、六浦が端末を耳に当てて何かの音声を確認している。

「何、聞いてんだ」

「あ、いや……堀さんにはまた呆れられちゃうかもしれないんですけど、気になったんで釣具店に乗り捨てられてた車のドライブレコーダーの記録を採取してもらってたんです。それが上がってきたんで確認を」

「……映像じゃなくて、音声を確認してたのか」

「知りたかったのは走行状況じゃなくて、車内で山縣泰介がどんなことを口走っていたのか——っていうことだったんで」

「……それで、何て言ってたんだ」

六浦は遠慮がちに端末を堀に手渡した。耳に当てると、まもなくエンジン音混じりの山縣泰介の肉声が聞こえてくる。

俺じゃない、俺じゃない、俺じゃない。

「うわ言だな」

慎重に堀のリアクションを待っていた六浦は、その一言にぎこちない頷きを返した。何てことだ、俺じゃないと言っているということは、山縣泰介は犯人ではなかったのか——そんな劇的な変化を期待していたのかもしれないが、これだけの情報で考えを百八十度変えてしまうほど単純ではない。どんな犯人だって捕まってすぐは、俺じゃない、知らない、覚えてないと白を切り通す。そこから段々と自分のやっていることの愚かさに気づいて、素直に口を開くようになるのだ。

山縣泰介以外に犯人がいるかもしれないと考えようとする六浦の姿勢については、堀も必ずしも否定的ではない。視野を広くしてあらゆる可能性を検討するのは、筋読みが重要視されない二課の人間なら別にして、一課の人間であれば大いに重宝される資質だ。しかしマイナンバーカードでマッチングアプリに申請を出している違和感や、ウォークマンでTwitterを使用していた奇妙さ、そして今回のドライブレコーダーの音声を論拠に持ち出して事件の全体像をひっくり返そうというのはあまりに乱暴だ。仮に第三者が犯人であったとして、マイナンバーカードを入手するには山縣泰介の家の中に侵入する必要がある。Wi-Fiは家の外からでも接続できるかもしれないが、最初に接続するためのパスワードを割り出すにはやっぱり家の中に入る必要がでてくる。外部に犯人がいるはずなどない。

もう少し肩の力を抜け。そしておかしなことを言って俺を困らせるな。

そんな思いを込め、堀は六浦の肩を叩いた。

「とりあえずは、山縣泰介を捕まえることだけ考えて欲しい」

六浦は気まずそうな笑みを零し、小さく頷いた。

リアルタイム検索：キーワード「売春組織一員」
12月17日11時44分　過去6時間で１３６６件のツイート

・クズがクズを殺しただけの事件でした。ありがとうございました。
引用：【日電新報オンライン】大善市絞殺事件：被害者は大規模売春組織一員か
まるこめ楽団第三楽章@DcihL5dg8twioC

・わ、これ、いつだったかネットで話題になってたやつらじゃん。さっきまで同情してたけどなんか自業自得っぽくなってきちゃったな。結局、こういうことしてる人ってロクな死に方できないってことなんだね。

引用：【日電新報オンライン】大善市絞殺事件：被害者は大規模売春組織一員か

ライオネス@ドラハンガチ勢@onetwothreeDONDON

・女はある程度顔さえよければキャバ、風俗、パパ活でいくらでも無限に金稼げるから本当人生イージーモード。ある意味でそういう現状に警鐘を鳴らしてくれたのだとすればいっそ犯人には感謝。人生舐めすぎ。

引用：【日電新報オンライン】大善市絞殺事件：被害者は大規模売春組織一員か

まっさん@MASn74

・体売ってたから自業自得みたいな話を見てぞっとしてる。どれだけ夜の仕事が過酷か知ってる？　クソ客相手にするのどれだけ地獄か知ってる？　病気だって怖いし、ピルの副作用で体壊すし、睡眠時間ガチャガチャになってお肌ボロボロになる。それでも働かざるを得ない事情があるって想像したことある？
引用：【日電新報オンライン】大善市絞殺事件：被害者は大規模売春組織一員か
ももれもん（裏）@peach_lemon_ura

山縣 泰介

ショールームまでの五キロ、ほとんど走ることはできなかった。

動いていないと凍えそうだからという理由でようやっと前進できている状態で、足取りは吹雪《ふぶき》の中を歩くように重たかった。歩道脇に間断なく続く背の高い茂みの中を、一歩一歩、踏みしめるようにして進んでいく。余計なことはなるべく考えないようにし、立ち止まらないことだけを目的に足を前へ前へと進めていく。

もういっそ、歩道に出てしまおうか――足場があまりに悪いことから、誘惑に負けそうになる。郊外へ郊外へと移動していたため、幸いにして人通りはまったくない。足の裏の痛みは限界を超えていた。もういい。少しでも歩きやすい道を選ばせてくれ――そう思った瞬間に、泰介を戒めるように一台のパトカーがすぐ脇を走り去っていった。

心臓が爆発したように跳ねる。反射的に茂みの中に倒れ込み、顔が泥まみれになることも厭わず目一杯体を低くした。

先ほど神通で写真を撮られたせいで、居所を絞られているのだ。泰介はその場で一分ほど寝転び続け、パトカーの走行音が遥か遠くに消えていったことを確認してからまたゆっくりと前進を始めた。この調子だとコンテナハウスのショールームで警察が待ち伏せしているかもしれない。予感はあったが、だからといって次なる目的地の候補はなかった。大丈夫、シーケンＬＩＶＥとの協業は社内でも一部の人間しか知らない。何も問題はないと言い聞かせながら、茂みをかきわけ続けた。

ショールームの正門が見えたときには感涙しそうになったが、まだ手放しで喜べる状況ではなかった。泰介は茂みの中からショールームの入口を見つめ、いかにして敷地内に入るかの算段を立てる。ショールームの入口はたった一つ、巨大な正門だけであった。あそこを抜ける以外に道はないのだが、しかしあまりにも景色が開けすぎているのが気がかりであった。ショールーム自体は開業前なので無人の可能性も大いにあり得たものの、その手前に陣取っている事務所には明かりが灯っている——人がいるのだ。

海に沿うようにして建てられているショールームの三方は、崖と呼ぶほど大袈裟ではないものの、徒歩では上ることも下りることもできそうにない急斜面に囲まれていた。仔細に観察したわけではなかったが、丘陵状になっていることは把握していた。どれだけの高さであったのかはさすがに覚えていない。しかし土砂崩れを防ぐようにコンクリートの舗装がしっかりとなされていたのは記憶の中にあった。

正門から入らない場合はこのまま茂みを進み、どこかの斜面を滑り下りて敷地内に入る必要がある。果たしてそんなことが可能だろうか。考えてみるが、実際のところ泰介が選べる道は一つだけであった。事務所の前を通って姿を晒すわけにはいかない。だが茂みを進み、敷地内を上から覗き込むと、泰介は頭を抱えた。

少し急な滑り台程度の斜面だと思い込んでいたが、とんでもない。壁だ。コンクリートの舗装はほぼ垂直に下まで続いており、高さも想像していたよりずっと高い。

背負っていたショルダーバッグを外し、中からゴルフ用の双眼鏡を取り出す。おあつらえ向きの道具を持っていたので下までの距離を計測してみると、地面までは六・五ヤードあることがわかる——単位を直せば、おおよそ六メートルになる。飛び降りれば、骨折は免れない。

昨日、野井らとともに訪れたコンテナハウスは、すぐ真下にあった。中には生活に必要なものほとんどすべてが揃っていた。水も電気も通っていた。鍵はかかっているかもしれないが、いざとなったらガラスを割ってしまえばいい。想像していたとおり、社員は事務所に籠もっているようでショールームスペースに顔を出す気配はない。食事が手に入るかどうかはわからないが、コーヒーは用意されていたはずだった。中に入ることができればしばらく籠城できる。冷えた体を温めて、ゆっくりと眠れる寝床を手に入れることができる。

本当にそうだろうか。ブレーカーを落とされている可能性は否定できない。コーヒーだって事務所から持ってきたのではないだろうか。

頭の片隅から聞こえてくる反論には耳を塞いだ。段々と思考能力が鈍ってきている。とにかく今は疲れた体を休める箱が必要なのだ。

泰介は六メートルの壁をいかにして下りるか、そのことだけを考え始める。

飛び降りることはできない。ブロック状になっているコンクリートの壁面には小さな凹凸こそついていたが、指の先をしっかりと引っかけられるほどの奥行きはない。都合よくロープを持っているはずもなく、地面にはクッションもマットレスもない。正門へと回ればまず間違いなくシーケンの社員に見つかって通報されてしまうし、そもそも正門へと移動し直す体力がない。ただ下を見つめているだけで、寒さに指先が凍っていく。はあはあと吐息で温めてみるが、もはや息を吐くことすら苦行になってくる。総移動距離はフルマラソンの距離と比べても遜色ない、およそ三十五キロに達していた。泰介を動かしていたのは憎《にっく》き犯人に対する怒りでも、ネット上でデマを拡散している愚かな連中への反発心でもなくなってきていた。遠い未来のためではなく、十分後を生きるための選択を迫られている。

やがて疲労困憊の泰介が捻り出した作戦は、自身が着用している衣服をロープ代わりにするというものであった。

現在、上半身にはスナックで拝借した忘れ物のブルゾン、車のラゲッジスペースで着替えた自身のスイングトップ、最も内側には肌着として伸縮性のある温感インナーを着ている。下半身はスウェットと、やはりその下にタイツのような温感インナー。靴下と下着を除けば全部で五つのパーツがある。すべて繋ぎ合わせてみたらどうだろう。一つのパーツで一メートルが稼げるとすれば、単純計算で五メートルにはなる。木の根元にくくりつければロープ代わりになり、自身の身長を勘案すればおそらくそのまま地面に着地することができる。

しばらく考えてみたが、これ以上の妙案は湧かなかった。

最初にショルダーバッグを落とす。想定よりも長い滞空時間の後に、地面に叩きつけられる。同時に双眼鏡が壊れる硬質な音がした。六メートル落ちるということがいかほどの衝撃を伴うのか、自身の認識が甘かったことを痛感させられながらも、荷物を落としてしまった手前もはや引き返すことはできない。ブルゾンを脱ぐと風の冷たさが骨身に染みるが、無駄な時間を過ごしている余裕はなかった。意を決してスイングトップを、インナーをスウェットをタイツを脱ぎ、それぞれの先をしっかりと結んでいく。身につけているものは下着に靴下、そしてボロボロのスニーカーだけ。自分が相当に滑稽な姿になっていることはわかっていたが、現在の泰介にとっては些事であった。ほとんど裸になってしまった今、冷たい風が直接に泰介の命を削っていく。瞬く間に体中が震え始め、一秒経るごとに心なしか心臓の脈動が弱々しくなっていく。

ブルゾンの先を最も壁寄りの木の根元に括りつけるが、思ったよりも長さを要した。

ブルゾンは木の周りをぐるりと一周することのみに費やされ、残された衣服の長さはおよそ四メートルに――最後には一メートル弱のジャンプを残すことになった。ブルゾン、スウェット、スイングトップ、タイツ、インナーの順に繋ぎ合わせ、先端を一度思い切り引っ張ってみる。スイングトップとタイツの間がするりとほどけてしまい、慌てて結び直す。強度に不安はあったが今さら中止はできない。

衣服を繋ぎ合わせた疑似ロープを壁の下へと垂らす。やはり地面までは二メートルほど足りない。最後の一枚であるインナーが、ぷらぷらと頼りなく壁面で揺れている。泰介はジャージを両手でしっかりと握り、ゆっくりと体重を預けていった。ブルゾンが外れないことを確信すると、両足をゆっくりと壁面にかける。

繊維の引きちぎれる音が響くも、どの衣服が悲鳴をあげているのかはわからない。一歩、一歩――浅い凹凸につま先を引っかけ、ゆっくりと、ゆっくりと、壁面を舐めるようにして下りていく。泰介を弄ぶように強風が吹く。肌が寒さで硬直し、また衣服のいずれかが悲鳴をあげる。もう手を離しても大丈夫なのではないか。もういいだろう。はやる気持ちが急かすが、下を見れば地面まではまだ優に五メートルは残されている。まだ、まだ、もう少し。乾燥していた手の甲にひびが入る。血が滴る。気にせずスウェットを摑んでいた両手を滑らせて、スイングトップに到達する。少しずつ、少しずつ。スイングトップからタイツへ、そしてタイツからインナーへ――しかし結び目が弱かった。最後の一枚であったインナーは触れただけではらりと解け、ゆらゆらと地面へと吸い込まれていく。

戻るか、飛ぶか。再び繊維のちぎれる音がすれば、嫌でも肚を括るしかなかった。飛ぶ他にない。

足下に残された高さはおよそ二から三メートル。ちょうど一般的な建物の二階のベランダにぶら下がっているような感覚であった。さあ、どのタイミングで飛ぼうか。三秒数えようか。考えているうちにふっと体が宙に投げ出される。

タイツが切れた。

世界が止まったような、一瞬の静寂が訪れる。ふわり、すべてが一時停止。

このまま落ちれば死ぬ。咄嗟に判断した泰介はどうにか体を反転させ、受け身の姿勢をとる。地面に叩きつけられる——と身構えたところから更にもうしばらく落下が続き、ようやく泰介の体は地面に叩きつけられる。トラックに撥ねられたような衝撃だった。全身くまなく均等に衝撃が走り、遅れて痛みがじわりと溢れる。大声で叫び出すわけにはいかなかったのでぐっと奥歯で悲鳴を嚙み殺した。

一分ほどその場で悶《もだ》えた後、泰介はゆっくりと立ち上がる。体中痛かったが、果たしてそれが落下の衝撃によるものなのか、それとも昨日からの激走によるものなのかはわからない。いずれにしても立てた。立ち上がることができた。小さな勝利にまったく喜びがないと言えば嘘になったが、無邪気に喜べるほど嬉しい状況でもなかった。地面に落ちていたショルダーバッグとインナーを拾い、コンテナハウスへと向かう。

ガラスを割ってしまおう。小さく割れば音も事務所までは響くまい。そんな覚悟を決めていたので、念のために捻ったノブがするりと回った瞬間には感動を覚えた。生まれて初めて神に感謝し、室内に入る。

天国であった。

蛇口を捻れば水が出る。もう少し待ってみれば湯も出る。エアコンもついていた。迷わず暖房を入れる。冷蔵庫もある。接客の小道具なのだろう、中には紙パックのジュースが大量に入っている。簡易的なキッチンにはインスタントコーヒーに、電気ケトルまで付属されている。食事こそなかったものの、求めていたもののすべてがここにはあった。昨日、足音の問題をあげつらった自分が馬鹿らしくなるほど、コンテナハウスの中は素晴らしい空間であった。

泰介はレースカーテンの隙間から外を覗き、事務所の人間が感づいていないことを確認してから、まずはシャワーを拝借して体中に付着した泥と血を流した。湯の中で凍えた体をほぐし、久しぶりにトイレで用を足した。着替えはなかったが、暖房が効いてくれれば苦ではない。温かいコーヒーを淹れ、外からは死角になるキッチンの床に腰を下ろす。ベッドルームにあった掛け布団にくるまり体に染みこませるようにしてコーヒーを啜っていると、泰介は自身があらゆるものを剝ぎ取られた、剝き出しの一個の魂になっていることを実感した。

いわれのない罪を着せられたことに対する憤りは当然ながら胸に燻《くすぶ》っている。しかしここに至るまでの過程に、泰介は思いもかけず何らかの必然性を見出しそうになっていた。

騒動が始まって最初に奪われたのは何だっただろう。思い返してみれば、仕事であった。続いて奪われたのは何だ——家だ。次に奪われたのは車で、食事で、睡眠で、とうとう衣服までもが奪われた。長い年月を経て泰介が手に入れてきたものが、まるで時を巻き戻すようにして一つずつ奪われていった。さて、今泰介の手元に残っているものは何であろう。泰介が築き上げてきたものの正体は、誰がどれだけ残酷に牙をむこうとも、決して奪えないものの正体は何であったのであろう。人望か、信頼か、肉体か。

——あなたは、恨みを買いやすい人だから。

これまで、いったいどれだけ分厚い鎧《よろい》に守られていたのか、考え始めると、自分は遅かれ早かれこうなる運命だったのかもしれないと思えてくる。実は犯人などいないのではないだろうか。すべてはとても大きな存在が仕組んだ、壮大な警告であり、試練であり、懲罰なのではないだろうか。心身ともに極限まで疲労し、泰介の思考は深い溝の底に嵌まり込んで動けなくなっていた。

「もう協力はできない！」

外から響いた声に泰介は大いに驚いたが、体を震わせる体力がなかった。

若い男性の声だった。最初はシーケンの社員が揉めているのかと思ったが、どうやら違う。気づかれないよう体を低くしたまま慎重にキッチンの陰から窓の外を観察すると、私服姿の男が確認できる。どう見ても社員ではない。二十代前半、あるいは十代の可能性もありそうな青年であった。彼が語りかけている相手の姿は見えない。泰介からは死角になる位置に立っているようだ。

「サクラさんは、山縣泰介を殺すつもりなんでしょ?」

衝撃的な一言であったが、どこか他人事のようにしか受け止められない。

「じゃなきゃ鞄に包丁なんて忍ばせない」

どうやら男性と話しているサクラと呼ばれた存在は、包丁を所持しているらしい。

無論、動揺すべき事態なのだろうとは思いつつも、疲弊しきっていた泰介は壮大な諦観の中にいた。もう逃げられない。なるほど、そもそもこの人生は、初めからこういう終わり方をする運命だったのかもしれない。いっそ自分が女子大生を実際に二人殺《あや》めたような気さえしてくる。

罪深い一生を歩んできた人間は、こうやって人生に幕を下ろされるのだ。

野井にも、柳にも、阿多古にも、鈴木、磯村、横川、清掃担当の女性、そして塩見にも、本当はきちんと謝罪を入れるべきだったのだ。額を地面にこすりつけ、彼らに対しての罪をもっと早くに懺悔《ざんげ》しておくべきであったのだ。

「ちょっと誰ですか、今すぐ出て行ってください」

聞き覚えのある声が遠くから響くと、コンテナハウスの外で口論が始まった。青年が即座に謝罪し、すぐに出て行きますと言うと、サクラと呼ばれた人間が何かを訴える。しかし女性とおぼしき声は他の二人に比べてとても小さく、うまく聞き取ることができない。サクラの言い分を聞き終えたシーケンの青江は、きっぱりと言い切った。

「こんなところに、山縣泰介がいるわけないじゃないですか。きちんと施錠だってしてるんです。誰も中には入れません。出て行ってください。でないと警察を呼びますよ」

しばらくの問答の末、二人分の足音が遠ざかっていく。青江が、青年と包丁を所持している女性を追い払ってくれたのだ。しかしありがたいと思えたのは束の間、青江が嘘をついた理由が気になった。きちんと施錠だってしてるんです。どうして堂々とそんな嘘を——そこまで考えたところで、入口のノブが回される音がした。

目を閉じ、息を止める。

中に入ってきた青江は迷わずに照明をつけると、コンテナハウス特有の大きな足音を響かせながらキッチンへとやってくる。そして掛け布団にくるまっていた泰介の目の前で立ち止まる。もうお終《しま》いだ。恐る恐る泰介が顔を上げると、青江はいつもながらの無機質な眼差しで泰介のことを冷たく見下ろしていた。

「山縣さん。本当にいたんですね」

勝手に敷地に入って申し訳ないです。コンテナハウスを使わせてもらってすみません。シャワーも使ってしまいました。すぐにでも伝えるべきことが行列をなし、取捨選択に迷った泰介は結局、掠れた声で最も優先すべきと思われる一言を口にした。

「……すみません。ただ、私は、犯人ではないんです」

泰介の言葉を受けた青江は、表情をまったく変化させずにあっさりと返した。

「知ってます」

その瞬間、泰介はすべてを悟った。

自身を陥れた犯人は、青江だったのだ。

どのような権謀術数を張り巡らせたのかはわからないが、すべては青江の手の中にあったのだ。あるいは泰介は、このコンテナハウスにおびき寄せられたのかもしれない。動機は十分だ。昨日までは自分の主張が正当なものだと胸を張れたが、今となってはシーケン側に理不尽極まりない要求ばかりを課してきたように思えてくる。モラハラ、パワハラ、下請けいじめ。考えようによっては、そうとられたとしても仕方がないのではないか。泰介が事件の全貌を一つ一つ解釈していると、青江はコンテナハウスの外へと出て、今度こそ入口に施錠した。

罠に掛かった獲物を逃がさぬようにしたのだ。冷静になれば内側からはいつでも鍵が開けられることがわかるのだが、今の泰介に余裕はなかった。これからどんな目に遭うのだろう。このショールームごと焼き殺されるのか、暗い室内でひたすらリンチされるのか、あるいは警察に突き出されるのか。もはやどんな過酷な罰であろうとも甘受するより他にないと覚悟を固めていると、やがて入口の鍵が開く音がする。

どんな拷問具を手にしているのだろうと思っていると、青江はトレイに載せた食事を泰介の前に置いた。ジュースに、スパゲティナポリタンに、簡易的なサラダと、菓子パン二つ。すわ、毒殺か。スパゲティから立ち上る湯気はケチャップの柔らかな香りを漂わせており、液体しか入っていない泰介の胃袋を強烈に刺激した。食べたい。見ているだけでよだれが止まらない。しかしそれこそが青江の狙いで、貪るようにしてかき込めば即効性の毒が瞬く間に俺を死へと導くに違いない。世界のどこかにはそんな拷問もありそうだ。

さあ食え、食ってしまえよ——汚い言葉で罵られる予感で頭はいっぱいだったのだが、青江はゆっくりとフローリングに腰を下ろすと、遠慮がちに両手を差し出した。

「どうぞ食べてください。神通で目撃されたって話を聞いたとき、ひょっとしたらここに来るかもなって思って、一応、ここだけ鍵を開けておいたんです。すごいですね、服をロープにしてあそこから下りてきたんですね。垂れ下がってた洋服を見て驚きました」

罠ではない、のだろうか。信じられない気持ちで青江の言葉を聞いていた泰介は、審判を下す閻魔《えんま》に問うような気分で尋ねた。

「私の無実を信じてくれているんですか」

「それは、まあ、さすがに」

曖昧に言うと、青江はポケットからスマートフォンを取り出した。そして手早くタップを繰り返すと、やがて画面を泰介に見せつける。覗き込めば、それは「たいすけ@taisuke0701」の呟きをまとめたサイトであった。青江は泰介同様に画面を覗き込みながら、呟きの内容を音読する。

「『食欲減退。しばらくご飯は食べれないなこれは』——ら抜き言葉。『石けんで手を洗ったんだが、全然まだ臭い』——『全然』を肯定文で使ってます。『文字どうりのゴミ掃除完了』——『文字どうり』じゃなくて、正しくは『文字どおり』」

画面から顔を上げた青江は、当たり前のような表情で告げた。

「こんなおかしな日本語、大帝ハウスの山縣さんは絶対に許しませんから」

笑おうと思ったのだが、泰介の目からはひとしずくの涙が零れた。

住吉　初羽馬

目的地であったシーケンLIVEショールームに到着するなり、サクラは助手席を飛び出した。社員に見つかってしまうことも気にせず、堂々と事務所の前を横切ってショールームスペースへと足を踏み入れる。そのまま包丁の入った鞄を手に、全部で五棟あったショールームを手前から順に片っ端から調べ始めた。

駄目だ。さすがに止めなくてはいけない。サクラが三棟目の扉の前に立ったときに、ようやく初羽馬は声が出た。

「もう協力はできない！」

大声を出すと、すぐに背後からシーケンの社員が現れた。やはり敷地に入ったときに姿を捕捉されていたのだろう。サクラはショールームの一棟を指差し、逃亡犯が隠れているかもしれないから中を確認させてほしいと説明したが、謎の不法侵入者の言い分に耳を貸してくれるはずもなかった。

追い出された二人は路上に止めていた車のもとまで引き返す。

勢いで山縣泰介を殺すつもりなのだろうと問いかけてしまった手前、もはやここに到着する前までの状態に戻ることはできなかった。現在のサクラは包丁を鞄の中にしまっていたが、いつ切っ先が初羽馬の喉元に向けられないとも限らない。狭い車内で二人きりになる状況は絶対に回避しなければと、お手洗いを借りてくると嘘をついてその場を離れる。

事務所の近くで振り返り、サクラが追ってきていないかを確認する。初羽馬は、このまま事務所にいる社員にSOSを出してしまうべきなのではと考えた。おそらく彼女が犯人です。警察を呼んでください。しかしそれを証明する手立ては、現状では彼女が保存しているスクリーンショットくらいしかない。万が一、証拠不十分で解放されてしまえば、今度こそ自分の身が危ない。

初羽馬は事務所には入らずに建物の裏手へと回る。人目がないことを確認してからスマートフォンを取り出し、サクラが犯人であることを裏付ける情報を探すことに決める。

殺された篠田美沙に纏わる情報を改めて閲覧してみれば、やはりどう考えても彼女がサクラの親友でないことがわかる。彼女は高校時代は陸上部の一員だったようで、大学進学と同時に広島から転居してきたことがわかる。サクラの出身地は把握できていないが、仮に広島に住んでいたときの同級生なのだとしたら少しくらい地元に関する話題が出てもよさそうなものだ。彼女は間違いなく嘘をついている。更に被害者に纏わる情報を漁ると、もう一人の被害者である石川恵という女性も同様にマッチングアプリを用いた売春を行っていたことが判明する。二人ともネット上に個人情報が晒されていたという共通点が浮かび上がると、もう一人同じ境遇にある女性——砂倉紗英という存在にも辿り着く。読みはスナクラサエと明記されていたが、砂をサと読んでみれば——サクラ。

売春グループの元締めは半グレ組織で、男性を脅して約束よりも多額の金銭を騙し取るノウハウを提供する代わりにキックバックを得ていた。半グレ組織はターゲットになりそうな男性の情報を管理し、末端の女性たちに指示を出していた。初羽馬はニュースサイトにまとめられていたそんな情報から仮説を組み立てていく。

たとえば半グレ組織が、個人情報を抜かれるという失態をやらかしてしまった三人の女性に制裁を加えようとしたとする。地下組織的な表現をするならば、「始末」することになった。しかし組織として大っぴらに動くわけにはいかない。少なくとも組織による殺人であることを看破されるわけにはいかない。そこで売春のターゲット探しに活用していた高所得者男性リストの中から、濡れ衣を着せられそうな男性を選抜することにした。そこにどういった要件があったのかはわからないが、何らかの事情で一人の男性が選ばれた。それが山縣泰介だった。組織は彼にすべての罪を着せ、彼をも始末してしまうことにする。下手人として白羽の矢が立てられたのは、失態をやらかした女性のうちの一人——サクラこと、砂倉紗英。

急拵えにしては、あまりにもそれらしい仮説が組み上がった。初羽馬の中でサクラが犯人であるという確信が揺るがしがたいものになっていく。しかしそれをどう証明するべきか。初羽馬はスマートフォンを両手で握りしめ必死に考えるが、やがてまずは警察に通報してしまうべきだろうと考える。通報さえあれば情報は追って集まっていくに違いない。僕が無事であるうちに——人生で初めて一一〇をダイヤルする。通話ボタンをタップして本体を耳に当てようとした瞬間に、するりと手からスマートフォンが抜き取られる。

「トイレ、借りてたんじゃないんですか」

力一杯握りしめていたわけではなかったスマートフォンは、サクラの手の中に吸い込まれていた。サクラは落ち着いた動作で終話ボタンをタップすると、初羽馬のことを疑うように睨みつけた。

「……君が、やったんでしょ?」

「何をですか？」

「……この事件、君が起こしたんだ」

恐ろしさがないわけではなかった。しかし面と向かって口にできたのは、今のサクラが包丁の入っている鞄を手にしていなかったからだ。

「……君が親友だと言っていた篠田美沙は陸上部の出身で、吹奏楽部には所属していなかった。そして君が見せてくれた『たいすけ』のアカウントのスクリーンショットにはツイートアクティビティのアイコンが映り込んでた。君がアカウントを管理していた何よりの証拠だ。君の本名は砂倉紗英……そうなんだろ？」

武術の心得はなかったがさすがに華奢《きゃしゃ》な女性に腕力で後《おく》れはとらない。いざとなったら組み伏せてしまえばいい。彼女の口から肯定の言葉が飛び出そうものなら、そのままシーケンの社員に手伝ってもらって即通報し、警察に身柄を引き渡してしまえばいいのだ。事件は終わる。僕は感謝こそされ、共犯だと疑われるようなことはなくなる。

初羽馬の言葉を聞き終えたサクラは、果たしてどのような対応をとるべきか考えるようにしばし地面を見つめた。視線を素早く右に左に動かし、最終的には時間がもったいないと感じたのか大きなため息をついた。

「あなたの言うとおり、私が被害者の親友だという話は嘘です。ごめんなさい。そしてあのアカウントを十年前に作ったのは私。それは認めます」

「ならやっぱり――」

「乗っ取られたんです」

「……乗っ取られた？」

「はい、ある日突然、犯人にアカウントを乗っ取られました。だから私のスクリーンショットにはツイートアクティビティのアイコンがついていたんです――一応、あのアカウントを立ち上げたのは私だったから。でも誓って一連の投稿は私が行ったものじゃありません。当たり前ですが、私が犯人でもありません」

なんだ、そうだったんだ、疑ってごめんね。そんな言葉がするりと出てくるような、腑に落ちる説明ではなかった。確かにSNSのアカウントを第三者に乗っ取られてしまうという話は珍しいものではない。初羽馬の身近にも被害に遭った人間はいた。しかし十年前に作ったアカウントを乗っ取られて、謎のゴルフアカウントに改ざんされたのを静観し、やがてその乗っ取り主が殺人事件を告発するに至ったと豪語するのなら、これはあまりにも奇妙だと言う他なかった。

「サクラさんは自分が作ったアカウントが乗っ取られたから、犯人を追うことに決めたの？」

「……そう思ってもらって構いません」

「……包丁を持って？」

「ですから護身用です」

どうして君のアカウントが狙われ、乗っ取られたのか。アカウントを乗っ取ったのは山縣泰介なのか、あるいは山縣泰介を装う別の誰かなのか。そもそも自分が十年前に立ち上げたアカウントを犯罪利用されたとして、どうして包丁を持ち出して追いかけっこに参加する必要があるのか。すぐには整理しきれないほどに大量の疑問が噴出する。こうなれば初羽馬が導き出せる結論は一つで、やはり彼女——サクラこと砂倉紗英は、この事件の犯人であるというものであった。図星を突かれた焦りから、どのような言い訳で苦境を乗り越えられるかがわからなくなっているのだ。

ならばやはり通報するべきだろうと決意を固めたところで、サクラは言い切った。

「山縣泰介は無実です」

初羽馬は段々とまともに取り合うのが面倒になってくる。彼女が事件の黒幕であるかどうかの判断は保留するにしても、彼女が何らかの形で事件と関わりを持っているのは事実であった。これ以上彼女と行動をともにしたとしてもメリットなど何一つとしてない。サクラは初羽馬のサークルが主催したイベントに参加しただけの、ほとんど赤の他人と呼んでもいい存在だ。端から協力する必要もなかったのだ。さらには初羽馬自身、絶対にそんなことは考えまいとしていた差別意識が胸の奥で無自覚に芽吹き始めていた。サクラの正体はおそらく砂倉紗英であるのだろう。だとするのであれば、だ。彼女がどれだけの苦境に立たされていたとしても、元はと言えば体を売っておき金を儲《もう》けようとした自分の責任じゃないか。この女性はあろうことか売春をしてながら『ネットでの出会いを考えるシンポジウム』に参加して被害者面をしていたということだ。なんて恥ずかしい人間なんだ。

もういい、終わりにしよう。彼女の話にはこれ以上耳を貸さない。彼女はここに置いていく。誰が犯人だろうが、もはやどうでもいい。こちらは無関係なのだからこのまま一人で車に乗って家に帰る。

「このままいけば——」

事件に対して完全に距離をとることを決めた初羽馬とは対照的に、サクラはこれまでよりも一層焦りの色を隠せなくなっていた。気温が低いことも手伝っているのか、唇が小さく震える。目が赤らみ、呼吸が浅くなっていく。

「山縣泰介が犯人だということで事件は終わります」

初羽馬としてはそれでまったくもって構わない。

「彼の無実が証明されたとしても、次に疑われるのはアカウントを管理してた私です」

警察がそんな短絡的な判断を下すわけがない。いったい彼女はどういう思考回路をしているのだ。病的な妄想癖の人間と喋っているような心地にいよいよ嫌気が差し、さすがにこの場を立ち去ろうと決める。申し訳ないがこれ以上、君には付き合えない。僕は帰る。君はおかしい。意味がわからない。どう考えても説明に筋が通っていない。危険すぎるし、冷静になればともに行動する義理もない。

「そもそも最初っから、僕は無関係なんだ」

そう捨て置いて、背を向けた。決別の意味を込めて敢えて力強く一歩目を踏み出す。

「どこかに、狡猾な犯人がいます」サクラは涙声で続けた。「私と山縣泰介を陥れようとしている危険な殺人犯が、どこかにいるんです」

気にせずもう三歩進んだところで、声色が変わる。

「どうして『すみしょー』さんに協力をお願いしたと思いますか」

思わず足が止まる。振り返ると、彼女は両目から涙の筋を走らせていた。

「同じ大学でたまたま声をかけやすかったから——違います。都合よく自動車を持ってたから——違います。以前、シンポジウムでお世話になったとき頼りがいのある人だと思ったから——違います」

サクラは洟を啜り、喉を震わせながら低い声を絞り出した。

「あんたが、この事件の諸悪の根源だからだろうが」

山縣　夏実

スターポートから誰もいない自宅へ。

自宅の門を開け、敷地内へと足を踏み入れたところで夏実は鍵を持っていないことに気がついた。祖父母の家の和室に置いてきたままだ。仕方なく非常用の鍵を使うことにする。

夏実は玄関脇に置いてある鉢植えをそっとどかすと、奥に隠してあったオルゴールのような小さい箱を取り出した。

「……え、お家の鍵、そんなところに隠してるの？」

「……うん」夏実は躊躇いがちに頷いた。「内緒にしておいてね」

「不用心じゃない？」

「うん……でも、今まで泥棒に入られたことはないし、ちゃんと暗証番号もついてるから」

そう言って夏実は箱についていたダイヤル式の鍵を外す。設定されていた番号は「0701」――お父さんの誕生日なの。呟いてすぐに、お父さんという言葉が口を突いて出たことに、胸がざわつく。

室内に入るなり、えばたんは山縣家の内装を見て目を輝かせた。すごい、広い、大きい、格好いい。

「同じ学区でも、やっぱり万葉町のほうはすごいね。山縣さん、こんなお家に住んでるんだ」

褒められれば悪い気はしなかったが、夏実も笑顔で自慢ができるような精神状態ではなかった。部屋を案内するのが目的ではなかったので、すぐさまPCの前に座る。ネット検索ができる状態になったら即座にPCを譲ろうと思っていたのだが、パスワードを入力しようとしたところで思わぬ壁に阻まれる。元の原因は自分にあるとはいえ、夏実が把握できていないところに戒めの痕跡が残っていることを知ると胸が一層苦しくなった。

「だめだ……パスワード変えられちゃってる」

「……それって？」

「私が、もうネットを見ないようにするため……だね」

元はと言えば、父親が家で仕事をするためにこのPCがリビングに設置された。父親はネットこそあまり使わないものの、オフィス系のソフトの操作にはある程度熟達していた。頻繁にというほどではなかったが、購入後しばらくはそれなりの頻度でこのPCを立ち上げ、簡単な書類作成等をしていた。しかし時間が経つにつれてリビングでの仕事に効率の悪さを覚えたのか、あるいは別の要因があったのか、会社から支給されたノートPCを書斎で使用するようになった。

なので、正式に譲り受けたわけではない。それでもお役御免となったこのPCを最も活用していたのは夏実で、事実上の管理者になったつもりでいた。そんなPCのパスワードが変更されていた。面と向かって怒られるのも辛いものがあったが、これはこれでまた別種の苦しさがあった。

「ネット見ちゃダメって言われてるの？」

「……いや、言われてたわけじゃないんだけど、パスワードが変わってるってことは、そういうことなんだと思う。久しぶりにパソコン立ち上げたから、パスワード変えられてたことにも気づいてなかった」

「そう……なんだ」

おそらく何も納得できていないはずなのに、えばたんは合点がいったようなふりをして頷いてくれた。

えばたんには、きちんとあの話の真実を最初から最後までしてしまおう。

言わずもがな、それは夏実にとっての恥部であった。積極的に誰かに語り聞かせたい出来事ではない。それでも不思議と、えばたんになら話してもいいかという気になった。彼がここでした話を学校で言いふらす姿は想像できなかったし、彼なら何かしら自分にとっては思いも寄らないアドバイスを授けてくれるかもしれない。

「私が、ネットで知らない男の人と会う約束をしちゃったのは、知ってるでしょ?」

夏実は慎重に言葉を選びながらも、自分が体験したことを語り出した。

このPCに自由に触れられるようになってから、とある掲示板に出入りするようになった。まったく別の生活圏で暮らしている人間と交流できるのがそれだけで楽しくて、学校での出来事や友人の話、たわいもないことを掲示板に書き込み、ある男性と親しくなっていった。

今度、会おうよ。

そこに恋愛めいた胸の高鳴りはなかった。極端な話、相手の容姿にはほとんど関心もなかった。画面越しにしか会話したことはないが、交流している限り気は合いそうに思えた。ちょっとしたなぞなぞやクイズを出し合い、楽しいやり取りが続いた。きっと楽しい時間になるに違いない。私も会いたいです。リビングで、それこそキッチンで母親が料理をしている最中に、夏実は返事を打った。

学校の授業で、ネットで見知らぬ人と出会うことの危険性は嫌になるほど説明されていた。世の中には恐ろしいことがあるものなのだな、私も気をつけなくちゃなと、授業後の時点では夏実だってきちんと把握できていた。でもいざ自身が当事者になってみると、座学で身につけた教訓はまったくもって役に立たなかった。相手の物腰は実に柔らかで、悪意など微塵も感じさせない。この人は大丈夫――というよりは、私はたぶん大丈夫。

約束の当日、しかし待ち合わせ場所に男性は現れなかった。

彼は複数の女子小学生に性的暴行を働いたことが発覚し、警察に追われる身になっていた。

「お巡りさんがうちに来て、事情を説明してくれて、それでもう、お父さんがかんかんになっちゃって」

「……怒られたんだ？」

夏実は頷くと、目に涙が浮かんでいることに気づいた。隠すように人差し指で雫を払ってから、小さく零した。

「すごく」

　そう口にしてから、夏実は「すごく」という言葉の中に潜ませた詳細をいっそ語ってしまおうかと考えた。どんなことがあり、どのような態度で、どのような形で父親に叱られたのか。しかし結局は口を噤むことに決めた。今ここで、父親に関する悪評をえばたんに伝えても何もいいことはない。

　えばたんは夏実を慰めるように神妙な面持ちで頷くと、本題を思い出したかのように、他にネットが閲覧できる端末はないかと尋ねてきた。

　夏実は迷ったが、静かに立ち上がると、リビングに設置されていたサイドボードへと向かう。これも厳密には父親のものであったのだが、サイドボードの中にはネットに接続可能なAndroid搭載のウォークマンが入っていた。音楽が好きな父親は数千曲を保存して持ち運べるという謳い文句に惹かれて購入を決めたものの、もう一つ機器としての使い方が把握できずにすぐ利用を放棄してしまっていた。これも今では夏実のもののようになっており、ちょっとした調べ物をする際にスマートフォン代わりに活用していた。

　これをえばたんに渡そう。そう思ったのだが、肝心のウォークマンが見当たらない。父も母も利用していないので自分以外に触る人間はいないと思うのだが、どこに消えてしまったのだろう。思いあたる箇所をいくつか捜してみるが影も形もない。

「どうしたの？」

「……ウォークマンでネットが見られるから、捜してるんだけど見つからなくて」

「……やっぱり泥棒に入られたんじゃ？」

「それはないよ。盗むんならきっともっと高価なものを盗むだろうから」

しかし結局ウォークマンは見つからなかった。どこに置いてしまったのだろう。気にならないわけではなかったが、なくしたからといって飛びきり叱られるような代物でもなかった。どうせ家の中のどこかにはあるのだろうという安心感も手伝い、それ以上の捜索は打ち切ってしまう。

さて、PCとウォークマンがないとなると、ネットの閲覧はできない。これで諦めてもらえるだろうかと思っていると、えばたんがリビングに置いてあった携帯ゲーム機を指差した。

「これ、Wi-Fiに繋げばネット見られるよ」

夏実はゲームについてはネットに接続せずに使用していた。立ち上げる度にネットに接続しようというメッセージが表示されるのはわかっていたが、両親ともに設定に明るくなく、ゲームをただプレーする上では問題もなかったので無視し続けていた。

電話台の上に置いてあるルーターの横には、接続のためのパスワードが記載されている。接続作業を引き受けたえばたんが手際よくパスワードを入力してオンラインの状態にすると、すぐさま「からにえなくさ」についての情報を求めてブラウジングを始めた。

画面を見つめるえばたんの表情は真剣そのものであった。夏実はソファを勧めたのだが、生返事でカーペットの上に腰を据えている。夏実はそんなえばたんのことをしばらくソファに座って見つめていたのだが、次第に居心地が悪くなると、飲み物を出そうという言い訳を見つけてキッチンに逃げた。

夏実の差し出した林檎ジュースに気づかないまま十五分が経ち、ようやく画面から顔を上げたえばたんは曇った表情で言った。

「ごめん、やっぱり……よくわからないね」

驚きはなかった。どころか、そんなえばたんの反応に対して、夏実はそれはそうだろうとしか思わなかった。調べたらわかるようなものではないし、スターポートにいた男性が口にした当て字もかなり苦しいものでしかなかった。それでも端から期待していなかったことを口にするのも申し訳なくなり、わずかに残念そうな声色を作って、そっかとだけ返した。

「『からにえなくさ』以外でも、今回の騒動について色々な意見が書き込まれているページも見たんだけど、これもヒントにはならなかった。みんな本当のところ、おんなじことしか呟いてないんだ」

「……おんなじこと？」

「うん」えばたんはしっかりと頷くと、眉間に深い皺を寄せて表情を更に険しくした。

「もちろん本当の意味でまったくおんなじ意見だけが飛び交ってるわけじゃない。でもよく観察してみると、いろんな意見を言っているようで、やっぱりみんなおんなじことしか言ってないんだ。本当に最低だよ。絶対にこういう大人になっちゃいけない」

真意はわからなかったが、えばたんの言葉には言いようのない力強さがあった。

「とにかく、『からにえなくさ』に繋がりそうな情報は見つけられなかった。……ごめんね、山縣さん。犯人を見つけられると思うなんて言って、散々振り回して、その結果こんな感じになっちゃって。なんだか、本当に情けないね」

さすがにこれ以上は、調べようがない。もともとが真っ直ぐな性格である上に、ピンバッジを手に入れてからはいよいよ熱を入れて調査に当たってくれていたえばたんであったが、ここにきてとうとう手詰まりを認めたようだった。えばたんは力不足を詫びるように唇を噛んで俯いていたが、しかし正直なところ、夏実に残念に思う気持ちはまったく存在しなかった。むしろ胸を満たしていたのは、やっと諦めてくれたという安堵の思いだけであった。

じゃあ今日はこれで解散、また月曜日ね。そう言って別れてしまってもよかったのだが、一方でここまで頑張ってくれたえばたんには本当のことを話すべきかもしれないと思い始めていた。それがせめてものお礼で、せめてもの誠意だ。深呼吸し、一度口を開いてから閉じ、ようやく決意してリビングの沈黙を破る。

「ごめん江波戸くん……実は私、わかるんだ」

えばたんはゆっくりと顔を上げる。

「何が？」

夏実はそこからおよそ四拍、しっかりと間をとってから告げた。

「瓦屋根の『からにえなくさ』が、どこにあるか」

堀 健比古

「シーケン……ってどこかで」

芙由子は地図に人差し指を這わせたまま、ぽつりと呟いた。

「ご主人と関連がありますか？」

堀が芙由子の顔を覗き込むと、彼女はテーブルの上に置いたままにしていたスマートフォンへと手を伸ばした。

確度の高い情報でなくても構わないので思いついたことは遠慮なく全部教えて欲しい。そう伝えてから、芙由子の口はいくらか滑らかになった。主人が頼るかどうかはわかりませんが、神通の喫茶店周辺ではここと、ここに知り合いがいると思います。すぐに捜査員を向かわせると、案の定、片一方の家に山縣泰介が立ち寄っていたという情報が得られた。かつて仲人を頼まれていた関係だということを考慮すればチェックしておくべき人物であったが、いかんせん大帝ハウスを三年前に辞めている身ということもあって警察も情報を取り込みきれていなかった。

脅され、SIMカードのないスマートフォンを奪われたが、それ以上のことは何もしていない。本人は無実を主張していた。部分的には力を貸してしまった形になったが、脅されていたのでどうしようもなかった。我々はまさか逃亡を手助けしたことにはならないですよね。我々は何も悪くないですよね。

彼らのそれが逃亡幇助にあたるかどうかは議論の余地があったし、厳密には塩見家を訪れた後で写真を撮られているので時系列的にはそこまで有用な情報とは言いがたかった。しかし、足跡が追えるようになってきたのは事実であった。

奥様、ご主人が塩見さんのお宅に伺っていたのが判明しました。貴重な情報ありがとうございます。このままいけば、きっとご主人を保護できます。勇気づけるように添えると、芙由子は自身の正当性を認められたように感じたのか、少しばかり顔色をよくした。

やがてスマートフォンで目当ての情報を引き出せたらしい芙由子は、やはりという表情で頷いた。

「ここ、主人が最近携わってるコンテナ型の別荘を造っている会社です」

「どこですか、もう一度教えていただいても？」

「ここです、株式会社シーケン。主人が以前、私たち家族にこういう家に興味はあるかってパンフレットを見せてくれたことがありました。パンフレットはあっちの家に置いてあると思います」

堀が目で合図をしたときには、六浦はすでに捜査本部に連絡を入れるために立ち上がっていた。

芙由子の情報提供がスムーズになっていくに連れて、リビングに沈殿していた重たい澱《おり》が浄化されていく。それぞれがそれぞれの役割をこなせているという自負が、この場にいる全員の心を軽くしていた。まだ山縣泰介確保には至っていなかったが、現在芙由子から引き出すべき情報はあらかた引き出せていた。しばらくは現場からの続報を待つ時間が続く。

報告を終えた六浦は廊下から戻ってくると堀の隣に腰掛けた。そしておもむろに芙由子に対して口を開いた。

「ご自宅の鍵について伺いたいんですけど」

「……鍵？」

「はい」

六浦は、外部の何者かが家に忍び込める方法はないかと尋ねた。例えばセキュリティーの甘い会社でスペアキーを作った経験はないか、表札の裏に予備の鍵を忍ばせたりはしていないか。芙由子は一瞬悩むような目つきを見せたが、しかし警察相手になら口外してもいいかと判断したのか、遠慮がちに予備の鍵があることを白状した。

「実は、玄関脇の鉢植えに箱を用意してあって、そこに予備の鍵があります」

「いつ頃からですか？」

「家を建てたときからずっとです。昔は娘が鍵を忘れることが多くて……ただ、暗証番号つきの箱に入れて保管してありますので、そこまで不用心なものではありません。家族以外の誰かに番号を教えたことは一度もないですし、それで盗難の被害に遭ったようなこともまったく」

「ご家族以外の方は、番号を知らない？」

芙由子が頷くと、六浦は手帳に素早くメモを残しボールペンの先をしまった。それから吟味するように紙面に素早く視線を走らせると、手帳を優しく閉じ、芙由子の目をまっすぐに見据える。

「もう一つ、よろしいでしょうか」

「ええ」

「芙由子さんは、ご主人──泰介さんのこと、どのように思われてましたか？」

いよいよ堀も六浦の意図のわからない質問にうんざりしていたが、二人の間で足並みが揃っていないところは見せたくなかった。堀はあまり訝しげな顔は作るまいと、努めて眉間に皺を寄せる。

「……ええと、それは、そう、ですね。なんとお答えしたらいいんでしょう」

芙由子も予想外の質問に困ったように首を傾げ、答えを探すように口元をハンカチで押さえて考え始めた。

愛しています。尊敬しています。立派な主人です——果たしてどんな答えを聞くことができれば六浦は満足なのだろうか。マッチングアプリはやらない人でした、売春行為には寛容な人でした、間違っても人は殺せない善良な人間でした——そういった一言が聞けたなら、ほらやっぱり山縣泰介は犯人じゃないんですよと鬼の首でも取ったように騒ぎ出すつもりなのだろうか。

意味のある時間だとは思えなかった堀は、考え続けている芙由子に黙礼をし、またしても六浦を廊下に連れ出す。

「今度は、何が知りたくなっちゃったのよ」

「すみません。やっぱりあらゆる可能性を検討しておくべきだと思いまして……」

「山縣泰介以外に犯人がいる可能性をまだ捨てていない、と」

「……一応、そうですね。はい」

もうこんな無益な問答はしたくない。堀はため息をついてから、もはや言わずもがなだと思っていた、山縣泰介以外が犯人たり得ないだろう理由を懇切丁寧に説明する。

これまで六浦が違和感として挙げてきたものは、とりたてておかしなポイントではない。マイナンバーカードもウォークマンも自宅のルーターもドライブレコーダーも、すべてそういうこともあるで片付けられる問題だ。指紋は出ていないが凶器はすべて山縣家の倉庫から発見されており、篠田美沙の死亡推定時刻に現場である万葉町第二公園近くで山縣泰介が目撃されている。

「もう、山縣泰介で決まりなんだよ」

「……ですが」

「六浦さんの気持ちはわからないではないよ。でもじゃあ、仮に何者かが山縣泰介を陥れようとしたとするじゃない。ウォークマンを山縣家のWi-Fiに接続するためには、山縣泰介の革靴で被害者を足蹴にするには、マイナンバーカードを手に入れるためには、どうしたって山縣家の中に入る必要がある。どうやってお家の中に侵入するのよ。それはできません——ということを、さっき他でもない奥さん自身が証明してくれた。かつて空き巣被害に遭ったような情報はこっちのデータベースからも出てきてない」

「ですので」

六浦は声を潜めてはいるが、しかし思いのほか力強い口調で言った。

「芙由子さんくらいしか、候補はいないかと」

さすがに意表を突かれる。咄嗟にそんな訳あるかと論理もへったくれもなく答えてしまいそうになるが、堀もプロであった。感情論を先行させてはいけない。芙由子が真犯人である可能性をまっさらな大地の上に載せて、公平な頭で考慮してみる。

「芙由子さんであるのなら、十年間という非常に長い期間、Twitterで山縣泰介を装うことも可能です。本当は免許証を使いたかったのに、本人が携帯していたがためにマイナンバーカードでマッチングアプリの申請を行うしかなかった——これも筋が通ります」

六浦の言葉をじっくり一分ほど玩味し、堀はしかし六浦とは正反対の結論を導き出す。

「ないな。ないよ、それは」

六浦は不満をぴくりと瞼の震えで表明してみせたが、堀の考えは変わらなかった。

「旦那に恨みがあったんなら、旦那殺せば済む話だろうよ。わざわざこんな手の込んだ真似をして、無関係な女子大生を二人も殺す必要はなかった。だろ?」

「確かに手が込みすぎてるとは思います。でも万が一——」

「その辺にしときな、六浦さん」

堀はそれ以上、六浦と向き合うことを諦めてきびすを返した。リビングへと戻って先ほどまで座っていたソファに体を沈め、すっかり冷めていた紅茶を啜る。

「先ほどの質問ですけど」

芙由子が口にした質問という言葉が何を示しているのかがすぐには理解できず、堀は思わず尋ね返してしまう。

「主人のことをどう思っていたのかという質問です」

彼女は堀と六浦が廊下で話し合っている最中、ずっと答えを探していたのだろう。もっとも堀としてはほとんど興味のない質問であった。どう答えられたところで、そんなものどうとも判断できない。六浦の推察がまるごと的外れだと断じてしまう気はないが、この質問に関してはまったく評価できない。

主人は最高、最低、どのような答えでも好きに口にすればいいと思って待っていた。

「非常に難しいです」

芙由子がそう口にした瞬間、廊下から戻ってきた六浦が急いでソファに腰かける。

「と、仰いますと？」

「本当に、難しいんです」

芙由子は先ほどまで口元を押さえていたハンカチを丁寧に広げると、テーブルの上にそっと置いてみせた。ハンカチの一片には小さな花の刺繍があしらわれている。彼女の醸す雰囲気に見事なまでに合致した上品なハンカチで、一見して安物ではないことが堀にもわかった。

芙由子は無言のまままじまじとハンカチを観察すると、何かの儀式が済んだのか、再びハンカチを折りたたんで両手で握りしめた。

「当たり前ですが、かつては心から愛していました」

ダイニングにいた芙由子の両親までもが、芙由子の話に耳を傾ける。

「好きか嫌いかで言えば、間違いなく好きです。尊敬もしています。でもどうでしょう……ここ十年くらいは、自分でもよくわからなくなる瞬間が度々訪れました。昨日母が、こんな事件が発生したのに電話一つよこさないと愚痴をこぼしましたが、あながち同意できないわけではないんです。本当に強引なところがある上に、察しの悪い人で、周囲の人の気持ちをいま一つ理解できないんですね。こちらの負担をまるで顧みることができない。いっつも思ってました。私ばっかりが、どうして私ばっかりが、この家でこんなに負担ばかり、って。何度かその件で衝突もしましたが、でもそんな衝突にすら徐々に意味が見出せなくなっていきまして」

断定的でない口ぶりが、堀の心に微細な振動を起こしていった。

世間では通り魔殺人や、強姦致死事件等、無差別的で凶悪、かつ刺激的な事件が取り沙汰されやすいが、実際のところ統計上過半数の殺人事件は家族間で発生している。夫が妻を殺す場合は夫の単独犯というのが相場だが、しかし逆の場合には――つまり妻が夫を殺そうと画策した場合には――協力者を募ることが多い。理由は単純に夫に腕力で敵う妻が少ないから。もう少しつけ加えるなら、人を殺すということに男性よりも大きな心理的プレッシャーを感じてしまうから。

仮に協力者がいたとすれば、どうだろう。

堀は、自身が初めて六浦の仮説に取り込まれそうになっているのを感じていた。彼女の口から思わず零れてしまった十年という言葉も異様な存在感を放つ。くだんのTwitterが開設されたのは十年前。いや、そんなわけない。真犯人がそこまでわかりやすいメッセージを放ってしまうなどあるはずがない。冗談はよしてくれと鼻で笑っている自分も心の中にはいるのだが、どうだろう。芙由子の瞳の奥に、ささやかな濁りを感じてしまうのも、また事実だった。

「だから刑事さん。質問に対する答えはですね――」

芙由子は六浦を見つめ、堀を見つめ、最後は握りしめたハンカチを見つめながら言った。

「自分でもよくわかりません」

リアルタイム検索：キーワード「逃亡犯／家族」
12月17日13時13分　過去6時間で6668件のツイート

・これ普通に逃亡犯の奥さんは今どんな気持ちなんだろうね。旦那が浮気してた、マッチングアプリで女の子買ってた、人殺してた、その上逃げ回ってる。オマケに旦那の個人情報はネット上で全開示。普通だったら家族全員自殺ものだよな。生きていけないんじゃね。

あっぷあっぷ@up_down_up

・逃亡犯の家族にちょっと同情しそうになったけど、人を殺して逃げ回る男がまともなわけないし、そういう男が選んだ妻がまともなわけないし、仮に子供がいたとしてその子供もまともなわけないって気づいて、なんかスッてなった。そういう男選ぶ時点で自業自得だ。

ちゃそみち@chason_7k7

・結局これなんだよな。クズはちゃんとクズ同士で仲良く集まる不思議なシステムが世の中確立されてる。世界七不思議の一つ。
引用：・逃亡犯の家族にちょっと同情しそうになったけど、人を殺して逃げ回る男がま～

ドップラー―常識職人@Doppler_0079

・男前で高給取りの優良物件と結婚して、順風満帆っぽい人生歩んでた家族が一夜にして崩壊して、一文無しになって路頭に迷う姿を想像することにまったくのカタルシスがないと言えば嘘になる。薄給ブサメンクズと結婚してしまった現場からは以上です。

はなまるそーきそば@くじけぬメンタル@sokisoba_tabetai11

山縣 泰介

思えば昨日から麵類しか口にしていない。しかし文句などあろうはずもなかった。泰介は三口食べるごとに青江に感謝の言葉を述べ、五口食べるごとに半生を振り返って悔悟《かいご》の涙を流した。俺はどれだけ身勝手で、どれだけ利己的な愚か者だっただろう。追われて当然の罪深い人間で、このような食事を振る舞われるような立派な存在ではなかったのだ。

思い返してみれば、青江さんにも無茶な要求をしてしまったような気がします。青江さんなりに精一杯頑張ってくれていたはずなのに、あれをしてほしいこれをしてほしい、シーケンさんの気持ちも考えずに無茶なことをあれやこれやと。

「いえ、まあ、仕事ですから。色々と仕方ないと思います」

青江の口調はいつもながら抑揚を欠いた平面的なものであったが、今の泰介にとっては神々しく響いた。どれだけ感謝をしてもし足りない。こんなにも懐の深い人だと知らずに、どうして彼の悪口を言ってしまったのだろう。あまつさえ一瞬だけではあったが、彼のことを犯人であるとさえ疑ってしまった。さすがに口に出しはしなかったが、非礼を詫びる代わりに大粒の涙がまた頰を伝った。

「こんなときに聞くことでもないかと思うんですけど、前にうちのロゴで作ってしまったパンフレット、大帝さんに届いてしまってますよね？　処分はしていただけましたでしょうか？」

何のことかと考え、泰介はコンテナハウスの販促用パンフレットのことだと思いあたる。回らない頭で記憶を辿り、届いてしまってはいるもののすでに処分は完了していたことを思い出す。

「……それなら、大丈夫です。ミスプリントがあるものなので一つ残らず段ボール箱ごと処分して欲しいと清掃担当者に——」

そこまで口にしたところで、再び心がぐっと重くなる。処分しておいて欲しいと告げた自身の口調は、果たしてどのようなものであっただろうか。驕《おご》りがあったのではないだろうか。金を払ってるんだからきっちり仕事をしろという横柄さが滲んでいたのではないか。もはや夢物語であるような気さえしてしまうが、仮に大帝ハウスの社員としてまた再び職務に復帰できる日が来るのであれば、彼女たちにはきちんと謝ろう。

「——処分してもらったんで」

「そうですか。ならよかったです。また不完全な修正版が届いてしまうかと思いますが、それも処分をお願いします。昨日ご指摘いただいた日本語のミスが直ってませんので」

「……申し訳ないです」

「いえ、ですから、業務上のことなので仕方ないと思います。それにおかげで山縣さんの無実にも気づけたわけですし。結果的には色々とよかったです」

慰めが生傷の上にそっと巻かれた包帯のように、優しく泰介の心を包み込む。食事を終え口元についていたケチャップを乱暴に拭うと、その場で深々と頭を下げた。必然的に土下座のような恰好になる。青江は、顔を上げてくださいとやはり抑揚のない口調で言った。

「山縣さんは、これからどうなさるおつもりですか？」

「……これから」

「ひとまず、ご家族には連絡されたいですよね。まあ、居場所が割れてしまうリスクは高まってしまいそうですが」

家族。

青江の言葉に、泰介は随分と久しぶりに家族について考えた。無論、完全に存在を忘れていたわけではなかったし、当然ではあるが逃亡しながらも頭の片隅には間違いなく家族の姿があった。絶対に、五体満足で生還しなければならない。なぜ。なぜってそれは、愛する家族のために。しかし泰介の中の家族という概念は、自身にとって都合よく記号化されたピクトグラムでしかなかったことを、認めなければならなかった。妻と娘は俺を心配している。無実を心の底から信じてくれている。それは太陽が東から上るのと同じで、泰介の中では揺るがしようのない不変の事実であった。

しかし果たして本当にそうだろうか。

山縣泰介という存在そのものに懐疑的となっている今は、あらゆるものに対して疑問の眼差しが向く。泰介の中には、漠然と妻は幸せであるはずだという断定があった。金や結婚が人生のすべてではないと綺麗事を謳う者は多いが、しかし金や結婚に一定以上の価値があるのは誰の目にも明らかであるはずだ。妻、芙由子は、大帝ハウスの社員であったが、一般職の事務員であった。総合職の男性社員との間には差別的と呼んでも差し支えないほどの給料格差がある。三高という言葉が世間を賑わせた時期があったが、自分は概ねそれに当たるだろうという自負があった。そんな泰介は旦那として誰もが羨む存在であり、そんな自身と結ばれたのだから少なからず妻は幸せなのだ。

一度も口にしたことはないし、泰介自身であってもそんな思想を抱いていることにはほとんど無自覚であった。それでも冷静に自身の思想を腑分けしていけば、根底でそのような思い上がりに行き当たる。

夏実が生まれて数年経った頃から、芙由子は度々涙を零すようになった。泰介が仕事を終えて帰宅すると、芙由子はスポットライトを浴びるように一人、明かりがぽつんとついたリビングで静かに泣いているのだ。夏実はそんな母を心配しているときもあれば、気づかず一人遊びに夢中になっているときもあった。こういうときは大体、夕飯が用意されていない。昇進を重ねていくに連れて、泰介の両肩にのしかかる責任も加速度的に増していた。帰宅してから新たな問題に向かい合うのも億劫で、泰介はこういう日は決まって外食を提案することにしていた。日中、妻の身に何があったのかはわからないが、大体の不満や悩みごとは美味いものを食べて、欲しいものを手に入れれば霧散していくのだ。

さすがにファミリーレストランではケチくさい。ホテルかデパートに入っているそれなりに値の張るレストランに繰り出し好きなものを選ばせ、店がまだやっている時間ならば売り場に出向いて好きなものを買ってみたらどうだと促す。妻にだけプレゼントをというわけにもいかない。夏実も好きなものをどうだと背中を押してやれば、適当な菓子か玩具をねだるので買ってやる。芙由子はどうやら布が好きなようだった。服でも帽子でもなく、芙由子はいつでも布一枚でできあがっている製品を欲しがった。スカーフ、ストール、冬ならマフラー、そしてハンカチ。買ってやると子供のように無邪気に喜んで――というほどわかりやすい変化はなかったが、翌日になると何事もなかったようにけろっとしていた。泰介にとっては特にどうという感慨のあるイベントではなく、数カ月に一度の頻度で訪れる定期的なメンテナンスのような感覚であった。

しかしどうだろう。思い返してみれば、俺は一度だって妻の涙の理由を考えてやったことがあるだろうか。一度だって彼女が俺と結婚して幸せだったかどうか、きちんと真正面から考えてみたことはあるだろうか。思えば数度、妻が泰介に対して思いの丈をぶつけてきたことがあった。どうして私がこんな辛い思いをしなくちゃいけないの。しかしあまりに情けないことに、泰介は彼女が口にした「辛い思い」の内容を、今となってはまったく思い出すことができなかった。果たして彼女は、今の俺が無実であると信じてくれているだろうか。俺のことを心配して、俺のことを本当に必要としてくれているのだろうか。

泰介には、確信が持てない。

「……家族には、連絡できないです」

青江はおそらく泰介の言葉を微妙に異なったニュアンスで解釈した。

「苦しいですが、今はそれが賢明な判断かもしれませんね」

泰介は自身がしばらくあらゆるメディアに触れることができていない旨を告げ、世間ではどの程度のレベルで山縣泰介が犯人であるという説がまかり通っているのかを尋ねた。

青江は考えるように、そうですねと前置きしてから、ネットの意見を完全に俯瞰することはできないが、ほとんど百パーセントと言っていい人たちが泰介のことを犯人であると確信している。ごく少数の人間が泰介を犯人呼ばわりすることに警鐘を鳴らしているが、その論拠は私刑に対する批難であったり、推定無罪の原則を大事にしようという主張であったり、ただただマイノリティであることを喜んでいる逆張り主義者のアジテーションであったりで、泰介の無実を理性的に信じている人は皆無であると所見を述べた。勤務中なのでテレビやラジオは確認できていないが、きちんとした報道媒体から発信されているネットニュースなどでは、どこも泰介が犯人であるという断定的なリリースは出していない。しかし事件について事情を知っていると思われる家主を捜索中、当日公園の近くで目撃されていた男性を捜索中——といった文言は遠慮なく使われていることから、ほぼほぼ泰介が犯人であると確信していると思われる。ある意味で、九分九厘泰介が犯人であると認識しているものの、万が一、万々が一のために保険として実名報道はしていない——というラインを巧みに守った報道が続いている。

「山縣さんは、警察に助けを求める考えはないんですか」青江は一度、振り返って窓の外に誰もいないことを確認した。「たぶん数はそれほど多くはないと思うんですが、一部では自分で山縣さんを見つけて確保しようと考えている過激な素人がいるみたいです。さっき、男女二人組がこのコンテナハウスの前に立ってたんですけど、お気づきになりましたか」

「……あの、包丁を持っていると言っていた？」

「包丁持ってたんですか？」

「口ではそう言っていました」

青江はさすがに動揺したのかわずかに目を大きくさせる。

「あの子らも、たぶんそういう人たちなんだと思います。どうやってここのショールームに目星をつけたのかはわかりませんが……。いずれにしても、山縣さんがしばらくここにいたいというのなら匿うことはできます。でもああいう一般人がいることを考えると、ここもじきに安全ではなくなってしまう可能性があります。だったら、まあ、『出頭』という言い方は不適切ですけど、警察に自分から顔を出してしまうのもひとつの手なんじゃないですか」

「……警察は私の無実を信じてくれると思いますか？」

泰介としては純粋な気持ちで一意見を尋ねたのだが、青江は正確な判断を求められていると思ったのか、しばし押し黙った。そして深い逡巡の後に告げた。

「正直、わからないです。警察が何となく疑わしいという理由だけで山縣さんを殺人犯だと見なすことはないと信じたい気持ちもありますし、冤罪事件のドキュメンタリーなどを思い出すと自白強要の末に押し切られてしまう可能性もあるのだろうなという思いもあります。詳しくはないですが、マスコミの報道についても、少なからず警察が情報の管理をしているとは思うんですね。どこまでの報道を許し、どこからの報道を許さないか。そう考えたときに、間接的とは言え、山縣さんが犯人であると示唆するような報道を許していることを考えると、やっぱり……」

「……私は、警察としても最も疑わしい容疑者」

「私もいざとなれば、山縣さんの応援をすることはできます。でも私にできる証言は、山縣さんは日本語に厳しい人だから――という程度のものなので、果たしてどこまで

「……」

そこから青江の話はトーンダウンし、明確な答えを出す前に尻すぼみになった。

しかし、警察から、攻撃的な素人から、あるいは日本中の目から逃げ続けるなど、とてもではないが推奨できた行為ではないですよ。青江は再び電源を入れ直したように言葉を並べ立てた。一生人目を忍んで暮らすのか、誰かの手引きで海外へと脱出するのか、あるいは真犯人が捕まって安全が確保されるのを穴蔵の中で待ち続けるのか。いずれにしたって過酷という言葉で簡単に片付けられるほど生やさしい選択ではない。だったら警察に身を預けてしまうのだって決して愚かとは言えないのではないか。

青江の話には一理あった。しかし当人としてもほとんど忘れかけていたのだが、泰介の中にはもう一つ、警察に身を預ける気になれない大きな要因があった。自宅前の野次馬を追い払った警察官の横柄な対応も気になったし、警察から直接携帯に電話があったのも気になった。しかし最終的に逆止弁として、泰介の投降してしまおうかという気持ちを堰《せ》き止めていたのは、他でもない。

「……封書が送られてきたんです」

「封書？」

泰介は持ってきていたショルダーバッグを開ける。砕けて壊れてしまった双眼鏡をのけて、奥にしまっておいた例の手紙を取り出す。食器の載っていたトレイを横にどかし、泰介の汗で皺になっていた部分をフローリングの上で丹念に伸ばす。

「これは？」
「職場に届いてたんです」
青江は前屈みになって、文面に目を通す。

山縣泰介さま
事態はあなたが想像している以上に逼迫しています。
誰も信用してはいけない。誰もあなたの味方ではない。
唯一助かる可能性があるとすれば、選ぶべき道は一つだけ。
逃げる、逃げ続ける。それだけです。
私はあなたに逃げ切って欲しい。
どうしても辛くなったら「36.361947, 140.4651870」

セザキハルヤ

「このセザキという送り主が誰なのかは正直心当たりがありません。ただ私がこうなることを知っていたような書きぶりで、違和感があったんでずっと持ち歩いてたんです。誰も信用するなというのは、つまり警察も信用できないのかと、そういう考えが過ってしまうんです。この数字の羅列についてもまったく意味はわからないんですが……」

「座標じゃないですか？」

「座標？」

「緯度経度じゃないですかね。もちろんこの数字を見ただけで、これがどこを示しているのかはわからないですけど。でも、Googleに打ち込めば出てくるんじゃなかったでしたっけ」

そう言うと、青江は自分のスマートフォンを取り出し紙と手元を行き来して数字を一つ一つ入力していった。最後の数字を入力すれば、青江が予想したとおり、画面上に地図が表示される。

示された地点がエッフェル塔であったり、サハラ砂漠のど真ん中であったりしたのなら意味のない情報だと切り捨てることができたが、大善市内のとある一箇所に赤いポイントがつけば無視はできない。どこだろうと思って地図を拡大してもらうが、ポイントは何もないとしか思えない丘の一点を示している。泰介の家からもそう遠くない。どうしても辛くなったら、ここに行けということなのか。しかしここに何があるというのだろう。

「行かれるつもりですか？」

「いや、まだ何とも……」

この手紙を差し出した人間を味方だと考えるのなら一も二もなく駆け込むべきだが、しかしそこまで信用していいのかもわからない。

青江が額に浮かんだ汗を拭う。布団を羽織っているだけで裸同然の泰介が凍えないよう、暖房がかなりきつめに設定されていた。

「そうだ、うちの作業着をお貸ししますね」

あまりにも至れり尽くせりで申し訳ない。固辞しようかとも思ったが、しかし服がなければまともに動けないのは悲しいかな事実であった。コンテナハウスから出て行った青江に改めて頭を下げ、一人になった室内で再度手紙へと視線を落とす。

今が、どうしても辛い状況なのかと問われれば、答えに迷う必要はなかった。今こそが人生で最も過酷な時で、心身ともに限界を迎えている。助けてくれるというのなら、まさしく藁《わら》にもすがる思いで飛びつきたい。しかしここにきて、この一枚の紙切れにそこまで全幅の信頼を寄せていいものなのか疑わしくなってくる。果たしてこの手紙をよこしたセザキハルヤとは何者なのだ。

考えている間に、青江がビニールに包まれた作業着と安全靴を持って現れる。頭を下げて再び礼を言おうとしたところで、青江の表情に余裕がないことに気づく。

「警察が、事務所に来てます」

ぐっと内臓に負荷がかかったように、動揺が吐き気に還元される。

青江は手早くビニールを外すと、泰介に作業着を手渡した。そして慌ててズボンから身につける泰介に、トヨタのロゴが入ったキーを見せた。

「社用車を一台お貸しできます。一応確認になりますが、警察に駆け込む気は、やっぱりないんですね？」

「……ええ」

「なら、どうぞ。シルバーのプロボックスです。ガソリンは十分に入ってると思いますが、止めてあるのが事務所の目の前なので、堂々と、いかにも業務中といった雰囲気で乗りこむことをお勧めします。万が一、警察が山縣さんに気づいたときには、『忍び込んでいたとは知らなかった。大事な社用車を盗まれた』と言い訳する予定なので、それだけご容赦願えれば」

何の問題もない条件であった。泰介には端から文句を言う資格などない。こんなにも罪深い俺に対してあまりにも親切に過ぎやしないだろうか。一周回って不気味さを覚えてしまい、思わず青江に厚意の真意を尋ねてしまう。

「まあ、そうですね……何と言いますか、言ってしまえばですよ」青江はきっと目を細めた。「やっぱり悪くない人が理不尽な目に遭っているのを見るのは気分が悪いんですよ。『正義の心』というのが、私の中にもあるということでしょうね。真実を知らないくせに自分勝手なことを言ってるやつらが気に食わないというのも、ありますし」

泰介は安全靴を履くと、青江とともにコンテナハウスを出る。一歩踏みしめるごとに声が出そうなほど足の裏が痛んだが、表情を歪めるわけにも、足をかばうような歩き方をするわけにもいかなかった。あくまでシーケンの社員を装い、日常の業務をこなすような態度で駐車場に止められている車を目指す。

「一番手前の車です」

小さく頷き、事務所のほうへと消えていった青江と別れる。蓄積された疲労が泰介を落ち着いているように見せた側面もあったが、まさしく命からがらの修羅場をくぐり抜け続けてきた泰介は、ただ堂々と歩くというそれだけのことが昨日よりも明らかに上達していた。事務所のほうはどうなっているのだろう。警察は何人来ているのだろう。そもそも青江以外の社員は泰介のことを認知しているのだろうか。気になることは無数にあったが、車に向けた視線を一切ぶらすことなくポケットの中でキーのボタンを押し込む。ハザードとともに解錠された車に乗り込み、まごつくことなくエンジンをかける。

まだ目的地は決まっていなかった。このまま止まることなく、延々と北上、もしくは南下してみようか。考えてみたが、当てのない逃避行の先に明るい未来があるとは思えなかった。

なら、例の座標へと向かってみるか。

罠かもしれないという一抹の不安は当然ながらあった。しかし地の果てまで永遠に逃げ続けることなど不可能で、万に一つでも事態を劇的に好転させるきっかけがあるとすれば、選択肢はこれしかないのではないだろうか。泰介は一縷《いちる》の望みを託すというよりは、半ば自暴自棄にも似た気持ちでサイドブレーキをおろす。

泰介は左ウィンカーを点滅させながら、昨日も通った道へと乗り出した。

住吉初羽馬

あんたがこの事件の諸悪の根源だ。

初羽馬はサクラの態度が豹変したことにこそ驚いたが、彼女の言葉それ自体には心を動かされなかった。多少の心当たりがあればまだしも、今回の事件と自分との間には何一つ関連性がない。こちらの気を引こうと、またも妄言を繰り出したのだ。呆れる思いが哀れみへと変わり、いよいよ相手をすることに露ほどの価値も見出せなくなる。見切りをつけて車へと戻ろうとすると、初羽馬の目の前を一台の車が走り去っていった。シーケンのロゴが入っている社用車だ。先ほど社員とトラブルになったばかりなので思わず尻込みをすると、しかし運転席に乗っていた男性の顔に既視感を覚える。

あれは——

「……やっぱりここに、いたんだ」

背後からサクラの声が響く。車を運転していたのは他でもない。

山縣泰介だ。

本当にここにいたのか。驚きと同時に、サクラが根拠を持ってこのショールームを目指していたことに、また一段と恐怖がせり上がってくる。彼女の背後にはどうやら本当に精度の高い情報を保持している組織が控えている。

無謀にも走って山縣泰介を追おうとしたサクラだったが、走る車に追いつけるわけがない。サクラは車の消えていった方向を指差し、すぐに追って欲しいと縋《すが》ってきたが、初羽馬の心はすでに硬い石になっていた。もう事件とは関わり合いにならない。彼女はここに置いていく。すべては身から出た錆に違いない。無視して歩き出そうとすると、サクラは肩を怒らせて初羽馬に向かってくる。

女性を相手に手荒なまねは働きたくなかったが、相手がその気であるならば応戦しなければならない。怪我をさせないためには加減が必要だななどと考えているうちに、コンクリートに背中を叩きつけられていたのは初羽馬のほうであった。驚きと羞恥心で瞬時に赤く染まった初羽馬の顔に、サクラの涙が数滴落下した。

「あなたが、あなたさえあんなことをしなければ」

組み伏せられている手前、強い反論の言葉も吐き出せない。それでも、適当なことを言うのはやめて手をどけて欲しい、こちらは何も悪くない、おかしな妄想でこれ以上事態をややこしくするのは賢明な判断ではない。物理的な劣勢をどうにか理屈と冷静さで取り返そうと必要以上にゆっくりと語りかけてみるが、サクラは耳を貸さない。

「これが何か、わかりますか?」

サクラはスマートフォンを取り出すと、それを初羽馬の眼前に突きつけた。正視してやるつもりはなかったが、目の前に差し出されれば目を背けることはできない。画面に表示されているのは何かの折れ線グラフであった。これは何なのだ。まったくもって意味がわからないと口にしようとしたところで、一つの可能性に思いあたってしまう。

まさかと邪念を払おうとするも、気づけば息が止まっている。

「これはTwitterにおける『血の海地獄』というワードのツイート数の推移を示したグラフです。例のアカウントが最初の呟きをしたのは十五日の午後十時八分。その時点での呟き数は、これです、ここ」

彼女が示した位置では、折れ線グラフはまだグラフとも呼べない、それこそX軸に沿うようにして走る底辺でしかなかった。

「微動だにしていなかったグラフはここで途端に爆発的な急上昇を見せます。ここ。しっかり見てください、ここ！」

サクラが指摘するとおり、グラフはとある一点からまさしく塔がそそり立ったかのように急上昇していた。最初の呟きから実に十一時間が経過していた、十六日の午前九時。何があった時刻なのだろう。どうしてこんなことになったのだろう。とぼけるよりも先に言い訳が飛び出した。

「いや、それは偶然、その時間に――」

「『すみしょー』が、あなたが、例のツイートを引用リツイートした時間です」

初羽馬は画面に対して力強く首を横に振った。

「違う」

口にしてから、慌てて理屈を構築していく。初羽馬のフォロワー数は千人程度だった。一般人にしてみれば多いには違いないが、しかし間違ってもインフルエンサーを名乗れるような数ではない。ただし、自身が立ち上げたイベントに呼んだ著名人との繋がりが発生することは多く、フォロワーには幾人か有名人がいた。初羽馬自身もそのことを少なからず誇りに思っていたのだが、今ばかりは肝の冷える事実であった。思えば昨日の朝、自身のツイートをリツイートしてくれた人物の中に、そんな著名人の名前があった——ような気がする。いや、気のせいに違いない。初羽馬は慌てて、一つの逃げ道を見つけ出す。

「それは僕がどうということじゃなくて、そもそもあの時点で僕の友人がリツイートをしていたわけだし——」

「知っています。私も流れを見てましたから。でもあなたが見たというご友人の引用リツイートは、実はあなたがリツイートする四時間も前になされたものなんです。かの呟きは、あなたが拡散に手を貸す前までは、実に四時間。四時間も、二十六リツイートのままだったんです。あのままいけば情報は広まらずにそのまま鎮火してしまうはずだったのに、なのに、あなたが、他でもないあなたが安易にデマを広めたから——」

「いや、そんなの……だって僕は、ただ悪事を許したくないって思いで――」

「動機はどうあれ、あなたが無実の山縣泰介を追い詰めるきっかけを作ったんです」

「いや、そもそも山縣泰介が無実とは限らな――」

「無実なんですよ！　さっきからずっとそう言ってるじゃないですか。あなたのせいで無実の人間が、一晩中逃げ回る羽目になってる。人生を滅茶苦茶にされようとしている」

「いや……それは、だってあんな巧妙な情報、誰だって騙されちゃうじゃないか。僕は――」

「僕は――何ですか？　言ってみてくださいよ」

「ぼ、僕は悪くない」

サクラはスマートフォンをしまい、両手を握りしめてそっと初羽馬の胸の上に置いた。ぐっと押しつけるでも、思い切り叩きつけるわけでもなく、ただそっと胸の上に両手を添えていた。しかしサクラの拳《こぶし》がどれほど強く、硬く握りしめられているのかが、初羽馬にははっきりとわかった。

「全部じゃないですか。全部」

「……全部？」

「住吉さんのサークルが開いた、『ネットでの出会いを考えるシンポジウム』。参加して私は愕然としたんです。私はネットでの出会いについて、被害者の観点から意見を述べてもらいたいと、そういう要請を受けたので話をしようと思いました。なのに行ってみれば、私の意見など特に聞く気もなく、ただひたすらに、延々と続く、地獄のような傷の舐め合い。あなたたちはネットでの出会いを考察しようとしていたんじゃない。あなたたちは世の中をどういう方向に動かしていけば明るい未来が待っているのか議論していたんじゃない。あなたたちはただひたすら、時間をたっぷりと使って、自分たちが悪くない言い訳を捏《こ》ねていたんです。たまたま今回はそういう議論になっちゃったのかな――必死に言い聞かせて、YouTubeに上がってた他の議題のときのアーカイブを見ましたよ。心の底からゾッとしました。すべての議題の前提が『どうして自分たちは悪くないか』だったからですよ」

サクラは硬い拳を高々と持ち上げると、しかし振り下ろす瞬間にスピードを緩めて、初羽馬の胸をとんと優しく叩いた。

「確かに上の世代が残した負の遺産に苦しめられている部分もあるでしょう。自分たちの力ではどうにもならない理不尽に苦しめられる瞬間もたくさんあるでしょう。古い価値観で若い可能性が摘み取られている現場も世の中にはたくさんあるんでしょう。でもね、文句を言っていいのは目一杯、力一杯、自分の持てる限りの力を出し切った人間だけです。あなたは何をしましたか？　あなたは何を成し遂げましたか？　イベントを開いて、その場にいない人間の悪口を並べ立てて、拍手をしてイベントを閉幕させる。それだけです。あなたがやってるのは前進でも後退でもない、停滞の言い訳です。今回もそうしますか？　今回もまだそれを続けますか？　今回の事件、実際のところ最も悪いのはどう考えたって犯人です。そして二番目に悪いのは——恥ずかしいけど、悔しいけど、認めたくなんかないけど、絶対にこの私なんです。でもね、三番目か、四番目か、五番目は、間違いなくあなたなんですよ、住吉初羽馬さん」

初羽馬が次の言葉を口にする前に、サクラは初羽馬への拘束を解いた。

さすがに声が大きかった。何事かとシーケンの社員が様子を見に来ていた。サクラは社員が先ほど自分たちに声をかけてきた男性社員であることに気づくと、涙を拭って駆け寄った。そして何事かを小声で必死に伝え始める。二人がそのまま事務所のほうへと消えてしまうと、初羽馬は誰もいない事務所裏に一人取り残された。

ゆっくりと体を起こし、乱れた着衣を整え、体についてしまった土埃を手で払う。続いてすぐさま頭髪を直そうとしている自身に気づいたとき、言いようのない羞恥心に駆られた。洟を啜ったのは、寒さが身に染みたからだと言い訳をし、俯いたままその場から動けなくなる。

数分後に戻ってきたサクラは、まだ初羽馬がその場にいることに少し安堵したような表情を見せてから、口を開いた。

「……犯人がわかりました。そしてやっと思い出しました。『からにえなくさ』の意味」

そう口にした彼女の手には、一枚の紙が握られていた。

「さっきはキツいことを言ってすみませんでした。でも訂正する気はないです」

サクラを直視できなくなった初羽馬が改めて下を向くと、サクラは潔いほど綺麗に頭を下げた。

「協力してください」

木枯らしが吹く。

「このままだとほんの小さな子供の手によって、山縣泰介が殺されてしまう」

山縣 夏実

家を出て、十分と少し。

えばたんが質問をしたそうにしていたのはわかったが、夏実は無視をしてひたすら目的地へと歩き続けた。万葉町を東に抜け、やがて二人は小高い丘の麓へと辿り着く。

正式名称は順葉《じゅんよう》緑地。近隣の人間はただ「丘」とだけ呼んでいる、味気のない野山であった。

麓から更に細い道を十分ほど登る。冬場だったので草木の生い茂り方は比較的控えめではあったが、それでも手入れのされていない山道はお世辞にも歩きやすいとは言えなかった。この道で合ってるんだっけ。不安になる度に足下を見つめ、うっすらと雑草がはげている箇所を踏みしめて丘を登っていく。

やがて錆にまみれた進入禁止のフェンスを慣れた足取りで乗り越えると、背の高い木々に覆われた三軒の家屋が露わになった。一目見ただけで何年も放置されていることがわかる、寂れた昔ながらの和風の建築で、いずれの屋根も古めかしい瓦でできている。

「……ここは？」

遠慮がちに尋ねてきたえばたんに対して夏実は、答えた。

「瓦屋根が三つ並んでいて、この真ん中のお家が『からにえなくさ』」

「……何なの、それ？」

「そこにあった看板、ちゃんと見なかった？」

えばたんが頷いたので戻って説明をしようかとも思ったが、改まって見せるほど大層なものでもないかと思い直し、そのまま玄関のほうへと進む。そして歩きながら、この家に纏わるエピソードについて、夏実が知っている限りのことを語った。

もともとは、個人経営の牧場のようなものがここにあったらしい。夏実も夏実の両親も詳細は知らなかったが、二年前に転校してしまった友人の祖母が事情に詳しかった。少々変わり者の一家が住んでおり、自給自足の生活を目指しながら数頭の動物を放し飼いにして、小規模な牧場、あるいは動物園を名乗っていた。動物と触れあいたかったら数百円払ってくれ——というようなシステムだったらしいのだが、さすがに立地も悪い上に、一家の愛想のなさも手伝って繁盛はしなかった。まもなく経営は破綻。「逃げる」という言葉のニュアンスが夏実にはもう一つ鮮明には理解できなかったが、とにかく家族はとある夜に「逃げる」ことにしたらしい。

そのまま放置されているのが、この三軒の建物。

ちょっと行ってみようよ。友人にそそのかされ、初めて足を踏み入れたのが去年。一応のところ背の低いフェンスで囲われているが、その気になれば小学生でも簡単に乗り越えることができた上に、扉に鍵はかかっていない。最初は肝試しのようなつもりで何度か中に入って友人とお菓子を食べたり秘密の会話をしたりと、実に子供らしい使い方をしていたのだが、置いたままにしておいたちょっとした荷物が次回来たときにもまったく動かされている様子がないことに気づくと、いよいよ自分たちの秘密基地であるような感覚が芽吹いてきた。友人の転校を機に足を運ぶ頻度はがくりと減ってしまったのだが、いずれにしてもここが「からにえなくさ」と呼ばれている場所で間違いない。

未だにえばたんは何も腑に落ちていない様子だったが、夏実は気にせずに木製の引き戸を開けた。この日も、室内は夏実が最後に訪れたときのままの状態で保存されていた。

本来なら靴を脱ぐべきであるのだろうが、あらゆる場所が土埃にまみれているので気にせずに靴のまま古くなった畳の上へとあがる。えばたんもそれに倣い、後ろからついてくる。居間には二人がけのソファが向かい合って二つ置いてあった。どちらも汚れてはいるが、比較的新しいので座り心地は悪くない。夏実は埃を払って、そのうちの一つに腰掛ける。えばたんも恐る恐るといった様子で向かいのソファに座った。どこから説明するべきだろう。考えた瞬間、座っていたソファにささやかな違和感を覚える。何だろうと思って異物感のある場所へと手を伸ばしてみると、そこに何かが挟まっていることに気がつく。

「……あ、ここにあったんだ」

何があったのと尋ねてきたえばたんに対して、夏実は隙間から取り出したそれを見せつける。

「お父さんのウォークマン」

夏実は再びソファに座り、ウォークマンを操作しながら安堵のため息を零す。

「見つかってよかった……私がここに忘れちゃってただけだったんだ」

「……わざわざここで、音楽聴いてたの？」

「ううん。違う」

夏実は力なく笑った。

「お父さんのふりして、Twitterやってたの」

えばたんは、夏実の言わんとしていることがすぐにはわからなかったのか、数秒の沈黙を作った。しばらく答えを探すように室内に視線を彷徨《さまよ》わせ、やがて気まずさに根負けしたように、尋ねる。

「山縣さんが……山縣さんのお父さんのふりをして、Twitterをやってたってこと？」

「そう。でもここじゃネットに繋げられないから、ここで呟きの内容を書いて、お家に帰ってから投稿するようにしてるんだけどね」

「……どうしてそんなことを？」

夏実は質問には答えず、大きなため息をついた。そして頭を下げてえばたんに詫びた。

「ごめん、江波戸くん。ずっと黙ってたことがある」

躊躇いを飲み込むように、数秒の沈黙を作る。それから、えばたんの横にある棚に以前持ち込んだお菓子があるはずだから食べてもいいよと、関係のない話で間を繋ぐ。しかしやがてはえばたんの視線に炙り出されるようにして本当のことを白状した。

「そのメモを書いたの、私なんだ」

ぽかんとしていたえばたんだったが、静かにポケットからメモを取り出すと、震える瞳で夏実のことを見つめた。

「江波戸くんのおじいちゃんが見た人影の正体も私。あの公園の近くで待ち合わせをしてたの。でも私、スマートフォンとか持ってなくて、ウォークマンで連絡を取り合ってたから、どうしてもネットに繋げる必要があって……だからパスワードなしで接続できるWi-Fiを探して、少しおかしな場所に立ってたの。江波戸くんのおじいちゃんにビックリして、慌てて乗る必要もないバスに乗り込んじゃったけど……。本当は待ち合わせ場所に来てくれた人に『からにえなくさ』のメモを渡して、ちょっとした場所当てクイズをしてから、ここで話し合う予定だった。瓦屋根が三つあるなかで『からにえなくさ』の目印があるお家はどこでしょう、って。だから、ごめんね。これ以上捜査を続けても、犯人には辿り着かない」

えばたんはどうにか夏実の言葉を咀嚼《そしやく》するようにぎこちなく頷くと、やがてキッチンのほうに放置されていた大きなプロパンガスのボンベへと目を留めた。一本は横倒しになって破損していたが、もう一本には汚れこそあるものの傷らしい傷はない。そしてボンベのてっぺんにはゴム製のホースが取りつけられており、ホースの先は泥にまみれたシンクの上に放置されていた。更にシンクの横には、真新しいチャッカマンが、置かれている。

「……それ、危なくないの？」

えばたんが言わんとしていることがわかった夏実は、苦い表情を浮かべてから俯いた。

「危ないと思う。でも、そのくらい追い込まれてたんだよ、私も。『火をつけたら、全部吹き飛んでくれたりしないかな』って考えて、本当に火をつける直前のところまで行ってたの、結局やめたけどね」

「……追い込まれてた？」

「さっき家に来てもらったときに、私がネットで見知らぬ人と会おうとしたときのことで、お父さんに怒られたって話、したでしょ？」

「……うん」

「すごく怒られた――とも言ったよね」

えばたんが頷いたのを確認すると、夏実は当時の詳細を語ることに決めた。

あのときの父は、夏実がこれまでの人生で見てきたものの中でも、最も恐ろしいものであった。怒鳴りつけられたのではない。ましてや殴られたわけでもない。警察から事情を聞いた父は、一切の表情を失い、考えられない、と、信じられないの二言だけを零した。まだしも大声で叱られたほうがわかりやすかった。せめて今後の指針を示して欲しかった。

父は青白い顔でゆっくりと首を横に振り続けると、やがてむっくりと椅子から立ち上がった。そして夏実の罪の重さを、口ではなく罰の大きさで教えることに決めたようだった。無言で夏実のことを庭に連れだし、倉庫の中へと押し込んだ。母は止めようとしてくれたが、結局、父を制御することはできなかった。扉を閉じられると、照明のない倉庫の中は真っ暗になった。重たい扉は施錠されていなくとも夏実一人では開けることができない。しかし父はやはり夏実を厳しく罰するために、扉に南京錠をかけた。

結局扉は、日を跨いだ翌日になるまで開けられなかった。

最初こそ夏実は、硬いコンクリート製の床の上に体育座りをしながら自分がいかに罪深いことをしてしまったのか反省していた。しかし一時間も経てば反省の材料も尽き、ひたすらに苦行を強いる父に対する不信感ばかりが募っていった。私はじゃあ、どうすればよかったんだ。私は何を間違えてしまったんだ。どうしてここまでのことをされなければいけないんだ。私はそんなに悪いのだろうか。多少は悪いかもしれない。でもやっぱり――

「それは……酷いね」

えばたんが驚いたように目を点にしてくれると、夏実の心は柔らかい毛布で包まれたように、静かに救われる。やっぱりそうだよね。酷すぎるよね。誰に相談することもできずに一人で抱え続けてきた問題に対して、初めて第三者による正当な評価を手に入れた心地になる。同時に自分がやろうとしたこと、やってしまったことに対する正当性さえも手に入れたような気分に、目頭がじわりと熱を帯びる。

「だからね、お父さんに見せつけようって思ったの。私は悪くないはずだって。悪いのは私じゃないって。『私は私の信念を貫く』んだ、って」

「……翡翠の雷霆だ」

えばたんが口にすると、夏実は、そう、そのとおりだよと言ってから、ポケットに入れていたピンバッジを取り出した。スターポートで謎の男性からもらったピンバッジは、夏実の正当性を支持するように、きらりと控えめに、しかし力強い光を放っていた。思えば、実にいいものをもらえた。私はこれを手にするのに、相応しい人間だったのだ。そんな感慨に浸っていた夏実はしかし、肝心の主人公の名前をど忘れしていることに気づく。「翡翠の雷霆」の主人公って、なんて名前だっけ。尋ねると、えばたんは教えてくれる。「セザキハルヤだよ」と。

堀 健比古

「逆に、私から質問させてもらっても、いいでしょうか」

尋ねども尋ねども、わかりませんを重ね続けてきた芙由子の改まった言葉に、堀は居住まいを正した。どうぞと促してもすぐには言葉を選べないようでしばらく虚空を見つめていたのだが、やがて握りしめていたハンカチをそっとテーブルの上に置いた。

「警察の皆さんは、主人が犯人だと考えている――そういう認識で間違いないでしょうか？」

そのとおりですとは、口にできなかった。どうかわすべきか。どういった表現を選べば角が立たないだろうか。堀は短い時間で瞬時に言葉を組み立てようとしたのだが、芙由子はわずかに生まれた沈黙を肯定の意思表示であると受け取ったらしい。彼女が小さく頷いたのを見て、誤魔化すのは得策ではないと判断したらしい六浦が、かいつまんで状況を説明した。

被害者と泰介がマッチングアプリで連絡をとっていたこと。アプリ使用のための身分証明書として泰介のマイナンバーカードが使用されていたこと。被害者は両名ともに、男性から約束以上の金銭を巻き上げるという手口を使う、売春組織の中でもとりわけ悪質な集団に属していたこと。そんな彼女たちの違法行為に怒りを覚えた人間の犯行であると思われていること。

堀は六浦がマスコミ発表以上の情報を口にしないだろうかと警戒していたが、彼の説明は許容範囲内のものであった。今となっては妻の芙由子も信頼できる情報提供者とは断定できない。

芙由子は六浦の話を聞き終えると、ぽつり、ぽつりと、不安定な積み木をゆっくりと重ねていくように、静かなリビングに言葉を落とし始めた。

「ちょっとずつ、私も冷静になってきました」

右手をハンカチの上に添えた。

「先ほどもお伝えしましたけど、時折、無性に苦しくなるときがありました。どうして私ばかりがこんなに辛い目に遭っているのだろう。どうして私ばかりがこんなに苦しんでいるのだろうって。どうしてそのことについて、私の周囲にいる人たちはこんなにも無理解なんだろう、って。こういう感覚は、ともすると皆さんのような働いている男性の方にはピンとこないものなのかもしれません。家で家事をずっとこなしていると、ですね。徐々に自分の立ち位置がわからなくなってくるんです。昇進も昇給も、仕事に対するフィードバックもないまま、ただただ家という檻の中で毎日似た作業が繰り返されます。『ご飯美味しい』『いつもありがとう』そんな一言があればいくらか心は救われるのかもしれませんが、そういったものが私の家では希薄だったものですから、段々と……そうですね。自分がこの世界から切り離された、壮大な除け者になったような気持ちになってしまうんです。主人は年を経るごとに交友関係を広げ、収入を増やし、社会的地位をみるみる上昇させていきます。一方で私は、自分が他の家庭の主婦に比べてどれだけうまくやれているのか、落ちこぼれているのか、それさえもわからない。旦那を持つ友人はもちろん数名いますが、彼女たちの働きぶりなど厳密にはわかりようもありません。私はずっとここに、ずっと同じ存在としてぽつんと取り残されている。当たり前ですが孤独です。日中、主人を会社に、娘を学校に送り出して誰もいない家の中にいると、意味もなくぽろぽろと涙が零れることがありました」

芙由子は深い呼吸で心を落ち着ける。

「じゃあどうする。この孤独感をどう飼い慣らす。たぶんある人は誰かに愚痴をこぼすんでしょうし、主婦業の大変さを理解させようと熱心な活動に励んだりもするんでしょう。私は耐えられなくなったので、主人一人の収入で十分生活のやりくりはできるのですが、敢えて社会との繋がりを求めるためにパートに出ることにしました。人に求められている。私の椅子がこの社会のどこかにきちんと用意されているんだ。実感を得られれば、多少辛さは緩和されましたが、それでもやっぱり隙をついて涙がぶわっと溢れ出る瞬間がありました。主人はそんな私を見ると、面倒くさそうに食事に誘うんです。そして私の希望も好みも訊かずに、ただひたすら値の張るレストランに連れて行きました。好きなものを食っていいぞって。どうしてこの人はここまで察しが悪いのだろう。どうして私の気持ちをわずかだって慮《おもんぱか》ることができないのだろう。そんな気持ちの中でとる食事が美味しいはずもありません。さらに食事を終えると、主人は決まって買い物に連れ出し、好きなものを買ったらどうだと言うんです。私がここで瞳を輝かせて、やったやったと、十代の少女のように喜ぶと本気で思っているのか。そう考えると、また一層、主人の愚鈍さに言い得ぬ不快感が募っていきました。無論、お金を稼いできてくれているのは主人ですが、家計の管理をしているのは私です。ここで十万円のものをねだれば買ってはもらえるのでしょうが、相応家計に負担がかかることを理解しています。断ろうと思うのですが――醜い話で恐縮なんですが――それはそれで、やっぱり悔しいんです。だからいつも五千円くらいは、主人にお金を使わせてやろうって、そういう知恵が働くんです。そうなるとコートは買えません。ブラウスも、靴も、五千円では心許ない。そうなると――ねだれるものは、こういうものに落ち着いていくんです」

芙由子はハンカチを手に取る。

「こういうアイテムが一つ、また一つと増えるにつれて、私はそれがまるで主人の愚鈍さと無理解を、同時に私の孤独と正当性を象徴するアイテムであるように思えて、なんだか嬉しかったんです。

私は主人が家の中でおろおろとしているのを見るのが好きでした。あれが見つからない、これが見つからない――そんなものの場所もわからないの？　そういうシーンに直面する度に、あぁ、やっぱりこの人は駄目な人だ。私がいないとろくに日常生活も送れないんだ。だから彼が会社で得ている名声や収入の四十パーセント、いや六十パーセントくらいは、実は彼を支えている私にあてられているものなんだ。そういうふうなことを考えて自分をひたすら慰めました。駄目な夫に、自分が駄目だと気づかせないよう、すべての苦痛を一手に引き受けている、可哀想な奥さん。私は何も悪くない。私が悲しい気持ちになるのは、全部、愚鈍な主人のせい。だから正直言うと、今回の事件についてもショックを受けながら、絶望しながら、とんでもなく大きく心を乱しながら、でも心の一部分では、脳みその中のほんの一片、角砂糖くらいの大きさの箇所は、ちょっと喜んでたんだと思います。事件の内容を吟味する前から、ほら、また私が可哀想な目に遭ってる。主人のせいで酷い目に遭ってる。私は悪くないのに、私ばっかりがいつだって辛い試練を課せられている。可哀想、可哀想だね……って。だから察して欲しいと願いながら、どこかで察して欲しくないって思っていたのもまた事実だったんです。だってあの人が私の心の機微を繊細に汲み取って、ありとあらゆるすべてを私の希望どおりにしてくれたら、私は言い訳のひとつもできなくなるわけですから。

すみません、長々と自分のことを語ってしまって。おかしいですよね、ほんと。でも、ようやく冷静になれたんです。ようやく色々なことがわかってきました。一番、何も見ていなかったのは私だったんだって、ようやく気づけたんです。あの人は察しの悪い人だけど、察しが悪いだけで泣いている私を励まそうとしてくれたことには違いないんです。どうしたらいいのかわからないからこそ、美味しいものを食べさせ、好きなものを買っていいとしか言えなかった。あの人は一度だって、主婦は楽な仕事だとも、俺が金を稼いでやってるんだぞとも口にしませんでした。私に対して、実は敬意を払ってくれていたんです。悪かったのは、自分がどうして落ち込んでいるのか、どうして泣いているのか、きちんと伝えようとしなかった、私だったんです。私はかつて『ぶつかったことがある』という表現をしましたが、しかし正確な表現ではありませんでした。私はやっぱり肝心な部分ははぐらかして、ただヒステリックに喚いてみただけだったんです。本当のところは絶対に伝えない。伝えないから、私は理解してもらえない。こうしていれば、いつまでも可哀想な私でいられる」

芙由子は潤みかけていた瞳をハンカチで拭い、肺にたまっていた空気をすべて吐き出すような深いため息をつくと、表情をわずかに軽くした。

「以前、そんなレストランでの食事の際、どうしても辛くてオーダーをとりに来た店員さんに応じられなかったことがあったんです。よくないことだとはわかりながらも、ご注文はと尋ねた店員さんを、私は無視してしまったんです。そのときでした。主人は私に対して、はっきりと怒ったんですね。『どんなに気分が沈んでいようとも、すべての人に敬意を払いなさい。まだ注文が決められないなら、きちんと決めていないと言いなさい。どんな人であっても無視していい道理はない』と。そのときはムッとしましたが、でも今考えてみると主人の言い分が全面的に正しい。主人は強引な人でしたが、すべての人間にきちんと敬意が払える人でした。自分に厳しいがゆえに、他人にも厳しいだけ。ようやく、それを思い出せました」

芙由子は堀の目を見て、そして六浦の目を見て、またまっすぐに堀の目を見つめ直した。

「主人は犯人じゃありません。いかなる理由があろうとも、どれだけ非道を働いていた人間であっても、殺してしまおうと考える人では決してありません」

言い切った芙由子の表情は、憑《つ》きものが落ちたように晴れやかであった。

加害者家族の語る、あの人はそんなことをする人ではないという文句を、堀はかつて何遍も聞かされてきた。しかし耳にする度に言い返してやりたくなるのは、あなたたちは殺人を犯してしまう人間を実際に見たことがあるのかということであった。誰もが、鼻息が荒く、目が血走っており、口を開けば常に支離滅裂なことを口走る異常者をイメージしている。しかし実際に人を殺してしまう人間というのは何てことはない、本当に、ただの人、なのだ。芙由子の証言がいかに心の深いところから湧き上がった本音の吐露であったのだとしても、個人の心証は所詮それ以上でも以下でもない。

「主人は誰かに陥れられた――そうとしか考えられません。娘も主人との距離を測りかねて久しいですが、それでも気持ちは私とおんなじはずです」

家族を信じる芙由子の気持ちには美しいものがあったが、擁護派が一人から二人に増えたところで事態は何も変わらない。奥から娘が出てきて、お父さんは悪くないと言われたところで、堀としては現状の判断を変更することはない。しかし堀には今しがたの芙由子の発言が、引っかかった。

「娘さんは、ご主人との距離を測りかねている？」

「ええ……まあ、そうですね」

芙由子は口にするべきではなかったと後悔するように小さく顔を顰めたが、結局は包み隠さずすべてを語った。かつて娘である夏実が、ネットの掲示板経由で成人男性と面会する約束を取りつけてしまったことについて。相手が小児性愛の犯罪者であったことについて。事態が明るみに出て、酷く腹を立てた泰介が夏実を庭の倉庫に一晩中押し込んでしまった件について。そして小学校にまでクレームをつけに行ったことについて。それ以降、夏実は父に対してどう接すればいいのかわからなくなり、二人の間には溝ができてしまったことについて。

まったくもってノーマークの新情報であった。六浦のペンが素早く手帳の上を走る。

「少しだけ、娘さんにお話をお伺いしても？」

立ち上がろうとする芙由子を制し、ダイニングの母親が立ち上がった。そして廊下へと向かう。呼び出しに行ってくれたのだろう。大人しく待っていたのだが、しかし随分とまごついているなと思っていると、一人で戻ってきた母親は呆然とした顔つきで、首を小さく傾げた。

「夏ちゃん、出かけるって言ってたかしら」

「え？」

芙由子が奥の部屋で寝ているはずではと問いかける。

「夏ちゃん。家の中にはどこにもいない」

堀と六浦は立ち上がり、家族に断ってから家の中を捜す。しかし母親が言うように、夏実の姿はどこにも見当たらない。なぜか外へと続く窓の鍵が開いたままになっている。誰に何を告げることもなく、いつの間にか家を抜け出していたのだ。さてどこに行ったのだろう。昨日はいたはずだ。朝もいた。家族が騒いでいるうちに、堀と六浦の胸騒ぎが一つの像を結び始める。

犯人は山縣泰介でしかあり得ない。なぜならあらゆる偽装は家の中への侵入が不可欠であるから。しかし過去に空き巣被害はない。万が一、山縣泰介以外に犯人がいるとすれば、それは家の中に自由に出入りできた家族くらいしか候補がいない。

家族。

堀は六浦に対し、すぐに山縣夏実の行方について、捜査本部に調査を要請するように告げた。

山縣　泰介

それまで自身の足で走破してきた道のりを無に還すように、車は走った。

ほとんど建物らしい建物のない東内から、次第に交通量の多い大善市の中心部へ。道中一台のパトカーとすれ違ったが、さすがに泰介が自動車に乗っているとは想定もしていないのか、ちらりと車内を覗かれるようなことさえなかった。最も神経を使ったのは大善駅近くの交差点で停止した瞬間で、すぐ目の前を土曜日の歩行者が右から左から歩いては通り過ぎていった。しかしやはり社用車に作業着姿で乗っていたことが奏功したのか、泰介は誰に見とがめられることなく青信号とともに車の波の中に溶け込むことができた。

やがて目的の場所へと辿り着く。

例の手紙は携帯したつもりだったのだが、どうやらシーケンのショールームに置いてきてしまったらしい。いくつかのポケットをまさぐるが、どこからも手紙は出てこない。しかし座標の位置は頭に入っていた。何も問題はない。

目的の駐車場に車を止める。二十台以上は止められる規模の大きな駐車場であったが、舗装も整備もされておらず、ただの空き地の様相を呈していた。

泰介の止めたシーケンの社用車以外に車は一台もない。

順葉緑地――改めて駐車場に建てられている看板を見つめる。地元ではあるが、ほとんど近づこうと思ったことはない小高い丘であった。果たしてここに管理者はいるのだろうか。生い茂った緑は大切に育てられたというよりは、放置されて伸び放題になっていると言っていい。

巨大な樹木の塊に果たして入口などあるのだろうかとしばらく歩いていると、かすかに緑が割れている道らしきものに辿り着く。ここから登るのだろうか。座標が示していたのは順葉緑地の外れではなく、山頂付近と思われる中心部であった。泰介は足の裏の血豆を踏み潰しながら、一歩一歩、安全靴で丘を上へと登っていった。

草をかき分け続けて、およそ十分。ほとんど意味をなしていない進入禁止のフェンスが現れたところで、泰介は立ち止まる。

フェンスの向こうには、三軒の家屋が建っていた。いずれの家も瓦屋根で、そのうちの一軒の前には、古びた看板が立てかけられていた。文字はところどころ掠れており、うっすらと残っている文字を頭の中で補填してやらないと内容は理解できない。

ここから先、私有地につき立ち入り禁止
※動物にエサを与えないでください

もともとはそんなメッセージが書いてあったらしい。現在、正確に判読できる文字は、たったの七文字であった。

から、　エ　に　な　く　さ　※

かつては人が住み、そして動物でも飼っていたのだろうか。

泰介は慎重に家屋へと近づいていく。手紙の送り主が示していたのはここで間違いないだろうか。疑問はあったが確かめる術はない。立て付けが悪いのか、木が腐食してしまっているのか。引き戸は微かな抵抗を見せたが、しかし少し力を入れてやると簡単に開いた。鍵はついていなかったが、何者かが追って侵入してくる可能性を考え、落ちていた木片を敷居に挟んで鍵代わりにする。

室内は泥にまみれていた。恐る恐る中へと入り、ボロボロになった畳の上へとあがる。居間には劣化の酷いソファと机が二つずつ。避難場所か、あるいは隠れ家を教えてくれたのだろうか。どうしても辛くなったらここに来いというのは、つまりここに逃げ込めば安全だというメッセージだったのか。泰介の中で漠然とした安心感が芽生えたとき、背骨を支えていた緊張がだらりとほどける。同時に我慢してきた疲労が骨の髄から染み出す。しばらくここで体を休めよう。棚の上部には菓子まで用意されていた。甘いものは特に好きではなかったが、口にできるものがあるのなら蓄えておきたい。クッキーの封を切って口に放り込んだところで、しかし強烈な酸味に襲われ吐き出す。腐っていた。その場で何度か唾を吐いてから顔を上げると、棚に何やら電子機器が置いてあることに気づく。何だろうと思って手に取り、それが、かつて泰介が使用していたものと同型のウォークマンであることに気づく。

使いこなす前に手放してしまったので懐かしいという感慨こそ湧かなかったが、握りしめたときの感触にはどことなく記憶を呼び起こされるものがあった。果たしてどうしてこんなものがここにあるのだろう。考えながら、自身があのウォークマンをいつ、どのようにして処分したのだろうということがふと気になる。捨てた記憶も、誰かに譲った記憶もない。思い出せない。そのまま何気なくウォークマンの電源ボタンを押してみると、驚くべきことに画面にふわりと明かりが灯った。

充電してある。

奇妙ではあったが、スイッチが入るのなら自然と指が動いてしまう。ロックはかかっていなかった。画面をスライドさせると、いきなり一枚の写真が表示される。画像閲覧用のアプリが立ち上がっていたのだ。飛び上がるほど衝撃的な画像であったにもかかわらず、小さなため息しか零せなかったのはどうしようもなく疲れ果てていたから。

　泰介はいっそ笑みさえ零しそうになりながら、画像をスライドさせていく。現れる画像、現れる画像、見れば見るほどに意識が遠のいていきそうになる。最初に表示されていたのは泰介のゴルフバッグ。続いて表示されたのは泰介のドライバー。その次は泰介の家の庭。その次は、その次は——これこそが、犯人がTwitterの投稿用に使っていた端末だ。ということは、やはりこれは罠だったのだ。

　ソファまで移動する気力もなくなりその場に崩れ落ちると、異様な腐臭が鼻をつく。吟味するまでもなく、臭いの発生源は目の前の棚であった。力の入らない左手でそっと扉を開けると、まず見えたのは青白いつま先、続いて太腿。最後まで開けきる前に臭いに耐えられなくなり、扉を閉めてしまう。腐臭に押し出されるようにして体を引きずり、ソファに座るのではなく、床に尻をつけたままソファに背を預ける。

　これで俺は、三人の女性を殺めた凶悪犯か。

　あまりにも悪辣な濡れ衣であったが、もはや泰介の中に怒りの感情はなかった。途方もなく疲れていたということもあるが、それ以上に、謂《いわ》れのない罪が降りかかることに一種の正当性を感じ始めていた。確かに人を三人も手にかけるような極悪人ではなかったかもしれないが、しかしどこかで断罪される必要があったのだ。あるいはすべて必然だったのかもしれない。

　明日はおろか、十分先の未来さえ見えなくなった泰介の眼前に飛び込んできたのは、キッチンに放置されていた、大きなガスボンベであった。ボンベからはゴム製の細いホースが延びており、その細いホースの先には——泰介は、立ち上がってキッチンへと向かう。

ホースの先には、チャッカマンが放置されていた。そしてその横には、謎のピンバッジと手書きのメモが添えてある。

——辛くなったら、いつでもどうぞ。今度はあなたが暗闇に閉じ込められる番

泰介はピンバッジを指先でつまみ上げ、しばしチープな鈍色《にびいろ》の輝きに目を細める。そしてチャッカマンを手に取ると、ボンベのほうへと目を向けた。上部には手で回せるバルブがついている。捻れば、果たしてガスが漏れ出すのだろうか。そしてガスが充満した室内でチャッカマンに火を灯せば、大きな爆発でも起こるというのだろうか。泰介は握ったチャッカマンが、ほんのりと湿っていることに気づく。同時に、建物に入ったときからうっすらと灯油の臭いが漂っていたことをようやく知覚する。メモの横には、湿ったタオルが放置されていた。

その気になれば、この家は簡単に燃やせるぞという、犯人からのメッセージだろうか。

泰介は、今一度、メモ用紙に視線を落とす。

——辛くなったら、いつでもどうぞ。今度はあなたが暗闇に閉じ込められる番

さて、このメモが言わんとしている「今度」というのは、いつを指しての「今度」

なのであろうか。泰介は回らない頭で考えてみるが、しかし答えにはたどり着けなかった。泰介はチャッカマンを握ったままその場に座り込むと、腐って穴の空いている天井を見上げた。

さて、現実的に考えてどうだろう。俺はここからどのような道を選ぶのだろうか。考えてみるが、明るい未来の姿は一向に見えなかった。

もう一度奮起し立ち上がったとして、果たしてどれだけ逃げ続けられるだろう。警察に捕まれば二人の女性を殺した殺人犯として――否、三人になってしまったのだった――おそらく極刑に処される。青江によれば報道は泰介が犯人であるという論調一色で、誤解が解ける可能性は限りなく低いように思える。完全なる手詰まりだ。ならば、いっそ自分の手ですべてを終わらせるというのもあり得ない選択では、ないのではないか。むしろこれは、自害することによって一種の罪滅ぼしをさせてくれるという、神が与えてくれた最後の優しさなのではないだろうか。

泰介はそのまま眠りに就くように、静かに目を閉じた。

次の瞬間、入口の引き戸が音を立てた。気のせいかと思ったが、もう一度はっきりと引き戸が揺れる音がする。何者かが開けようとしているのだが、先ほど泰介が木片で鍵をかけたので開けられないのだ。いよいよ真犯人のお出ましか。そんな予感を胸に抱きながらも、もはや誰が犯人であるのかはさほど重要な問題でもないような気がしていた。誰でもいい。もはや何がどうなっても構わない。どこかテレビの向こう側の問題に意識を向けるようなつもりで引き戸を見つめる。

「お父さん」

耳馴染みのある声がした。

「お父さん」

夏実の声だ。

お世辞にも子煩悩とは言えない泰介であったが、実の娘の声を聞き間違えるはずはない。泰介は声を聞いたその瞬間に、この事件の正体を、脳内に散らばっていたあらゆるピースを繋ぎ合わせて合点する。

そして瞬時に、メモの真意に到達する。

——辛くなったら、いつでもどうぞ。今度はあなたが暗闇に閉じ込められる番
いまの状況はなるほど、見事なまでに彼《か》の日と対照をなしているではないか。ネットで見ず知らずの男性と出会う約束をしてしまった夏実を、泰介は一晩中真っ暗な倉庫の中に閉じ込めた。なんでそんなことをしたのですかと誰かに尋ねられれば、それはもちろん躾《しつけ》の一環だとあの日の泰介なら答えただろう。しかし今の泰介には、それが完全なる欺瞞《ぎまん》であることに気づける。

泰介はただひたすらに怖かったのだ。

自分の娘がとんでもない被害に遭ってしまうかもしれない瀬戸際だったことを知った際、泰介は果てしない無力感の中に叩き落とされた。俺はどうすればよかったのだ。

考えても考えてもわからなかった。ネットでの振る舞い方を教えられるほどの知識はない。腕力や体力で解決できる問題でもない。答えのない恐怖は、巧みに正解だけを選び取って生きてきた泰介を、決定的なまでに狼狽させた。何が悪かったんだ、何がいけなかったんだ、誰が悪かったんだ。冷静に問題の本質を見極める作業がとんでもなく難しいことを悟った泰介は、考えることを放棄した。そしてその結果として、文字どおりすべてを閉じ込めてしまうことに決めた。

お前が悪い。反省しろ。

狭く暗い倉庫に娘を閉じ込め、どう反省すべきかの文言は一切添えずに、わかりやすい罰だけを与えた。なぜそんなことをしたのか——今の泰介にならわかる。自身が至らない人間だったからだ。問題の本質を誰かのせいということにしてしまえば、それ以上考える余地がなくなって楽になるからだ。

泰介は扉の外にいる夏実に対して心の中で詫びた。本当に申し訳なかった。悪かったのは、この俺だ。本当に反省すべきだったのは、どうやったらお前を守ることができたのか、対処の方法がよくわからない問題に怯えて考えることを放棄してしまった、罪深いこの俺だ。

「お父さん」

泰介はそっと、ボンベの栓を回す。世界にノイズが入ったような、つうっという空気漏れの音が響き出す。

住吉初羽馬

初羽馬は駐車場に止めた車の横に立って、空へと向かって一直線に伸びていく黒煙を見上げた。

山火事だ。

さすがに火元からは距離があるので、初羽馬の元にまで熱は届いてこない。しかしとぐろを巻くようにしてもくもくと立ち上る太い黒煙には、世界の破滅を知らせるような凄みがあった。初羽馬には山火事と山縣泰介の事件との因果関係はわからなかったが、まったくの無関係であると予感できるほどお気楽な人間でもなかった。思わず唾を飲み込む。

私が戻ってくるまで、そこで待機していてください。サクラの言いつけに従い、初羽馬は指定された場所で冷えた指先を揉んでいた。

うまく焚《た》きつけられたと言えば、それまでであった。結局、こうして初羽馬は彼女に協力をしている。シーケンのショールームから彼女を乗せ、彼女が指示するまま順葉緑地を目指した。あそこまで言われて引き下がってしまえば男が廃る――というような昔気質の言葉は使いたくなかったが、彼女が口にした言葉が実際のところ初羽馬も薄々気づいていた急所を、残酷なほど的確に突いたのは事実であった。

喋り口調、仕草、外見に、それからＳＮＳ。取り繕えば取り繕うほどに、どこか自分自身が置き去りにされているような錯覚に陥った。初羽馬の外枠だけが前進し、本当の初羽馬だけがずっと同じ場所に停滞している。いや、そんなことないだろう。自分を擁護してみようと思考を働かせてみれば、必ず末尾についてしまうのが、僕は悪くない。

やっと自分の愚かさに気づけたというような清々しい転換があったわけではない。それでも、初羽馬がこれ以上、住吉初羽馬を損なわないためには、ここでサクラに協力しないわけにはいかなかった。

サクラからは車の中で犯人のおおよその特徴を教えてもらっていた。年齢、性別、それから想定できるおおよその体格。私もなるべく早く戻れるように全力を尽くします。しかし私が戻る前に犯人が現れてしまった場合には、どうか単独で取り押さえてもらえないですか。

サクラが語ったとおりの人物が現れるのであれば、取り押さえるのは不可能ではないように思えた。しかし先ほど簡単にサクラに組み伏せられてしまったことを考えると、情けないことに自分を過信はできない。運動は小さい頃から苦手だった。ボールを投げたり、蹴ったりすれば、必ずどこかから嘲笑の声があがった。恥ずかしくて恥ずかしくてたまらなかったが、そういった運動上の不得手を練習によって克服しようとは考えなかった。体育の授業がなくなってよかった。もうこれで誰にも笑われることはない。現在の自分が五十メートルを何秒で走ることができるのか、何キロのダンベルを持ち上げることができるのかもわからない初羽馬にとって、自分の体を本当の意味で信頼することはできない。この体は、住吉初羽馬の本質は、どこまでいっても張りぼてなのだ。弱気が頭をもたげそうになると、初羽馬は頭を振って自らを奮い立たせた。

やがて一人の人物が、出入口から現れた。

ほっそりとした小さなシルエットに、微かに安堵のため息が漏れる。初羽馬よりも頭ひとつ小さい。どう見ても凶悪事件の犯人とは思いがたい人物であったが、サクラが話していた特徴に合致する人物であった。

「……す、すみません」

声が上ずってしまったことを恥ずかしく思いながら、初羽馬はなるべく害意のないふうを装って声をかけた。負けることはないと信じたいが、取っ組み合いの乱闘になどなりたくない。何か理由をつけて、一緒に無駄話でもしてもらえればそれでいいのだ。いずれサクラがやってくる。数的有利の状況を作ることができれば逆襲の可能性に怯える必要もなくなる。

「ちょっとお尋ね――」

したいんですけど。言い切らないうちに、犯人が初羽馬に向かってくる。

最悪だ。大股の早歩きから、次第に全力疾走に。大丈夫、この体格差なら弾き飛ばされはしない。言い聞かせて身構えるが、肩から当たられただけでものの見事にひっくり返ってしまう。この小さな体のどこにそんな力があるのだろう。どうにか抵抗を試みながら、犯人が体格に見合わぬ胸板の厚さと腕の太さを誇っていることに気づき、弱気が爆発的に加速していく。気づけばマウントポジションを取られており、まもなく顎に重たい衝撃が走った。脳みそが揺れ、拳を打ち込まれたのだと認識するまでにわずかなタイムラグがある。あぁ、まずい。このままたこ殴りにされてしまうのかもしれない。どう抵抗しようとも体勢を覆せる気配はない。反撃の糸口すら見つけられない。

しかし次の一撃が繰り出される前に、声が響いた。

「やめて」

サクラだ。

彼女は肩で息をしながら、犯人に対して包丁を向けてみせる。切っ先が小さく揺れているのは彼女が疲労しているからではなく、動揺と恐怖からであるのが初羽馬にもわかった。助かったと思ったのも束の間、犯人は初羽馬への拘束を解くと素早くサクラとの間合いを詰め、そのまま彼女の握っていた包丁を右足で蹴り上げる。放物線を描いた包丁は茂みの中へと消え、武器を失ったサクラは後ずさりをする。

「あなたが私に言って欲しいことは、わかる」

震えていたが、犯人の目を見つめる眼差しには確かな力があった。サクラは一度唇を噛みしめてから、言葉をしっかりと吐き出した。

「でも、言えるはずがない。あなたは許されないことをした。あれを持つ資格は私にもあなたにもない」

サクラと犯人は知り合いなのか。初羽馬は状況をうまく把握できなかったが、いずれにしても犯人はサクラの言葉に間違いなく腹を立てていた。犯人はサクラの台詞を聞いた瞬間に肩を怒らせ、今にも飛びかかろうと間合いを詰める。

そんな犯人の右足に遮二無二《しゃにむに》飛びついたのは、初羽馬なりの意地であった。バランスを崩した犯人は足を振って全力で振り払おうとする。しかし初羽馬も離さない。今が好機と判断したサクラは犯人を取り押さえようとするが、力が強くて制御しきれない。徐々に初羽馬の腕にも力が入らなくなってくる。

駄目かもしれない。

いよいよ手を離してしまおうかと思ったそのとき、遠くから走ってくる人影が見えた。

こんなにも危機的な状況だというのに、どこか芸能人を見かけたような驚きがある。さすがに疲れているのか走り方にはぎこちないものがあったが、そこには言い知れぬ迫力があった。現在、おそらくは日本で最も有名な一般人。

山縣泰介だ。

サクラは彼を救うことができたのか。

泰介が加勢するとさすがに不利とみたのか、犯人は明らかな動揺を見せた。初羽馬は今一度最後の力を振り絞って犯人の右足を押さえ、サクラも同様に両腕の自由を奪おうと抱きつくような恰好になる。犯人は駄々をこねるように暴れたが、サクラの拘束が解けるすんでのところで、泰介が体当たりをしてそのまま犯人を組み伏せた。頭を地面に押さえつけ、動けないようにがっちりと両手の自由を奪う。安堵で気を緩めそうになってしまうが、間近で見る泰介の顔は土色で、明らかに衰弱していた。万が一にも再度の抵抗に遭わないよう、初羽馬はうつ伏せになった犯人の両足の上に座り込んだ。

「夏実……」

泰介がか細い声を漏らす。

初羽馬は警察を呼ぶのは自身の役目であると判断し、スマートフォンを取り出した。警察が初羽馬たちのいる——大善スターポートの駐車場に現れたのは、通報からおよそ五分後であった。

現れた警察はさすがに事態を把握しかねているようだった。逃亡を続けていた山縣泰介が、謎の人物を押さえ込んでいる。更に脇には事件とどんな関係があるのかもわからない若い男と女の姿。そしてこの場にいる全員が、激しく呼吸を乱している。

犯人は山縣泰介ではなく、この人なんです。

口頭で伝えた瞬間に、何だそうだったのかなるほどとなるはずもなく、まず警察に取り押さえられたのは泰介であった。続いて女子大生殺害事件の容疑者ではなく、あくまで喧嘩騒ぎの当事者として泰介が押さえ込んでいた人物が確保される。

「本当にすみませんでした。僕のせいなんです」

これを逃したら、謝罪のチャンスはないかもしれない。そんな思いから、初羽馬はパトカーへと吸い込まれる泰介に向かって声をかけた。しかし何を言わんとしているのかまるで理解できない彼は疲れた一瞥をよこすだけ。サクラも泰介に声を掛けた。泰介はそれに応答しようとするが、言葉を発する前に扉が閉められ、パトカーが走り出してしまう。

続いて犯人もパトカーの中に連れて行かれる。小柄な犯人の姿にようやく見覚えがあることに気づいた初羽馬は、果たしてどこで見かけたのだろうと考え、やがて答えに達する。

そうだ。

彼は本日のモーニングセッションの終わりに展望フロアで見かけた、翡翠の雷霆のピンバッジをつけていた人物だった。


リアルタイム検索・キーワード「何らかの事情を知っていると思われる二十代の男性」

12月17日15時21分　過去6時間で3718件のツイート

・急展開過ぎて意味わからん。突然出てきたこの謎の男の説明誰か頼む。Ｖ通報を受けた警察は大善スターポートの駐車場へと向かい、昨日から捜索の続いていた死体発見現場の家主である男性を保護。更に何らかの事情を知っていると思われる二十代の男性を任意同行で大善署へ連行したと発表した。
引用：【真報新聞ウェブ】大善市絞殺事件：死体発見現場の家主と二十代男性を確保

のたり庵@nottari_an

・ちゃんとマスゴミはわかりやすく情報を流せ。警察もきちんと最初から情報を流せ。混乱するのは市民なんだから、ちゃんと仕事しろ。誰が犯人なのかしっかり明記しろ。何らかの事情を知っていると思われる二十代の男性がどういう意味で何らかの事情を知っていると思っているのかを書けよ。
引用：【真報新聞ウェブ】大善市絞殺事件：死体発見現場の家主と二十代男性を確保

キウイ@新潟の鍼灸人@kiwi_shinkyu111

・え、何、ひょっとしてこれって散々騒いでた大帝ハウスの人が犯人じゃなかった可能性があるってこと？　この何らかの事情を知っていると思われる二十代の男性が犯人だったら、デマ拡散した人たち軒並み逮捕案件だけど大丈夫？
引用：【真報新聞ウェブ】大善市絞殺事件：死体発見現場の家主と二十代男性を確保

かんぱり@campari1999

・まったくわからんし、この『何らかの事情を知っていると思われる二十代の男性』って書き方がすでに誰も事態を正確に把握できていない感じをありありと表してる。
引用：【真報新聞ウェブ】大善市絞殺事件：死体発見現場の家主と二十代男性を確保

タカハシ@せどりの達人@takahashi_sedorick5

堀　健比古

堀も六浦も、呆然とする他になかった。

住吉初羽馬という青年からの通報を受けた警察は現場に急行すると、山縣泰介と、彼と乱闘騒ぎを演じていた一人の男性を確保した。逮捕状があるわけではない。あくまでも任意同行であったが、男性は警察に対しては特段の抵抗は見せなかった。

事件の犯人は山縣泰介で間違いない。この男が何者なのかはわからないが、簡単な聴取の後にすぐ解放されるだろう。そんな大勢の見解を覆すように、瞬く間にいくつかの情報が明らかになっていった。

山縣家の自宅倉庫で発見された石川恵の遺体が入れられていたビニール袋に一つだけ、山縣泰介のものと符合しない指紋が付着していたのだが、それが見事にこの男の小指と一致してしまう。更に鑑識は、ここにきて女性の絞殺体はいずれもロープの入射角から逆算すると身長百五十センチから百六十センチの人間と思われるという見解を主張し始めた。今回、山縣泰介とともに任意同行の運びとなった男性は、まさしく身長百五十八センチであった。

ここまでの情報でもすでに無視できない存在となっていたのだが、この男が【血の海地獄】のツイートを二十五番目にリツイートした雑学botアカウントの持ち主であることが判明すると、いよいよ即座の解放はできなくなる。大善署で最も取り調べが巧いと謳われる木沢《きざわ》も、本部の判断で山縣泰介の担当からこの男の担当へと変更を余儀なくされる。

大善署三階の一番の取調室にて山縣泰介の、三番の取調室にて彼の取り調べが始まった。

最初は供述調書に記入する関係で、どうしても当事者を呆れさせるほどの質問が延々と続いてしまう。出身地、本籍地、現住所、本名、生年月日、学歴、職業——全部聞き終わるまでに一時間を要する。そしてその間に、山縣泰介の職場に送りつけられたという手紙の文面が彼の持っていたスマートフォンのメモアプリから発見されると、第一の被疑者の座が山縣泰介から彼へとするりと入れ替わる。

堀と六浦が三番取調室を覗けるマジックミラーの前に到着した時点では、男はまだ落ちていなかった。

お前がやったんだろ正直に吐いちまえ——などの強い言葉は使わずに、まるで被疑者の心情に同調するようにして事件の真相を聞き出していくのが、木沢はべらぼうにうまかった。辛いよな、苦しかったよな、そりゃ大変だよな。次第に被疑者は絆《ほだ》されてしまい、いつしか友人に打ち明けるような心地で事実を吐き出してしまう。

男は粘った。最初は警察が自分に対してさほどの関心は抱いていないはずだと高を括っていたのか、それなりにうまく質問をかわすことができていた。とぼけるような台詞に、わかりきっていることを改まって考えるような仕草、いやそんなこと知りませんでしたというような驚きの表情。しかし、順葉緑地付近の畑に設置されていた防犯カメラに何度か姿を捉えられていることが明らかになったあたりで、鼻息が荒くなり、目が真っ赤に充血し始めた。

これは落ちるな。堀が直感したと同時に、男は涙を零した。

木沢は長い無駄話の果てに、ようやく本題へと切り込んでいく。まずは殺された女性たちとの面識について尋ねた。男は机に視線を落としたまま答えた。

「なかった……」

「なら、どうしてわざわざコンタクトをとって、危害を加えることにしたんだろう」

「……許せなかった」

どうして許せなかったのか。木沢が問うと、男は唇を震わせながら答えた。当人にとっては口から魂を吐き出すに等しい覚悟を伴っていたのかもしれないが、聞いている側からすれば脱力してしまうほどに下らない理由であった。

「楽をして生きている人間が、許せなかった。あんな生き方をしている人間の存在が許されていいはずがない。ネットであいつらに纏わる情報を見つけたときに、絶対に見逃してはいけない巨悪だと思った」

「直接被害に遭ったわけではないんだね？」

「遭ってない……でも、制裁を加える必要があった」

堀はため息をついた。往々にして事件の動機など実につまらないものが多い。痴情のもつれ、小さな因縁が大きくなってしまい、思わずカッとなって——しかしここまで事態を引っかき回した当事者に口にされると、さすがに腹も立つ。

ただ木沢はこういう手合いに対しても決して説教くさいことは言わない。なるほどねと深い理解を示したふりをして、男の口をより滑らかにしていく。

「世の中はあまりに不公平だ。それが許せなかった。甘い汁を啜っているやつには罰が必要だと思った」

木沢は納得したように頷いてから供述調書に目を落とした。「でもさっき聞いた話だとお兄さんもちゃんとした仕事に就いてて、お給料もしっかりもらってるじゃない。スズシタ工務店さんって言ったら、地元の人がみんな信頼してる立派な会社だよ。それでもやっぱり、不公平だなって思っちゃったんだ」

「本当は今のような仕事をするつもりはなかった。仕方なく働かざるを得なくなった。別の夢があったのに、幼い頃に父が亡くなったせいで進学できなくなって、高卒で働く必要に迫られた。自分のような不幸な人間がいるのに、へらへらと楽して大金を稼いでるクズが許せなかった」

なるほどなるほど、木沢は理解を示したように優しい表情をしていたが、目だけは笑っていなかった。被疑者の口が滑らかになってきたことを確信すると、一気呵成《いっきかせい》に必要な情報を収集していく。

「じゃあ、やっぱり女の人たちを殺したいという欲求が最初にあって、山縣泰介さんに罪をなすりつけようと思ったのはあくまで副次的なものだったんだね」

男はしばらく迷った後に、小さく頷いた。

「ただ、罪をなすりつけることに抵抗はなかった。最初にこのアイデアを思いついたときに、あいつにならば罪をなすりつけても問題はないと判断した。あいつは……思えば、あいつこそが俺の前に現れた許しがたい最初の巨悪だった。裏では非道を働いているくせに大きな企業に勤めて高い給料をもらって甘い汁を啜って……とにかく最低の人間だった」

「どうして山縣さんの人となりを知ってたんだろう。工務店さんとハウスメーカーさんってことで、業務上での関わりが過去にあったってことなのかな」

「違う」

木沢は追加の質問を二、三したが、山縣泰介との関係性については口を噤み続けた。仕方なく話の矛先を変える。

「順葉緑地の火事については、君がやっぱり関わってるんだよね」

男はたどたどしくも、最初はプロパンガスを利用した爆発を起こせないか考えた。ただ中身について不安があったので、家屋の一部に灯油を大量に撒いておくことに決めた。チャッカマンでどこかに火をつければ、家屋全体が円滑に延焼するように調整を施した。あのまま追い詰められた山縣泰介が自死を選んでくれることを願っていた

し、そうしてくれれば被疑者死亡によって事件が終息してくれるはずだと信じていた
――そんなようなことを語った。

木沢はなるほどなぁと言って小さくメモを残す。「ところで、実際に山縣泰介さんの犯行に見せかけるためにはいろんな工夫が必要だったと思うんだけど、まずもって山縣さんのマイナンバーカードを手に入れるためにも、Wi-Fiを活用するためにも、ウォークマンを手に入れるためにも、山縣さんのお家に入る必要があると思うんだ。それはどうやって成し遂げたんだろう」

「……玄関脇の植木鉢の裏に鍵が隠してあったから簡単に入れた」

「らしいね。でも暗証番号を知らないと鍵は取り出せない仕組みになってたんだそうだ。暗証番号についてはいつどこでどのように知ったんだろう」

「それは――」

ここにきて、男の口は急に重たくなった。

「……答えたくない」

「セザキハルヤという名前を名乗ったのは、どういった理由からなんだろう」

「……答えたくない」

「あの順葉緑地の中にある施設についてはいつ存在を知ったんだろう」

「……答えたくない」

「山縣さんのことを知った経緯はやっぱり教えてもらえないのかな」

「……答えたくない」

何かしら知られたくない事情があるのか、あるいは少し喋りすぎてしまったことを途端に後悔し始めたのか、男は急に情報を口にしなくなった。ここまで来たのだから、すべて話してしまえばいいものを。堀は頭を掻くと、一度刑事部屋に戻ることに決める。情報を整理して上に報告する必要があり、また山縣泰介の家族に対するケアもしてやらねばならない。何はともあれ事件は解決へと向かっていた。胸をなで下ろしそこはかとない充足感の中でマジックミラーの前を後にしようとしたところで、思わず立ち止まってしまう。自身の頬の辺りに批難の色を帯びた視線が突き刺さっているのがわかった。

六浦だ。

何か言いたいことがあるのだろう。表情を殺そうと懸命に感情に蓋をしているのはわかるのだが、雄弁な瞳からは堀に対する偽らざる抗議が滲み出ていた。

「……どうした」

促すように声を掛けてみるも、六浦は「いえ」と小さく零して眉間に皺を寄せる。六浦が何を言わんとしているのか、堀にもわからないわけではなかった。彼は捜査が始まってから一貫して、山縣泰介以外に犯人がいるのではないかという可能性に言及し続けていた。それを一蹴し続けた堀、そして捜査本部に対して含むところがあるのだろう。ほら、言ったじゃないですか。そんな一言が喉元まで出かかっているのだが、敢えて口にはすまいという葛藤が窺える。

「どうしようも、なかっただろ?」

精一杯譲歩したつもりの言葉だったが、六浦は納得していないようだった。小さく首を傾げ、それでもどうにか言葉を呑み込もうと小さく頷く。もう一押ししておく必要があると判断した。

「六浦さんだって事件の全部をしっかり見通せていたわけじゃないでしょうよ。一方の俺は俺で、与えられた情報の中から最も妥当なものを選択し続けただけ。どうしようもなかったんだよ、な」

昨日から何度かそうしてきたように、また堀は六浦の肩を揉むようにして摑み、囁くように語りかける。俺たちは全力を尽くした。事件は解決したんだから、それでいいじゃないか。二人して精一杯頑張った。あれ以上どう頑張ればよかったと思うんだ。思い返してみろ。

俺たち二人は、終始、まったく、悪くなかっただろ。

六浦はやがて自分を納得させるかのように鼻から勢いよく息を吐き出すと、ひとつゆっくりと頷いてみせた。そして自身の不貞腐れた態度を詫びてから、堀に同調するように言った。

「確かに……あれが僕らにできる精一杯でした。我々にミスらしいミスはありませんでした」

堀と六浦の二人が去ってからも、木沢と男の格闘は続いた。自身が犯人であることは認めた一方で、しかし話がある一定の深度に達すると途端に歯切れが悪くなって口を噤む。果たして何を隠そうとしているのか、何に触れられたくないのか、木沢を始めとする捜査員たちは全く理解が及ばなかった。

木沢は執念深く、犯人との対話を続けた。

「もう少しいろいろと教えてくれると嬉しいんだけどね」

木沢は男の目を見て、柔和に微笑んだ。

「江波戸琢哉さん」

住吉 初羽馬

「さっきは偉そうなことを言ってしまってすみませんでした。ご協力、本当にありがとうございます」

サクラはそう言って、温かい缶コーヒーを差し出した。受け取った初羽馬は頭を下げ、こちらこそありがとうと礼を言う。二人は大善スターポート一階のロビーに用意されたベンチの上に並んで腰掛け、静かに飲み物を啜った。

二人は警察署に連行こそされたものの、ひとまず二時間程度の聴取で解放された。

警察も今は山縣泰介と江波戸琢哉の取り調べで手一杯のようだ。明日再び大善署を訪ねることになっている。そのまま家に送ってもらうことも可能であったのだが、いかんせん初羽馬のフィットハイブリッドはスターポートの駐車場に止められたままだった。二人してスターポートに移動し現在に至る。

初羽馬は缶コーヒーの温もりを両手で確かめながら尋ねた。

「何がなんだかわからなかったんだけど、色々と訊いていい？」

「どうぞ」

初羽馬は思いつく限りの疑問を一つ一つ尋ねていった。サクラは初羽馬が質問をする度に、時間を気にすることなくゆっくりと説明を施してくれた。

確かに包丁は持っていたが、別に誰かを殺めようとしていたつもりはない。ただ急いで家を飛び出したので、武器になりそうなものを包丁しか見つけられなかった。クロックスを履いていたのは縁側から屋外に出たため。あまりいい装備でないことはわかっていたが、とにかく時間がなかった上に、玄関扉から外に飛び出せない事情があった。当初から私の目的は山縣泰介を誰よりも先に発見し、安全な場所に移すことにあった。このままでは彼の身が危ないと判断した。ただ山縣泰介は無実だと声高に主張しても信じてもらえるとは思えなかったので、咄嗟に被害者の親友であるという嘘をでっち上げてしまった。

順葉緑地の廃墟で無事に山縣泰介を発見した。爆発こそ起きなかったが、しかし灯油の染みこんでいた床は小さな火種をきっかけに燃え始めてしまった。その後、山縣泰介とともに順葉緑地を駆け下り、犯人と格闘していた初羽馬のもとへと辿り着いた。

「サクラさんの本名は、砂倉紗英じゃないの？」

「それ、最初に言われたときも疑問だったんですけど、誰なんですか？」

初羽馬は勘違いが恥ずかしくなり、話題を変える。

「ごめん僕、サクラさんが『ネットでの出会いを考えるシンポジウム』でどんな被害体験を語ってくれる予定だったのか、正直ちゃんと把握してなくて、それでちょっとした行き違いがあったんだ。ほら、サクラさん、有働《うどう》さんの紹介だったから、僕のところまで情報が入ってきてなくて……その上、当日もきちんと話を聞けなかったから、どんなことがあったんだろうって」

サクラは長いため息をついてから、やや視線を遠くに向けながら語った。

「小学生だった頃に、ロリコン男と会っちゃいそうになったんです。待ち合わせして、待ち合わせ場所まで行って、でもその人は待ち合わせ場所に現れなくて――結果的には、ぎりぎりで直接的な被害は回避できたんです。でもそれが警察経由で家族にバレて、特に父親にはひどく怒られました。家の倉庫に一晩中閉じ込められて、反省しろと言われたんです……。更にその数日後、ですね。父は学校に乗り込んでいったんです。そして娘があわやレイプされそうになった、どうしてくれるんだ、学校は何をやってるんだと職員室で大騒ぎを起こしたんです。その父の怒り方が、ちょっと尋常ではなかったみたいで……自分にも他人にも厳しいところがある人なんです。結果的にはデマだったんですけど、応接室でうちの父が教頭を殴って失神させたなんて噂まで流れて——折悪しく、ちょうど教頭先生が病欠していた時期と重なっていたので。更にあそこまでの剣幕で怒るということは、実のところ娘はレイプされたんじゃないか、レイプはされてないにしても相応の被害には遭ったんじゃないかと、そういったことまで学校中で噂になったんです。本当は何もされてないんですけどね。会うことさえできなかったんですから。でも一応ショッキングな出来事を経たからということで、学校は数日休んで、そうして久しぶりに行ったら、ものすごく惨めな思いをして、早退したんです。当の父は出張中だったので、母の実家で過ごしたことを今でも覚えています。思えば、そうですね——あれが、この事件の発端なんです」

「……事件の発端？」

「全部、私のせいなんです」

サクラはそう言って涙を拭い、しかしすぐに首を横に振った。

「違うか。正確には私が悪いのに、『私は悪くない』と主張しようとしたせいで起こしてしまった事件なんです」

初羽馬にとってはまるで意味のわからない発言であったが、真意を尋ねるにはあまりにも疲れすぎていた。無理に納得したようなポーズだけとり、缶コーヒーに口をつける。

「シーケンのショールームに置き忘れられた手紙を見て、犯人が彼だと気づきました。そして彼が『からにえなくさ』で何をしようと考えているのかも概ねわかりました。だからこそ、住吉さんにいち早くスターポートに向かってもらうべきだと言ったんです。さっきも言いましたけど、二番目に悪いのがこの私で、一番目に悪いのはどう考えても犯人の彼です。でもね、彼も彼で、昔は彼こそが、彼のほうが私よりずっと、彼が……」

サクラは語ることを諦め、しばし嗚咽に身を任せた。

初羽馬のコーヒーが空になって更に二十分ほど経過したところで、ようやくサクラは顔をあげた。さすがにいい加減、尋ねてもいいだろうと判断した初羽馬は、最も気になっていたことを尋ねる。

「ところで、サクラさんの本名って何なの」

「え？」サクラは驚いたように反応してから笑う。「住吉さんに声をかけた理由は三つあったんです。そのうちの二つはショールームでお話ししましたけど、実は最後の一つは私の本名を知らなそうなこと――っていう条件だったんです。でもそれにしてもさすがに察しが悪すぎませんか？」

「……それってどういう？」

「サクランボは、山形名産の夏の果実なんですよ。昔からこれがあだ名なんです」

サクラはベンチから立ち上がり、掲示板に貼ってあるポスターをしばし見つめた。

そして感慨深そうに目を細めて笑みを浮かべる。

「私はこれを見てから帰ろうと思います」

「これ?」

「十年前に見損ねた復刻のライトアップイベントです。そしてこれを見たら——」

サクラは一度ゆっくりと目を閉じてから初羽馬を真っ直ぐに見つめる。

「父にもう一度、言うべきことを言わないと」

山縣 夏実

順葉緑地の廃墟を出て、えばたんとともに丘を下りる。

えばたんは、往路のときよりも明らかに沈んでいる様子だった。女児連続暴行犯を捜すために立てていたありとあらゆる仮説が崩壊してしまったことに、ショックを受けているのだろうか。そんなふうに勝手にえばたんの心境を想像していたのだが、どうやらまったくもって見当外れだったらしい。

えばたんの怒りは、どうやらすでに犯人から、夏実の父へと向かっている様子であった。

何も事情がわからず被害に遭ってしまった山縣さんを倉庫に閉じ込めるなんて、やっぱりどうかしてる。そんなの酷すぎるよ。えばたんが半分独り言として、半分夏実に同調を求めるようにしてつぶやくと、夏実は単純ながら自身が肯定される喜びを隠しきれなくなっていった。私はやっぱり、悪くないんだ。絶対にそうなんだ、と。

えばたんはひとしきり夏実の父に対する疑問と憤りを表明すると深いため息をついた。

「ひとつ、訊いてもいいかな」

「何？」

「山縣さんは、どうしてお父さんのふりをしてTwitterを始めることにしたの？　さっきは、自分は悪くないってことを証明するためだって言ってたけど、あれってどういうことなの？」

夏実はこの日、初めて微笑んだ。そして自分が企てているとっておきのサプライズについて、彼に語ることに決める。

「お父さんを喜ばせてあげようって思うんだ」

「……喜ばせる？」

「うん」

夏実は頷くと、やはり小さく笑ってしまう。

「私は今回、ネットで人と会う約束をしちゃって、そのせいで大変な目に遭いそうになってしまった——でも、だからってネットを使うことがすべて悪いことなんて、そんなわけあるはずがないと思うの。だからお父さんに教えてあげようと思って。ちゃんと使えばネットで人と会うことも素晴らしい体験になるんだよって。それを知ったらね、お父さんもたぶん私に謝ってくれると思うの。ごめん、俺が勘違いしてた、って」

「それが、どうしてお父さんのふりをしてTwitterをやることに繋がるの?」

「ゴルフ友達をいっぱい作ってあげようと思うの」

父は家族に対して饒舌な人間ではない。よって父が何を考えているのか、何を求め、何を嫌って生きているのかが、夏実はいま一つよく把握できていなかった。それでもそんな父が日々、間違いなく欲しているものがあった。

ゴルフ仲間だ。ラウンドの前日に欠員が出ると、慌てて方々に電話している姿を幾度となく目にした。たまに授業参観などに現れると、同級生の父親に対して今度一緒にゴルフに行きましょうよと笑顔で語りかけていた。父は間違いなく、一緒にゴルフをする友達に飢えている。

会ったことも見たこともない人と趣味を通じて交流できるツール——それこそがSNS、そしてインターネットだ。

「だからお父さんのふりをして、お父さんのゴルフ友達をたくさん作るの。それである日、お父さんがゴルフをしたいなってぼそっと口にしたら、私が友達紹介してあげようか——って。そしたらお父さんも喜んでくれると思うの。そして気づいてくれると思うの。あぁ、ネットで人と会うのって、本当はとても素敵で楽しいことなんだね、

って。そしたらお父さんは自分が間違っていたことに気づく。私は悪くなかったって
ことに気づいてくれる」

夏実には、明るい未来の姿しかイメージができなかった。きっと自分の目論見はうまくいく。誰もが幸せになり、誰もが私の正当性に気づいてくれる日が訪れる。だからあのアカウントを、これからも毎日のように更新し続けよう。

万葉町の近くに差し掛かったところで、今度は夏実がえばたんに質問をする。

「私も、ひとつ訊いてもいい？」

えばたんが頷いたのを確認すると、夏実は密かに気になっていたことを尋ねる。

「さっき私の家で、ネットを見たとき、『みんなおんなじことしか呟いてないんだ』って言ってたけど、あれってどういうこと？　そんなにみんな同じ意見ばかりが書き込まれてたの？」

「あぁ、あれはね――」

えばたんは、夏実の家で「からにえなくさ」についての情報を求めてネットを閲覧していた。「からにえなくさ」だけではなく「唐贄な草」というような語句を入力すれば、あるいは大善スターポートとの関連性を調べれば何かしら有益な情報がヒットするのではないか。結果的には当然ながらめぼしい情報は何ひとつヒットしなかったのだが、えばたんは同時に夏実が巻き込まれそうになった女児連続暴行事件についての記事と、それに纏わる一連の書き込みを閲覧していた。親は何をしているんだ。子

供がネットを使用するときには気をつけなくちゃいけないに決まってるだろ。うちではしっかりとルールを決めてる。犯人は許されない。早く捕まえて、すぐにでも去勢して処刑してしまえ。というか小児性愛者は漏れなく犯罪者予備軍なのだから問答無用で逮捕してしまえ。インターネットはそもそもすべて記名制にして、匿名での投稿は一律に排除するべき。

極論から、一般論まで、えばたんは事実として様々な情報に触れていた。しかしよくよく見れば何てことはない。いずれの情報も実に単純な動機によって紡がれている、たった一つの意見に過ぎないことをえばたんは看破していた。

「みんな、『自分は悪くない』ってことしか呟いてなかったんだよ」

えばたんの言葉は、夏実の頭の片隅に小さなビー玉のように、ころりとした異物感を残した。

「自分は悪くない。自分の価値観だけが正しい。ねえそうでしょ――って。そういう呟きしか存在してなかったんだよ。だから、そういう人間になっちゃ駄目だなって、すごく思ったんだ。みんな、ものすごくみっともなかった。僕はああならないように、きっと気をつけなくちゃ」

えばたんが見ている景色は、ともすると自分が見ているものよりもずっと高尚で、ずっと大人びたものなのかもしれない。彼の発言に漠然としたかっこよさを感じた夏実は、素直な気持ちで応援しようと思った。難しいことはわからないけど、きっと江波戸くんなら、いや、えばたんなら大丈夫だよ。口にすると、えばたんは意外そうな表情で微笑んだ。

「えばたんって呼んでくれるの？　なら僕も山縣さんのことサクランボって呼んでいい？」

夏実がもちろんと笑うと、えばたんはやっぱり恥ずかしいから無理だなと笑みを浮かべた。「ありがとう」夏実は今日一日を振り返り、改めてえばたんに対して感謝の言葉を述べた。「もし江波戸くんが困ったことがあったら、今度は私が応援する番だね。これに――」

夏実はそう言ってくだんのバッジを取り出そうとしたのだが、しかしそれを「からにえなくさ」に忘れてきたことを思い出す。間の悪さに恥ずかしくなり慌てて事情を説明してから言葉を重ねた。

「あの正義バッジのとおり、ね」

どんなことがあっても俺が君を肯定する。言わずとも作中の台詞はえばたんの心に響くだろうと信じ、夏実は笑顔だけを残した。

えばたんはメッセージをしっかりと受け止めてくれたのか照れくさそうに笑い、万葉町の家々を眺めながらきっといつかは僕もこんなような立派な家をたくさん建てるんだと、改めて建築士になる夢を語った。いつかは山縣さんの家も建ててあげる。いっぱい勉強して、たくさん努力して、きっと誰にも負けない建築士になる。

果たして、月曜日の学校に私は行けるのだろうか、学校ではまだ嫌な噂が流れ続けているのではないだろうか。目先の問題に胸を痛めていた夏実にとって、遠い未来の夢を明るく語ってくれるえばたんの存在は実に頼もしかった。

私のお父さん、ハウスメーカーで働いてるから、いつかえばたんと一緒にお家が作れたらいいね——喉まで出かかっていた台詞だったが、ついに言葉にはしなかった。ちょうど目の前に、夏実の父が立っていたからだ。

出張から帰ってきたのだ。

予想できていたことではあったが、父は怒っていた。それはくだんの事件が未だに尾を引いていたからではなく、祖父母や母に黙って家を飛び出してしまっていたからだ。心配したんだぞ、何を考えているんだ。口調は厳しいものではあったが、隣にえばたんがいたので手心を加えてくれたのか、どことなく遠慮した叱り方をしているのがわかった。父に対していくらか思うところのあった夏実であったが、この場でたてつくわけにもいかない。ひとまず頭を下げて許しを乞おうと思ったところで、えばたんが何やら静かに肩を怒らせていることに気づいた。

「あ、あの……」

最初は、どうしてえばたんが震えているのかがわからなかった。しかしすぐに、えばたんが父に対する怒りの感情を抱いてくれていることに気づいた。倉庫に山縣さんを一晩閉じ込めておくなんてどうかしてますよ。最低です。絶対にやってはいけないことだと思います。そういった優等生的な台詞を並べて夏実のことを救おうとしてくれているのだろうということはわかった。わかったのだが、しかし小学五年生にとって余所の家の父親はあまりに恐ろしい存在のようだった。

父は、夏実の隣にいた子供が何を口にしようとしているのだろうと、えばたんのことを見つめていた。しかしただ見つめるだけであっても、大人の男性が放つ威圧感には重みがあった。身長差もあるので見下しているような、あるいは睨みつけているような恰好になる。

正義のために立ち上がらなければと自らを奮い立たせようとしているのが、夏実にも痛いほど伝わった。しかしえばたんは結局、父の眼光に心を押しつぶされると、あの、をもう二度ほど重ねたところで、静かに泣き始めてしまった。そんな自分が惨めで仕方ないのか、胸につけていた翡翠の雷霆のピンバッジを右手で握りしめる。

父も父で、えばたんに対してどのような言葉をぶつけるべきか悩んでいる様子だった。娘を連れ出すなんて何を考えているんだ。説教をしてやろうという思いと、しかし事情もわからずに余所の子供を怒鳴りつけるのは躊躇われるという思いが、交錯しているのが見て取れる。結局、悩んだ父が選んだ言葉はぶっきらぼうな一言だった。

「何か言ったかい」

えばたんは涙を拭い、震える声で答えた。

「ひ……酷いと思います」

しゃくり上げながら、どうにか吐き出した言葉の意味を、父が正確に汲み取れるはずもなかった。父は一応、名前を尋ねておく必要があると感じたのか、えばたんに対して君の名前はと尋ねた。果たしてそこにどんな葛藤があったのか、夏実には完全には把握できなかった。女子の前で涙を零してしまった恥ずかしさ、明らかに悪いことをしている人間を目の前にしているのにそれをただせない悔しさ、本名を正直に伝えることへの戸惑いと、恐怖。あらゆるものがない混ぜになった結果、えばたんは悪を断罪し、ひたすら己の信念を曲げずに前を向き続ける少年漫画の主人公の名前を騙《かた》った。

「……セザキハルヤ」

父は謎のセザキ少年に対して、早く家に帰りなさいとだけ告げ、夏実を家の中へと連れ戻した。まもなく夏実は幼女連続暴行犯が晴れて警察に捕まったことを父から知らされたが、悔しそうに父の背中を見送るえばたんの姿が、脳裏に焼き付いて離れなかった。

リアルタイム検索：キーワード「無実」
12月17日19時52分　過去6時間で３１５６６件のツイート

・はい、実名で顔まで晒されてた人は無実でした。デマを拡散してた人はきっちり責任とれよ。アカウント消して逃亡図ってるやつらが多いけど、絶対に逃げ切れないから覚悟しとけよ。こういうときに馬鹿騒ぎするゴミは全員処刑で問題なし。
引用：【真報新聞ウェブ】大善市女子大生連続絞殺事件、犯人逮捕「許せなかった」
お板東@企画メイン@obando_bandou5y

・今回の件でデマ拡散してた人を批難してる人もいるけど、あれはさすがに巧妙で見抜けないでしょ。デマを見せつけられたこっちだって被害者なんだから、やっぱりどこまでも無実の人を無実だとすぐに説明しなかったマスコミと警察の責任。
引用：【日電新報オンライン】大善市殺人事件、逮捕された犯人は二十代工務店勤務の男性
正仁@masahito3040

・え、最初っから例の晒されてたおじさんは絶対に無実だって確信してたんだけど、

もしかして私みたいなのは異端？

引用：【真報新聞ウェブ】大善市女子大生連続絞殺事件、犯人逮捕「許せなかった」

ぱちゃニウム@pachyanium2001

・無実の罪を着せられて大変な目に遭った山縣さんが本当に可哀想です。ネットでデマを流されて苦しめられる人を見るのはもうたくさん。私も昔似たような経験したけど、本当に辛いんです。デマを広めた人は死ぬほど反省してください。

引用：【真報新聞ウェブ】大善市女子大生連続絞殺事件、犯人逮捕「許せなかった」

しなもん@cnmn_monmonVV

山縣　泰介

自身に対する取り調べの熱が冷めていく瞬間というのが、泰介にもはっきりとわかった。

やはり一緒に連行されたあの若者が、夏実の言うとおり真犯人だったのだろうか。この時点で泰介に真相らしきものは何も見えていなかったが、ようやく自分が救われる、助かる未来というものをイメージできるようになっていった。

安心感に緊張がほどけると、何より最初に我慢できなくなったのは右足首の痛みであった。最初は些細な違和感で、曲げ伸ばしをしているうちに治るだろうと思っていたのだが時間の経過と共に悪化するばかり。さすがにおかしいので診てもらいたいと告げると、すんなりと医者を呼んでもらえることになった。折れているかもしれない。まもなくやってきた医者にそう言われ、そのまま市内の総合病院へと運び込まれることになる。

やっぱり折れています。

足首と中足骨にひびが入っている。中足骨のほうは長距離を走ったことによる疲労骨折で、足首のほうは強い衝撃で折れた可能性が高い。思いあたる節はあったが、それ以上の説明を集中して聞ける体力は残されていなかった。ギプスで固めてさえしまえばこのままお家に帰れますよということであったが、一秒でも早く眠りに落ちてしまいたい欲が勝った。

家族にまずは連絡を。当然、頭を過ったが、ひとまず限界を超えた体を休ませることを優先した。病室を押さえ一泊することに決める。すぐに家族とは向き合えないかもしれないという、照れくささもあった。

翌朝になると、泰介は拍子抜けするほど完全に自由であった。今日はこれ以上の聴取はない。治療もない。病室のテレビをつけてみれば、江波戸琢哉容疑者が逮捕されましたというニュースが流れている。もはや自分に関する情報は一切、流れていない。晴れて自由の身。追って警察の聴取は予定されていたが、当面は好きにして構いませんよと言われてしまえば、出勤するしかないかという話になる。

妻との再会は熱い抱擁と涙の中で行われるものと確信していたのだが、いざ対面すると何とも言えない気恥ずかしさが胸を満たす。すまなかった、ありがとう、迷惑をかけた。なにを選んでも正解であるとは思えたのだが、どれも芝居がかっているように思えて口にできない。芙由子も概ね同じような様子で、たった一日で返還された日常の温度差に体をなじませきれていなかった。着替えを病室に置くなりすぐさま治療費の精算処理に向かった背中は、さながら泰介から逃げるようでもあった。

スーツに着替え、芙由子のプジョーに乗り込んだのが午前十一時。仕事が終わったら連絡を入れて欲しい。今日はパートもないから迎えに来る。夏実も午前中はどうしても資格試験のための塾に行き、その後大善署に行く必要があるとのことで今は顔を出せないが、家に帰ったら話したいことがあると言ってたから、なるべく早く仕事を切り上げてくれると嬉しい。私も話したいことがある。

妻の話にわかったと答え、松葉杖をついて社屋の前に立つ。

エントランスの前に詰めかけていた報道陣をいなし、二階のフロアに入った泰介を待っていたのは、支社をあげての謝罪であった。

一昨日とは打って変わって、泰介が入室した瞬間にすべての社員が深々と頭を下げた。そしてこれまで聞いた中でも最も大きな「おかえりなさい」。同時に波のような拍手が沸き起こる。プライドの高い支社長はついぞ謝罪の言葉は口にしなかったが、無言で何度も頷きながら泰介の肩を叩いた。続いて課長一同が泰介の濡れ衣を信じられなかった非礼を詫びる。

やめてくれ。俺は罪深い人間だったのだ。ああいった目に遭って仕方のない愚か者だったのだ。

四、五人の言葉は恐縮して受け流せていた泰介であったが、しかし二十代の若手たちが声をかけてくると、心に変化が訪れた。

「お力になれず、本当に申し訳ありませんでした。私だったら、たぶんYouTuberにぼこぼこにされて終わっていたと思います。山縣部長の諦めない姿勢に感服しました」

「山縣部長が移動された距離、今朝のニュースで報じられてました。びっくりしました。どこか気合いや根性という言葉を馬鹿にしていた自分が今では恥ずかしいです。本当に凄い人なんだなって改めて実感しました。これからもご指導よろしくお願いします」

疑ってしまってすみませんでした。逆境でも折れない心、本当に凄いです。さすがです、見事です、素晴らしい人です。

言葉が瞬く間に泰介の心に生まれていたひびを修復していく。泰介は思い出した。自分が大帝ハウス大善支社の営業部長であり、今はスーツを着ていて、これだけの人数の部下を束ねる紛れもないエリートなのだと。よい教育を受け、よい会社のよい役職に就き、よい給料をもらっている、社会にとって必要不可欠なよい人間であるのだと。萎れていた泰介の心の茎が養分をたっぷりと吸い込み、再びその筋を美しく伸ばしていく。

そうだ、そうじゃないか。

泰介は数時間前までの自分が可笑しくてたまらなくなってくる。どうして俺はあんなにも卑屈になっていたのだろう。考えてみたらどうだ。あのような窮地に立たされて、見事に逃げ切れる人間が果たしてどれほどいるのか。私だったらYouTuberにぼこぼこにされていたと思います——そのとおりなんじゃないだろうか。ろくに体も動かしていない今の若者に似たような真似ができるとは思えない。まさしく貧すれば鈍する。窮地に追い込まれると人間はおかしな思考に囚われてしまうのだ。どうしてただひたすらに被害に遭い続けた俺が誰かに謝らなくてはならない。

「さすがです。どうやって逃げ切ったのか、教えてもらってもいいですか？」

野井に尋ねられると、いよいよ我慢できなくなる。さて何から語り聞かせるべきだろうか。泰介は逃亡劇を振り返った。最大の見せ場はどこだろう。車を乗り捨てて激走したスナックまでの道だろうか。あるいは虎柄のスカジャンではなく紺色のブルゾンを選んだ判断能力だろうか。もしくはゴルフのマーカーで音を立ててYouTuberの魔の手から逃れた頭脳戦、いや、六メートルの壁を見事に下りきったシーケンまでの道なのではないか。

さあ、どの武勇伝から語るべきか。

笑顔で考えていた泰介の横に一人の社員が現れる——戸建て住宅部門の若手だ。彼は泰介ではなく野井に向かって頭を下げると、小さな声で言った。

「すみません。午後イチで必要だっておっしゃってた資料が、やっぱり見つからなくて……」

泰介はその瞬間、二日前の出来事を思い出す。あの日もこの若手は大事な資料をなくしたのだ。これから気持ちのいい演説ができるものだと思っていた泰介はいくらか気分を害され、文句のひとつでも言ってやりたくなる。どういう管理をしてるんだお前は。そう頻繁に物をなくす人間が信頼されると思うな。泰介よりも先に怒りだしたのは野井だった。

「いい加減にしてくれよ……どこにしまっておいたんだ」

「いや、ちゃんと段ボールに入れて管理してたんです」

「段ボール？」

「はい。裏の倉庫にシーケンさんの段ボールが大量に余ってたんで、それを利用して管理してたんです。最初は書類管理のためのケースを買っていただこうかと思ってたんですけど、以前、部長が資源は大切にしろとおっしゃってたんで思い直したんです。これを使って管理しようって。それでちゃんと段ボールを机の上に置いて、地域ごとにきちんと分類もして管理してたんですけど――」

段ボールごと、なくなっちゃってたんです。

すべてを聞き届けた泰介は思わず居心地が悪くなって、左足にかけていた体重を右へと移した。瞬間、電流のような痛みが走り、慌てて左足に体重を戻す。

ここで彼を罵ればどうなるだろう。泰介は考えてすぐに、何も問題はないことに気づく。誰も知らない。泰介が社内にあるシーケンの段ボール箱はあまねく処分しろときつい口調で清掃業者に伝えたことを、ここにいる人間は誰一人として知らない。ならば自分はどうするのか。自分にできることは何なのか。またしても右足に痛みが走ったとき、泰介は野井の肩を叩いていた。

「すまない野井。たぶん俺の責任だ」

口にした瞬間、フロア全体が静止したように完璧なる静寂が訪れた。そして誰もが泰介のことを、驚きと疑問の眼差しで見つめる。中身が入れ替わっているとでも思われているのだろうか。泰介はそれでもへらっと笑ってすべてを冗談に変えてしまうのは適切ではないと判断する。

「皆に言わなくちゃいけないことがある。ちょっとだけ時間をもらってもいいか？」

泰介の心は十年前、自宅の庭の倉庫まで記憶を遡《さかのぼ》っていた。ごめんなさい、許してください。泣きじゃくる娘を閉じ込め、泰介は南京錠をかけた。これは躾だと信じ込み、しかしその実、泰介が誰よりも未知の事態に戸惑い混乱していた。誰が悪い。娘が悪い。娘を管理していなかった妻も悪い。更にはネットの使い方を教えなかった学校も悪い。文句をつけに行こう。

泰介はゆっくりと目を閉じ、痛みを忘れないために右足に体重を移す。

泰介は支社長や部下に対して話をしながら、これからのことを考えた。芙由子に言われたとおり、今日はなるべく早く帰ろう。そしてきちんと言うべきことを伝えよう。芙由子に、そして夏実に。実に十年——いや、芙由子に対しては二十年以上言えていなかったことがある。

うっすらと微笑んだ泰介は改めてフロアを見回した。

「最後に」と話を締めくくる。「ネットに精通してる誰か……特に若い人、ぜひこの俺に——」

泰介はおどけずに、驕らずに、心からの要望を伝えた。

「インターネットの使い方を教えてくれ」

瞬く間に大爆発が起こる可能性も想定していたのだが、トリガーを引いた瞬間に灯ったのは、チャッカマンの先端に揺れる小さな炎だけであった。強い希死念慮の中にあったわけではなかったが、あらゆるものに強引に幕引きができてしまえばという自棄《やけ》はあった。もう、全部終わりでいい。拍子抜けした泰介はもう一度トリガーを引く。しかし三度試してみても、ガス爆発は起きなかった。

これを使う必要があるのだろうか。

※　※　※

泰介はメモ用紙の横に置いてあった湿ったタオルを手に取り、湿り気の正体を確かめるために鼻に近づける。染みこんでいるのは灯油だ。理解すると、チャッカマンの先端をタオルへと近づけ、そっとトリガーを引いてみる。

「お父さん！」

どんという大きな音は、小屋が爆発した音ではなかった。外にいた夏実が体当たりをして引き戸を破壊したのだ。戸が勢いよく倒れ、吹き込んできた外気が床の埃を巻き上げる。泰介は驚きと同時に、左手に尋常ではない熱さを覚えた。タオルが燃えている。反射的に手を離すと、タオルが落下した地点からふわりと炎が走り出す。

泰介は極度の疲労と混乱の中、自身を囲むように燃えさかる炎をどこか他人事のように眺めていた。このまま、ここで命が潰《つい》えるのだろうか。それはそれで悪くないような気がする。否、自分の人生は端からこのような形で終結を迎える運命にあったのではないだろうか。緩やかな諦念の中にあった泰介だが、しかし夏実が懸命に消火しようとしているのを見てようやく正気を取り戻した。そして自身の娘が犯人である可能性を寸刻でも思い描いたことに、滑稽さと強烈な羞恥心を覚える。

夏実はしばらく室内にあった布きれや自身が纏っていた衣服で炎を食い止めようと格闘していたのだが、やがて勢いを止められないことに気づくと泰介の手をとる。犯人の残したものを焼失させるとまずいと感じたのか、メモとピンバッジも引っ摑んだ。その他にも何か保存しておくべきものはあるかと探すように辺りを見回していたが、すでに黒煙が充満し始めていた。

夏実に引っ張られるようにして屋外に出たとき、泰介は棚の中に閉じ込められていた第三の遺体の存在に思いあたったが、すでに引き返せるような状況ではなかった。黒煙はすでに天まで続く太い柱のようになっている。燃えさかる強烈な炎の熱が、寸刻、冬の寒さを忘れさせる。

「やっぱり全部……」

夏実は唇を押さえながらそう呟くと、しばらくピンバッジとメモを見つめていた。そして不意に何かに気づいたのか、スマートフォンを取り出してどこかに電話をかける。電話口の向こう側にいる人物が誰であるのか泰介にはわかりようもなかったが、夏実はすぐにスターポートへと向かって欲しい、そこに犯人がいるはずだと力強い口調で告げた。犯人は夏実と同じ年の男性で間違いないのだが、久しく見ていないので容姿については断定できない。ただおそらく、小柄なのではないかと推測される。見つけたら足止めを、できることなら確保して欲しい。私もすぐに向かうと添え、通話を終えると泰介に対して余裕のない表情を見せる。

「車、出して欲しい」

シーケンの社用車の中で夏実は、元を正せば一連の事件の責任はすべて自分にあると説明した。夏実が何を言わんとしているのかわからないうちから、そんなことはない、こちらにも相応の責任があるのだというような言葉を脳裏に描き、しかし言葉にする直前で、気恥ずかしさとプライドに遮られる。急かされたので法定速度を大幅に超える速度で走っていた。心身共に限界まで消耗しているなかで、せめて事故だけは起こさぬよう注意を払うのに手一杯だった。うまく言葉を選ぶことができない。

「犯人は私にだけ伝わるように、わざといくつかのメッセージを残してた。私に気づいて欲しかったんだ」

詳細を尋ねる気力がなかった。ちらりと覗き見た助手席で、夏実は小屋から拾ってきた例のピンバッジを見つめていた。感慨深そうに、しかしどこか憎々しげに、目を細める。やがて夏実は長いため息をつき、まもなくスターポートに到着するという頃になって一言、口にした。

「これは、お父さんが」

助手席を確認することはできなかったが、夏実がピンバッジを差し出しているのはわかった。

「どうして」とだけ、小さな声で尋ねる。

「それを持っている人は悪い人じゃないって、証明になるから。あくまで子供だましだけど」

断る理由を探すのも面倒で、ひとまず左手を出して受け取ってしまう。スターポートの駐車場を示す看板が見え、そのままウィンカーも出さずに左折する。一応のところスターポートは観光地であったが、繁盛している光景はほとんど見たことがない。がらんとした駐車場の最も都合のいい位置に車を押し込み、素早くエンジンを切る。さあ、すぐに飛び出してスターポートの入口へと思ったときには、すでに夏実はドアを開けて車外へと出ていた。

「お父さん」

夏実は改まった声を出し、背筋を綺麗に伸ばしたまま、謝罪の手本のように深々と頭を下げた。

「本当にごめんなさい。全部、私がきっちり責任をとります。お父さんは、ここで待ってて」

走り出した夏実の背中を、泰介はしばしハンドルを握ったまま呆然と見つめた。娘の言葉に甘えてここで休ませてもらおうと思ったわけではない。ただ、想定もしていなかった展開に脳の処理が追いつかなくなったのだ。ほんの数秒、しかし泰介の中では何年もの時間が瞬時に流れた。

驚くべきことに、まず蘇ったのは芙由子との出会いであった。大帝ハウス町田支店の事務員であった色白の女性に惹かれ、泰介は彼女を食事に誘った。三年と二カ月にわたる交際を経てプロポーズをし、結婚生活が始まった。まもなく夏実が生まれた。産声を聞いたまさしくその瞬間にというわけではないが、それでも子を儲けてまもなく、泰介の中にはひとつの達成感、あるいは手応えと呼べそうな感慨が湧き起こった。家族が完成した、と。

なぜこんなことを思い出しているのだろうと、頭を捻る必要はなかった。泰介は、答えをすでに十分すぎるほどにわかっていた。すべての道が、今日へと繋がる壮大な因果であったのだ。責任をとると言って走り去っていった夏実の背中を見つめながら、泰介は奥歯を噛みしめた。

馬鹿を言われては困る。

泰介は運転席を飛び出し、すぐさま夏実の後を追った。

この事件が仮に夏実の言うとおり、本当にすべて彼女の責任なのだとしよう。泰介には一欠片《ひとかけら》の非もない、完全なる貰い事故であったのだと仮定してみよう。だとしてもだ。ありとあらゆるすべての選択が、泰介を今日まで導いてきていたのだ。今日という日の事件は、果たしていつから始まっていたのだろう。昨日か、十年前か、あるいは更に遥か昔なのか。言い訳は悲しいほどに便利であった。俺ではない。自分を納得させるだけならば、責任転嫁は造作もない。それでもこの程度の責任、一手に引き受けられなくて、何が父親であろうか。実の娘の尻拭いができずに、どうしてこれから胸を張って生きられるのだろうか。

泰介は走り出してようやく、自分の体がとうに限界を超えていたことに気づく。小さなブロックタイルの段差をうまく越えられずに、叫び声がでそうなほど強烈に足首を挫《くじ》き、強《したた》かに体を地面に打ちつけた。こんな歩きづらいブロックタイルを敷く馬鹿があるか。非常時にもかかわらずそんな言葉が脳裏をちらついたとき、泰介はふっと思わず笑ってしまう。

泰介はすぐさま立ち上がり、足の骨が折れていることには気づかないふりをし、走り出した。

そして左手に握りしめていたピンバッジを放り投げる。

駐車場脇の茂みの中、誰の手にも届かぬ場所をめがけて、思い切り、力強く。

解説

中条省平（学習院大学フランス語圏文化学科教授）

浅倉秋成は二〇二一年に『六人の嘘つきな大学生』でセンセーションを呼び、一躍、人気作家となったのち、翌年に放った本書『俺ではない炎上』によって、日本のミステリー界に独自の確かな位置を築きました。

スピード感あふれる文体、隅から隅まで考えぬかれた緻密な構成、そして、極めつきのトリック（ドンデン返し）。見事に三拍子そろった鮮烈なミステリーです。推薦文としてはそれだけで十分な気がしますが、本解説では、その魅力の本質を掘りさげてみたいと思います。

主人公は山縣泰介。大帝ハウスという大手不動産会社の営業部長で、五十代半ばのハンサムな男性です。この山縣泰介が、いきなりネット上で、「血の海地獄」と題するツイートの投稿者として特定され、ネット界隈で大騒ぎになります。このツイートには、本物と思われる若い女性の血みどろの殺人現場の写真が添付されていたからです。当の泰介はインターネットの使い方すらろくに知らないのに、自分の名前と身分と写真がネットにさらされ、凶悪な殺人犯として炎上しているのでした。まさに泰介にとって、「俺ではない炎上」というわけです。

最初は、往年の筒井康隆(例えば「おれに関する噂」)を思わせるブラックなドタバタ喜劇のように開幕します。しかし、この悪夢のごとき発端は、まもなく、現代のネット社会における動かしようのない現実に変わります。この冒頭のスピーディな展開に、悪夢を現実にしてしまうネット社会の恐怖が鮮やかに定着されています。そして、悪夢から現実への転変を描く作者の筆には一切の遅滞がなく、不動産業のお仕事小説としてスタートした本書は、あっという間に、犯人追及から必死で逃げる泰介の物語となります。まるでヒッチコック映画のような「巻き込まれ型」のサスペンス小説がくり広げられるのです。

このあとの展開は一瀉千里、逃げる泰介に絶え間なく危機が襲いかかり、文字どおり社会全体が一丸となって泰介を迫害にかかります。不動産業者にとって命ともいえるマイホームと家族を捨てて逃げる泰介に残されたのは、己の肉体だけです。かくして、本書は、自身の肉体を唯一の武器として外界と戦う男のサバイバルを描く冒険小説へと進展します。

その冒険小説としての頂点が、自分の取引先だった海辺の別荘のショールームでの緊迫したアクション場面ということになります。この戦いへ身を投じることで、泰介は社会的な地位に守られ隠されていた自分という生物の本質に直面することになります。仕事が奪われ、家が奪われ、次いで車が、食事が、睡眠が、そして衣服までもが奪われました。

「泰介は自身があらゆるものを剝ぎ取られた、剝き出しの一個の塊になっていることを実感した」

こうして、『俺ではない炎上』は、SF的な悪夢から始まって、巻き込まれ型のサスペンス、そしてサバイバル冒険小説を経て、実存の発見という哲学的な主題にまで到達するのです。これだけでもエンタテインメント小説としては大満足の充実感をもたらしてくれます。しかし、本書は、山縣泰介個人の経験を描くだけではないのです。

先ほど本書の美点のひとつとして「隅から隅まで考えぬかれた緻密な構成」を挙げましたが、山縣泰介個人の冒険譚は、この緻密な構成を支えるひとつのピースにすぎないのです。本書は、山縣泰介を含む四人の登場人物の視点から物語られる四つのパートから成っています。ほかの三つのパートは、山縣泰介と何の関係もない大学生・住吉初羽馬と、泰介の娘・山縣夏実と、殺人事件の捜査と泰介の追跡をおこなう県警の刑事・堀健比古を視点人物としています。泰介の逃走劇を主軸としながらも、そこにほかの三つのパートが有機的に組みあわされることで、物語の奥行きはぐっと深く、また広くなるのです。これこそ小説の巧緻の名に値する技法の冴えです。

とはいえ、それは単なる小説技術の問題ではなく、作者・朝倉秋成の世界観、哲学の表れであるともいえます。

フランスの映画監督ジャン・ルノワールは、かつて第二次世界大戦を予見したといわれる名画『ゲームの規則』のなかで、みずから主人公のひとり、オクターヴに扮してこういいました。

「この世界には恐ろしいことがひとつある。それはすべての人間のいい分が正しいということだ」

『俺ではない炎上』でも、泰介のいい分が正しいだけではなく、初羽馬のいい分も、夏実のいい分も、堀のいい分も、いや、それ以外の登場人物のいい分も、出来事を見る視点を変えれば、すべての人間のいい分が正しいように見えてくるのです。『俺ではない炎上』という小説は、その恐ろしい真実への気づきのプロセスであるといっても過言ではないような気がします。

この真実は、インターネットによる情報の網の目が私たちを雁字搦めに呪縛してしまった現在、さらに恐ろしさを増しています。すなわち、本書に引用される無数の無名人のツイートが証明しているように、情報を発信する人間は自分が正義であることを疑っていません。そして、正義である自分以外の他者を虚偽であると見なし、虚偽である他者の排除にむかって動くのです。その最大の犠牲者が、殺人犯にされた山縣泰介です。しかし、その泰介自身が他者をどう見ていたかが、『俺ではない炎上』のラスト近くで問題になってきます。ここに、作者がこの小説にこめた最も重要なモチーフがあるのです。

また、本作は、インターネットによる高度情報化の危険を扱う上質の「社会派」推理小説でもあるのですが、その社会派的主題のひとつとして、世代間ギャップの問題が扱われています。

浅倉秋成の前作『六人の嘘つきな大学生』は、就職活動を題材としていますが、ここにもすでに世代間ギャップの問題は現れていました。つまり、就活の頂点をなす新卒就職試験とは、社会的に圧倒的な優位に立つ年上の世代が、年下の世代の一生を左右する決定を一方的におこなう場なのです。

この世代間ギャップの問題は、『俺ではない炎上』において、山縣泰介と住吉初羽馬の考え方の対立として表れています。泰介にいわせれば、最近の若い子は「頑張る」ってことをせず、効率よくスマートに生きたいと思い、ネットで検索して何でも答えがわかる時代のせいか、基礎的な「馬力」がない。一方、初羽馬によれば、新しいネットサービスを創出し利用するのは若者なのに、日本の企業は年功序列制度で固まっている。年上の上役たちは古い価値観で若者の新しい試みに難癖をつけ、ただ面倒くさく手間のかかることを美徳だと信じているため、世界に出し抜かれるのだ、というのです。

ここまでならば、世代間ギャップに関するよくある議論のパターンといえるでしょう。

しかし、こうした中高年と青年の対立を遠くから眺める子供の視点を出してくるところに、本書のオリジナリティがあります。山縣泰介の娘、小学校五年の夏実の同級生である江波戸琢哉（えばたん）は、ネットにはいろいろな意見が飛び交っているように見えて、じつはみんな同じことしかいっていない、本当に最低だ、絶対にこういう大人になっちゃいけない、と夏実に語ります。では、その同じこととは何か？　自分は悪くない、自分の価値観だけが正しい、ということです。えばたんは、すべての人が自分は正しいと主張する恐ろしい真実にすでに気づいているのです。世代間ギャップとは、その真実の一面にほかなりません。

このように、すべての人のいい分が正しいという考えは、善悪をはじめとするあらゆる価値観を崩壊させてしまう危険があります。しかし、その一方で、他者の正しさに思いを致すことで、自分中心の世界観を相対化し、新しい世界の見え方へと人を導く可能性も開きます。『俺ではない炎上』という小説は、その危険と可能性をともに提示したうえで、主要な登場人物たちを後者にむけて送りだそうとしているのです。その肯定的な姿勢は、私たち読者にも生きることへの励ましをあたえてくれるでしょう。

本作品は、二〇二二年五月に小社より単行本として刊行されました。

双葉文庫

あ-71-01

俺《おれ》ではない炎上《えんじよう》

2024年6月15日　第1刷発行

【著者】
浅倉秋成《あさくらあきなり》

【発行者】
箕浦克史
【発行所】
株式会社双葉社
〒162-8540 東京都新宿区東五軒町3番28号
［電話］03-5261-4818（営業部）　03-5261-4831（編集部）
www.futabasha.co.jp（双葉社の書籍・コミックが買えます）
【印刷所】
大日本印刷株式会社
【製本所】
大日本印刷株式会社
【カバー印刷】
株式会社久栄社
【DTP】
株式会社ビーワークス

【フォーマット・デザイン】
日下潤一

ISBN978-4-575-52758-2 C0193
Printed in Japan